七
等
生

我愛
黑眼珠。

【出版前言】削廋卻獨特的靈魂

生命裡不免會有令人感到格格不入的時候，彷彿趑趄著從一眾和自己不同方向的人羣中穿行而過。然而如果那與己相逆的竟是一個時代、甚至是一整個世界，這時又該如何自處？

一生以叛逆而前衛的文學藝術屹立於世間浪潮的七等生，就是這樣一位與時代潮流相悖的逆行者。他的創作曾為他所身處的世代帶來巨大的震撼、驚詫、迷惑與躁動，而那也正是世界帶給他孤獨、隔絕和疏離的劇烈迴響。如今這抹削廋卻獨特的靈魂已離我們遠去，但他的小說仍兀自鳴放著它獨有的聲部與旋律。

該怎麼具體描繪七等生的與眾不同？或許可以從其投身創作的時空窺知一二。在他首度發表作品的一九六二年，正是總體社會一意呼應來自威權的集體意識，甚且連文藝創作都被指導必須帶有「戰鬥意味」的滯悶年代。而七等生初登文壇即以刻意違拗的語法，和一個

個讓人眩惑、迷離的故事，展現出強烈的個人色彩與自我內在精神。成為當時一片同調的呼聲中，唯一與眾聲迥異的孤鳴者。

也或許因為這樣，讓七等生的作品一直背負著兩極化的評價；好之者稱其拆穿了當時社會表象的虛偽和黑暗面，凸顯出人們在現代文明中的生存困境。惡之者則謂其作品充斥著虛無頹廢的個人主義，乃至於「墮落」、「悖德」云云。然而無論是他故事裡那些孤獨、離群的邊緣人物，甚或小說語言上對傳統中文書寫的乖違與變造，其實都是意欲脫出既有的社會規範和框架，並且有意識地主動選擇對世界疏離。在那個時代發出這樣的鳴聲，毋寧是一種挑釁，也無怪乎有的人視之為某種異端。另一方面，七等生和他的小說所具備的特殊音色，也不斷在更多後來的讀者之間傳遞、蔓延；那些當時不被接受和瞭解的，後來都成為他超越時代的證明。

儘管小說家此刻已然遠行，但是透過他的文字，我們或許終於能夠再更接近他一點。

印刻文學極其有幸承往者意志，進行「七等生全集」的編輯工作，為七等生的小說、詩、散文等畢生創作做最完整的彙集與整理；作品按其寫作年代加以排列，以凸顯其思維與創作軌跡。同時輯錄作者生平重要事件年表，期望藉由作品與生平的並置，讓未來的讀者能瞭解台灣曾經有像七等生如此前衛的小說家，並藉此銘記台灣文學史上最秀異特出的一道風景。

1967年，攝於承德路巷內的租屋處

1976年《我愛黑眼珠》，遠行（初版）　　1970年《放生鼠》，大林書店（初版）

目錄

（代序）文學與文評

文句節奏的特徵完全可以代表作家作品的生命。文學的價值不在那些設意去架構的細瑣內容中尋找，尤其是指單方面描寫某種意識的題材；像把「娼妓」定為苦難被凌辱的象徵，把一名娼妓拖出她的特殊生活方式認為是一種崇高的使命。且不論這種過份淺顯的構想，因為文學創作應該慎重地避免步調一致，當然意念更不能反覆地去抄襲。現在的作家如要去談論娼妓，應該考慮對娼妓是否有誤會之處。現代的人應對娼妓和一般女人一樣的看法。最起碼要尊重娼妓的人格就必要有這樣的態度，否則便犯了強調舊題材的一種不合實際的原則。上面談到節奏的特徵，像生命的氣息，血脈的跳動。但文學的評論家們有時特別有意地從作品中摘句加以論斷，使人在文字中目睹誹謗的惡毒。在此種強罵之中可以發現到文評家的立論幼稚且患有層層的錯誤，其想法之瑣碎汾濁，顯然是對文學缺乏廣闊深奧的瞭解。這種不是來自親身的體驗，令人想到是一具會喚話的無生命的軀體；這種文評家，只會

限制文學在一個有限和低俗的領域成長，或者是命令文學從事於工具的角色，甚至封鎖瞭解，阻斷自由的思想。

有一種文評方式雖然盡到瞭解的程度，但同時讓人看到有超出作者的適度的想像之處，給予極度的解釋，且將文句提引通告讀者，這種般般摘句的行為，不但干預了讀者，也限定了讀者只能做到有限度的體驗。這種文評家雖然能順利做到表現他個人的知識，但手法卻刻板而無趣，因此一番美意只有少量傳到了作者，而大部份為讀者（知識份子）所拒納。

這個原因顯然是帶有專制的口吻，無法感動現在的自由思想者的心靈。文評中引證的話語，不能服膺知識份子的脾性，現在的人無不知道它是老舊的論辯的手法，既為普遍所熟知，就已失去了它的引誘力，那麼它的價值便已蕩然無存。引用那種方式除非無知，就是欺瞞強辯的一種姿態罷了。至於文句的節奏，它本身像電流一樣，觸開讀者的心靈，產生一種交流，交流量的多寡因人而異，無從硬定。

在節奏中韻律的行走才是作者真正的旨意的本體，文字表面的涵義只能做次要的陪伴；文字本身有點識作用，但字面的涵義受時空的限制，並不長存。藉文學當工具者正好主賓倒置。文評家正在這方面滔滔善辯，惟這樣的文評性格已經為現代人所厭惡。目前文評家似乎不能以此來左右作者或讀者的思想，作者和讀者之間已有較好和乘便的路徑相通，不需要再去繞走那樣陳舊又危險的橋梁。

因此優秀的作家的作品被曲解的部份也最多。我看見有少部份的作家，在初期寫作中自然顯露的特有的文學節奏，因為繼續生活於不良的環境而漸漸消失了。此間專制的文評家

可能脫胎自作品低劣的作家，他們羨慕俗間的名銜而涉入文學，並非血流中有文學的素質。

當另有一種較比文評家更能引入注目的名銜出現時，可以斷定他們將再度更名，像前時捨棄作家而就文評家一樣。我們可以看出學院的文評有它的長處，而且較比謹慎小心應用真正的批評文字，他們儘量地避免把「浪漫」「寫實」這樣的字去為作者戴帽。但是假冒的學院文評家卻喜歡動用前舉的文字而隨意斷論派別。而另一批強罵者之中，也常有這些如「健康」「不健康」這種論斷狂烈，亂分善惡的文字，這種武斷文字令人想到罵街者口中的字彙。如果一心一意想把某一個人指成某種類型的壞人，或想把某一個作家指成某種形派，事實是可以做到的。

另有一種文評像在編織一部錦繡的花草，充滿了華麗的文字，其宣耀的姿態之心甚於想把作品忠實地介紹給讀者。譬如對於畫展的評介，想來他對畫家的濃厚私人情感勝於對作品本身真正的認識。這種文評可能由本身是詩人所常患的行為。當然這樣的批評最不能使人瞭解作品到底是怎麼一回事，因此也就不值為重。

當人們日漸對工於製造的技法加以無量的讚許和推崇的時候，知識份子尤需更加留意由心靈自動流出的作品。事實上一個作家之最能引起共鳴，卻必須有兩者兼備。凡由心靈流出的作品常能在文字的律動中令人察覺到，而絕不在於全篇的涵義上去估斷。現在的文評家不但不明白傳統的批評作業，甚至想捨掉本身也是一位文學作家的高貴身份，而夢想文評家的地位高於文學作家，甚至立意握有那份權力，要做一個組織中的老大，這無非是一種普通患上的強大慾念。前說，現在的文評家有些脫胎自劣俗的作家，像這樣的文評家更有這一番高

張的意識存在。而事實上，無論古今，批評家的地位如想與作家的地位相較，無論那一個文

學發達的國家，作家的地位一直是在前頭的。只有落後的地區罷，才有相反的情形。

還另有一種文評更顯得其低俗無價值，這類文評表面有硬朗的作風，深得一般人的喜

好，其實他只想藉文評為工具，在作家與社團之中獲得一種友誼性的關係。他們喜好用流行

而現成的語彙，為作者披上一件好看的外衣；這類文評家的性格像女性中的交際花，實在一

點也不能信靠他，但人人卻被其爽朗般的風度迷醉；他可能是一般年輕不懂文學的學生的英

雄，但卻是從事文學創作者最大的敵人。

把文評態度也看做創作態度的文評家，才算接近文評的身份。文評常是對原作的一種

必要的意義延伸，而不是直接去解釋原作品；原作本身無需第三者來加以解釋，作者本人也

不情願無端地被人脫去衣褲。此間流行所謂「能分析的作品都是好作品」無疑是倒反批評作

業，流於「猜謎」的遊戲。猜謎是一種輕浮的感情，不值得在文評中流行。一個文評家如抱

著猜謎的情感來選擇他能夠猜得出的作品，這便證明其與作者程度相等的底細，文評家因此

才有那一份高於作者的滿足的心情。但是任何文評家千萬不要抱著寫文評就能高作家一等那

種非份的想法。文評與原作之間須取得一種默契，否則說明了一個低俗的文評家不但無能從

一篇優秀的作品中去延伸他的情感且加以廣佈文學的力量，反而把優良高貴的作品無端地陷

害在一所黑暗刻薄的牢獄之中；不但看不出作品的脈絡更談不到瞭解作家。因此優秀的作品

只待優秀的文評家，這種事實成為現代文學的命運，時間會證明此番的事實。

至於想在文字中去捕捉特定的涵義，實在「枉費心機」。真正屬於優秀的好作品，除了

被察覺到作者心脈的跳動外，再沒有其他更重要的意義。如果在文字中有什麼了不起的涵義的話，也是會為時間淘汰而腐朽的意義。而心脈的跳動才真正帶有感染性，才能傳達，才能播種滋長和不朽。這在現代的文學中是不能缺失的要素。

（本文為一九七六年遠行版《我愛黑眼珠》代序）

林洛甫

一部公共汽車在街道上漸漸慢下來，然後停止，再緩慢地走著；一位戴頭盔的警察站在道路中央指揮著來往車輛避開那個車禍的地點。

車廂裡一位登山打扮的婦人從窗口看見三輛小汽車碰連在一起；那似乎是先有兩部相碰的時刻，後面又撞來一部的結果。另外的二位警察正在測量和登記。汽車繞道後駛回快車道，馬上加速前進。

這位婦人後來在雪山腳下行走，在一棵梧桐樹下歇息。苦惱的眼睛仰望那座眼前的高山，雪白的山谷處零散地凸出褐色的岩石，她看不見有任何能觸引她驚喜的動靜。午後這一帶山嶺已經沒有陽光，這更使她感覺到心悸和惱怒。

然後她的視線突然注意到一個從樹林向她走過來的男人，登山的裝備，年輕且不懷好意。婦人想到是她本身吸引著他。她那中年的豐滿的身軀震動了一下站起來，背起囊袋朝山

走去，她又回頭去注意那個男人的行徑；那個男人走到她剛才休息的梧桐樹下後，就朝她在後面緊跟著，依樣踩踏著她的登山鞋的寬大的足印。

「喂──。」

婦人繼續前走沒有理會他。

「喂，女人──。」

她繼續前走沒有理會後面的他。

「女人，妳不要走。」

婦人回頭猛然看見他的面孔，他已經追上來和她走在一起。

「不要再走。」他說。

「你要什麼？」

「我告訴你，不要走向那座山。」

婦人注視著那個男人那張她似乎很熟悉的臉，思慮且躊躇一下。

「假如我並不考慮你的勸告？」

「這表示妳很倔強。」

婦人不停地往前走，他仍然和她走在一起。

「單想告訴我這件事？」婦人說。

「為什麼妳會單獨一個人？」

「你驚奇，認為一個女人⋯⋯」

「是的。」

「我的丈夫在前面。」

「在那裡？」

「可能在山腰的某一處休息著。」

「為什麼他不等妳？」

「不知道。他把我單獨留在旅館裡，雖然那是個很優雅的旅館。」

「那麼他不知道妳要來？」

「現在他可能看見我們。」

「我相信妳的丈夫看到妳跟著來會很不高興。」

「我也曾這樣想過。」

「他生氣的時候可能在山腰的一處殺害妳。」

「他身邊帶著有一個本地的嚮導。」

「嚮導是不干預事情的。」

「啊，我確信他看到了，山腰的地方有一個黑點慢慢移動下來。」

「那個男人抬頭，看見婦人的眼睛所看到的。」

「那麼再會。」那個男人說著離開她。

「這樣好一點。」婦人點著頭說。

婦人看著他離去。

婦人在山腰踩踏了一處不堅實的雪地之後，身體隨著雪崩滑落，那兩隻不能捉牢東西的手臂在頭顯上面伸直著，之後，一隻有力的手掌捉住她的手，阻止那無情且不能停止的滑落。

顯明地，一個男人幫助她站起來，並且乘機迅速擁抱著她，開始時她有些慌張恐懼，後來她緊緊地像蟹腳般抱住男人的頸脖。

之後，那個男人的手想放在她的胸前時，她堅決地婉拒著；她推開了他，整理頭上的亂髮，拂去身上的雪，臉上羞紅著望他。

「為什麼你會在這裡救我？」

「妳需要有人保護妳。」

「當然，我不在乎需要援手時，他是何人。」

「我說過我有丈夫。」

「現在妳可以順利地上去，會見妳的丈夫。」

「他還在上面很遠的地方。」

當這個男人轉身離開時，上面有一陣雪落的響聲以及滑落在他們身邊的碎雪，他們驚奇地抬頭，正看見從上面走下來一個高瘦的男人。他先看到婦人，對她發出積怒的叫聲⋯

「羅花──」

「呵，太郎，那人剛才救了我。」

他站定後看到離去幾步的男人。

「喂，男人，等一下。」

那個男人轉身回答：

「沒有事我得走了。」

「喂，你是誰？」

他追上去喚住他，他轉身回答：

「你的妻子知道我是誰。」

「羅花，他是誰？」

「我不知道。」

「我的妻子不知道你是誰。」

「這很奇怪。」

「羅花，到底怎麼一回事？」

「我也不知道。」

「你住在這附近村落？是嚮導？」

「我和你一樣，從一個有地名的市鎮來登這座山。」

「一個人？」

「這算是探悉我是誰的問題嗎？」

「羅花，妳怎樣和他碰頭的？」

「在山腳下他向我走來，當我卸裝休息的時候。」

「他和妳同一條路？」

「並不是。」

「再會，我要走了。」

那個男人說。

婦人跟隨著她的丈夫往上爬著，男人懷著疑慮沉默不語，婦人和他走了一段路後，對她的丈夫說：

「我必須告訴你一件事。」

「妳什麼也不必說罷。」

「關於那個男人，你不想知道嗎？」

「什麼事？」

「他救了我後抱住我。」

「妳是想告訴我這是妳第一次對我的不貞嗎？」

「我無法拒絕，我那時站不穩。」

「為什麼妳要跟上來？」

「你把我單獨地寂寞地留在旅館裡。」

「這不是第一次。」

「我感到寂寞，單獨在旅館的套房裡，整整一天沒有人可以和我談談。」

「我從望遠鏡裡看見他離去，為什麼他又回來？」

「我不清楚為什麼，可是我自己無法不隨著雪崩滑落，他及時捉住我的手才免於墜崖。」

他們遠遠看見岩石旁的兩個醒目的背囊，嚮導不見了，遺下兩個很龐大且沉重的登山囊袋，附近還散著吃完的罐頭。走到那裡，男人舉目四望，婦人解下背上的囊袋，坐下來背脊靠在岩石上休息著。男人看見走去的腳印。

「我的嚮導會去那裡？」

婦人舉目望他躁急的目光，視線交接，然後各自又移開。

「他去那裡？」

「坐下來罷，他會回來。」

「我去找他，我們不能在此耽擱。」

「我需要多休息一會兒。」

「妳在這裡不要離開。」

「那邊走來一個老頭，是他嗎？」

她的丈夫大聲喚著：

「喂，我們要走了。」

嚮導走近來，他老得有些滑稽，站在他的面前。

「我看見那個人。」

「你認識他？」

「從來沒有見面過，他說他叫約翰。」

「他現在那裡？」

「在岩壁溝一帶。」

婦人的丈夫很惱怒地轉頭對她叫著：

「起來，我們要啟程了。」

「我還有點兒疲乏。」婦人說。

「正是走的時候，我們停留在這裡已經很長久了。」嚮導說。

「羅花，起來罷。」

「我們在嶺口的休息處會遇見那個人。」嚮導又說。

「快背起囊袋。」

婦人的丈夫終於咆哮起來。

他們沉默地爬行，嚮導在前面，婦人常回頭望著惱怒的丈夫。

「還在生氣嗎？」

婦人的丈夫沒有理會她，敵意地舉目注視她一眼。

「為什麼你會如此氣憤？」

「妳知道，當同一座山的另一處還有另一個登山者，妳知道，我是怎麼地感覺。」

這時，前頭的嚮導回過來。

「喂，他已經在那裡等著我們了。」

婦人抬頭看去，看見那個男人高高站著。

「林洛甫——」婦人對他喚著說。

「妳呼叫誰？」她的丈夫說。

「那個人我叫他林洛甫。」婦人說。

「好，老嚮導。」嚮導對那個男人說，他的視線注意著後面的婦人。

「你——」

「妳叫誰？」那個男人驚奇地說。

「為什麼妳會叫起這個名字？」

「你總要有一個名字的。」

「那麼我真的是林洛甫了。」那個男人笑著

「這很適合。」婦人同樣笑起來。

會合之後。

「喂，那裡還容易罷。」嚮導對那個男人說。

「林洛甫。」那個婦人朝向那男人發出微笑。

「這有什麼分別？」

「我不是這個名字。」

星下的雪地上，幾個人圍繞著一堆柴火徜徉休息著，那個人抱著六弦琴唱歌。嚮導用著無齒的口腔模糊且詼諧地複述歌者的詞句。

走來他

能自一個幻想中

叢生著慾望

銀波的地面

人。

往後聲音變成一種音波和沉沉的琴音交織著，嚮導半閉著眼陶醉般地自語著：

「多麼好，歌者的優秀，起碼是個可愛的變形體。」

嚮導打開眼睛，他的視線移到距離不遠的婦人臉上，那婦人正專注地看著那個玩琴的男人。

「他多麼好，神奇。」嚮導說。

「你知道他？」婦人說。

「我知道所有的登山者。」

婦人遂站起來，從火堆旁走過，火光映著他憂鬱且生氣的臉，她走到彈琴者身旁坐下。

玩琴的男人似乎更加得意地舞奏著。

「不要唱。」

婦人說。他繼續哼著，毫不驚訝，聲音微弱了些。

「停止，我求你。」

那個人搖頭，臉上得意地看她。

「為什麼妳要走來？」

男人發出微笑，重複這句話。

「為什麼妳要走過來？」

婦人哀怨地。

「不要煽動我。」

「我知道妳為什麼走過來。」

「不。我來告訴你不要唱那條歌。」

「為什麼？」

「人人都知道那是一條什麼樣的歌。」

「我高興唱它。」

「假如你不停止，我還有什麼顏面？我還是去散步。」

「不要走。」

婦人站起來。

「妳本不願意走的。」

婦人經過火堆，但不回到她原來的座位。她的丈夫已經沉睡了，她在雪地上散步而去。

歌聲停止。寂靜似乎使嚮導的意識產生不慣，他那沉厚的瘿瘿的眼皮再度睜開。

「唱下去，那老歌兒很甜美啊！」

「弦斷了，抱歉。」

「可惜，真好。」

「那個女人離去了你知道嗎？」

「什麼時候？」

「還能看見一點影子。」

「她的丈夫竟睡著了。」

「假如這是最後一晚，你的感覺如何？」

「我是嚮導，我沒有感覺；我從沒有做過登山者奢華的姿態，所以我沒有那種幻想。」

「你到過其他地方嗎？」

「除了這座山，我不知道別的。」

「你一定看過許多登山者的最後一晚。」

「那是很令人同情的，山不是他們的，他們會顯得很虛無可憐。」

「婦人回來了。」

「幹嗎她要那樣走一趟？」

「她大概無法找到安靜。」

「她的丈夫卻睡得很甜。」

婦人回到自己的鋪位躺臥下來。

婦人無聲地掀開毛氈起身，立在睡熟的丈夫的身旁，注視著他在映照的雪光中靜靜的面孔。當她從火堆的灰燼走過，也瞥視一下那蜷導蜷曲的身軀藏匿在破舊的厚氈裡。她走向那片眼前的斜傾的幽暗的雪地。當她冷靜地離去時，她的丈夫在她身後睜開了眼睛，望著她繞過山背而去。

她走向他；那個男人躲在樹旁的陰影裡，靜靜地溫和地擁她入懷裡。那一刻，突然他的眼睛固定地注視她髮上的前方，彷彿無視於她的渴求。

他輕輕推開她，她感到疑惑，抬頭注視那冷靜熟悉的面孔，然後從他的臉上她瞭解他在注視一個靠近過來的目標，她轉身看見她的丈夫立在面前光亮的雪地上，手中握著輕巧的爬山鎬。

「太郎，你瘋了！」

她的聲音並不高昂，卻充滿著恐懼。她被她身後的男人推開一旁。

「林洛甫——」婦人驚呼起來。

那個人走前一步，讓他舉起武器對著頭頂打下來。那支爬山鎬猛烈地拋出那塊雪泥的戰地，落在婦人的身旁。她懷著無比的痛苦注視這場生死的戰鬥。

這兩個男人都有無窮的體力來償付這場必要的決鬥；昔日鍛鍊與儲備著的力量和技能就是為了一日要實行這種生命的戰爭。那些為雪光映照閃耀的迅捷的動作，那些交閃變幻的影

子，像實體與魂魄的撕扭畫像。

婦人驚嚇著，內心掙扎撕扭的痛苦顯露於蒼白的臉上。漸漸那些眼前的殘酷地揮動的拳頭柔軟下來，倒下的身軀從地上爬起來後就伸不直了。拳頭就猶如拖著千斤般沉重地伸出來，搖晃著腳步，靜穆中開始響著疲乏辛苦的氣喘。

男人們的眼光在交視時，再度露出凶殺和不可饒恕對方的決心，隨著身軀又躍動振作起來。在那一刻，一個騎在另一個之上，下面的身軀做著垂危的掙扎。

婦人拾起腳上的登山鎬，靠近男人，且在那個勝利者扼死對方之前，重重地致命地猛擊那個堅硬凸出且傲慢的漂亮的頭顱。

婦人的丈夫從地上站起來，又不支倒下去，然後像一隻四腳猛獸般立在雪地上喘氣和哀號，喪失了體力後的痛苦的目光注視那個靜靜無息地臥睡的男人，當他抬頭注視婦人時，她已靜靜地離去。

翌日，陽光普照這座山，三個人起身後準備出發，那嚮導快快地說：

「一小時後，我們登達最高峯，那裡是這座山最不好玩且乏味的所在，我們會很快下山，昨夜算是最後的一夜。」

婦人最後背起囊袋，面對那個改變了的丈夫。

「林洛甫——」婦人說。

「妳叫誰？」

她的丈夫疑惑地說。

「你——」婦人說。

「我是妳的丈夫，那是那傢伙。」

「那傢伙自己說是約翰。」嚮導含糊地說。

灰色鳥

一

賴茲回來後決定今夜去拜訪安息小姐。賴茲的內心常有一個感覺：就是對安息小姐癱軟無力的雙腿感到無比的慚意。雖然他認識安息小姐之前，安息肢體的情形便已是這個堪憐的模樣：坐在一架錫骨構成的輪椅，任何的事都得有人替她預先安排，甚至替她做。這是童年時候開始，麻痺症流行時，安息不幸罹患了此症的結果，像這樣一位受人憐惜的不幸女子，賴茲自覺每次去觀望她，除與安息聊天外，而不能想法減輕她被這個殘酷的疾病打擊後殘遺下來的生命苦楚，甚至去分擔這份苦楚，而嚴厲地譴責自己。晚飯之後，賴茲很躊躇地在自己租賃的小屋內有限的空地徘徊不已，思量著是否應該把重金購買的那隻心愛的籠中灰

色鳥贈送給她。他頻頻地轉頭注視書桌上的籠中鳥，這種動作起自他思緒的操縱。賴茲為何不買一隻金絲雀，而買野生的灰色鳥，是因為灰色鳥是富於文學個性的，且與賴茲本人這樣的自由階級很相配稱；就是將牠送給與安息小姐同居，安息的家庭也並非巨富和官吏，安息曾表露過她多麼嚮往自由，嚮往能夠和她從窗戶望出去所看見的來來往往走在灰色路上的人們一樣的生活，所以一隻由野地（自然）擒來的灰色鳥會更加的理想，而且金絲鳥的奢華會觸引她感到羞恥的，其他的鳥類都缺性格。當賴茲購買牠時，是打算為他自己寂寞的日子當做一個伴侶罷了，但不料這個意念卻越來越張大，使他意外的獲致莫大的心靈喜悅。能為他人著想，尤其是安息小姐，極具意義。是的，這個意念心中是已確定無疑，而且一開始想到是為安息小姐，就沒有再存有絲毫的悔意。問題是就那麼簡陋無巧地在今夜拜訪安息小姐的時候，走進門便提獻給她嗎？還是要求一段小小的吸引她更加興奮的心思呢？這個安排是不可缺少的，否則愛意便顯得淺弱了。當他心意已決，便走到桌邊審視那隻安詳地棲息在籠中枝條的灰色鳥，且對番族青年精細的手工，用竹條織成的長長半圓形的鳥籠感到異常適切。賴茲顯然多餘地再為牠這一切──鳥和籠──都來自遙遠的山區，真令人感到驕傲和興奮。賴茲顯然多餘地再為牠加上一些飲水，使那個小竹筒的緣邊溢出了水滴為止，灰色鳥因賴茲的殷勤顯得不安，轉來轉去跳躍著……好了，好了，不再擾你，我去請安息小姐，到那時，你顯得怠倦，這就丟臉了……

賴茲穿上外衣，走到門邊，在熄燈之前，他又轉頭向窗前書桌上的籠中鳥瞥上一眼。賴茲打開門，舉足正踢到一個衝擊過來的軟軟物體，那個動物發出一聲被嚴重踢擊的哀鳴折轉

二

只因安息小姐從七歲那年，距今十一個年頭，沒有再到街道來行走，就是她能夠依靠拐杖站立移步，也從沒有人想要帶安息走出屋外，家庭中的人總以為安息會受不住路人的嘲笑和注目。安息依靠拐杖移步，也只是在精神極佳的時候，在樓上客廳光潔的瓷磚地板繞著圈子行走，每一次都不會超過一圈半。這段時間往往是家人都可能外出的晌午，其他的時候，她都感到怠倦，也許讀書太多，往往在輪椅上倚著睡去，一本小說書頁翻開鋪在掩遮膝蓋和大腿的裙上。晚餐之後到睡眠以前的這段時間，安息最感寂寞，姐妹兄弟都應約外出，父親和母親照顧劇院生意，所以她極端盼望賴茲來對她講一些外面發生的事物，或一同聆聽音樂。幾年前，賴茲因為來看他所教的一位小學生而登臨這個家庭認識安息的。賴茲喜歡安息的臉的模樣，喜歡她的表情像鹿，喜歡她的內心藏有無比的好奇。教養極好的賴茲憐憫她的殘肢，同情她的命運，現在他很少回去了，從此和安息成了異常投契的朋友。賴茲離開屋子後，經過一間空曠幽暗的廢廳，走出那道這座大門永無關閉的門，來到入夜的街道。他的心中一直籠罩那份小小計劃的喜悅。難道安息小姐要永遠關閉在樓上，而和這個活躍的市街隔絕？要是有人扶助她，她會欣然離開有限的空間。那隻被賴茲擋拒的黑貓，逃去後再轉回到門下，牠把身軀貼補在地面，鼻子在一吋

回去，賴茲迅速閃出門外，關上門，把那隻極力想闖進屋裡的黑貓擋在門外。

多的門板間縫刮擦著，實在不能忍受和擠進去，才縮回來，再度離開。賴茲充滿自信，除了他，無人使安息獲得快慰，且無人能遞補他去填補安息被殘肢戕害的心靈。認識安息之後的賴茲，總算才找到他對生命意義的解釋；昔日他是極度不快樂的，在同事之中並不合羣，他太厭倦他們之中盛行的苟且生命的行為和言論。曾經賴茲對他所見到的女孩子們也產生過幻想，在當時也決心去追求其中的一個，可是賴茲的行為表現得太多疑，而且不能容忍自己有錯；他常靠近一旁傾聽她們的談話，當發覺她們也像男人一樣的無聊和自欺時，他強迫自己離開，打消心中的決定。那些日子就是這樣反覆不已且心猿意馬地度過去了，直到意外的會見安息小姐。

三

黑貓並不知道屋子裡有什麼可掠取之物，牠的行為就是不斷地走進走出，遊走尋索。可是不喜歡像貓這種動物的賴茲的行為反而告訴了牠屋裡的藏匿物。凡是他不喜愛的，他都會擺出一種殘忍傲慢的態度，好像一位在平民眼前散步的貴族，走在街道上的那番神態。很奇怪，人類所表現的憐憫總是片面和有選擇的，這種天生的缺陷不可避免地會帶來意外的災禍。賴茲就是個溫柔和十足善意的正人君子，一個永遠為人著想的有慈悲心的可愛男人。黑貓無聲地走過一條走廊，牠所經過的房間都半敞著門戶，燈光想的有慈悲心的可愛男人。黑貓無聲地走過一條走廊，牠所經過的房間都半敞著門戶，燈光

明亮，裡面有人在談話，牠只是苦悶地在門口瞥視一眼便走開了，然後由另一道門，踱到陽

台去。賴茲自以為現在去見安息小姐一定會使她大出意料；安息一定還在懸念他在另一個城

市。他預想到安息見到他時的驚喜表情，由於這一念頭，賴茲腳步就像離地三吋似地輕飄飄

地走著，他無心關心街道的一切事物，但他的表情卻像有意地對周遭的一切投以關切。他橫

過一個小小的廣場，抬起頭便看見右面安息的家屋的背部。他警告自己要沉靜下來，卻

更加挑動內心的激情。他深深地呼吸，依然感覺心跳亢進。在樓梯門口。賴茲遇到安息家裡

的女傭人搬著一籃的衣服下來，他們自然地交換一個熱絡和禮貌的注目和微笑。

──只有安息一個人在家，她就在客廳聽音樂──女傭對賴茲說。

──謝謝──

賴茲和那位女傭人擦肩而過。賴茲的腳步盡量放輕，躡著腳一步一步爬上樓梯。黑貓

跳上陽台石柵，在黑漆而有星的天空陪襯下，牠的行姿酷似老虎的步姿；當感覺牠軀體的輪

廓和兩盞翠綠的眸子，只發出熾烙的光芒而隱沒其中間部份時，便失去了大小比例的感覺。

賴茲滿意安息小姐聽音樂的那種彷彿睡去的姿態；書永遠在膝蓋的上方翻開著，頭顱傾斜低

垂，可以望見長長的睫毛向下整齊地排列貼在頰面上，過肩的長髮也永遠梳得像一排布幕蓋

住兩邊的耳朵。賴茲站立在門口，收斂著他煥發出表情的嘴唇；他還不能去驚動在茶几旁也

像變成那些羅列的家具的一部份的入迷的安息，要不是他，別人一定認不出這間只有讓小燈

泡亮著的客廳有人存在。；靜靜的安息像是一尊坐著的蠟像。唱機在牆壁一隅，正播放交響樂

的慢板部份。他不知自己還要罰站多時，可是他高興這樣做。然後在音樂的尾聲中，安息的

頭髮先擺動了一下，她醒來了，雙手放在輪面上，準備把輪椅滾到唱機的位置。當她的頭抬起來時，著實被門口的影像嚇驚了一大跳，她按住要嘶喚的嘴巴，由恐慌轉變到喜悅，這時賴茲才離開門口，走到安息的面前。黑貓沿石柵躡行到那間黑漆而密閉的房間窗戶對面，牠停步審望它，思考了片刻之後，便縱身跳到狹窄的框檻，眼睛貼在一塊替代玻璃的厚紙板的一個鉛筆可穿過的小圓洞，窺視著黑暗的室內，在牠掃移的眼光中，突然遇到一點懸吊在空間的紅色，像一柱香枝在黑漆中靜默地燃燒一樣，靜靜地沒有移動，也沒有光鬚投出。然後牠的眼睛又困難地看見那雙握住枝條的紅色腳爪。這隻幽靈般的動物在牠竊盜的腦中馬上構成了一隻鳥的意識。

四

首先賴茲回答安息小姐一些小別的瑣碎事情，然後他們沉默下來，好像意識已被響亮的音樂奪去，可是賴茲的眼睛卻牢捉著安息小姐的面孔，使得很感意外的安息小姐蒼白的臉孔羞紅了起來。是的，這是最重要的一刻；賴茲準備要把他心中的事宣佈出來的一種真摯而逼人的前奏。黑貓的利爪刺進那個紙板的小洞，全身肌肉頓時緊張起來，牠幾乎因力量而在那狹小的空間站立起來，開始撕裂那張替代玻璃的厚紙板，然後牠的柔軟身體便強硬地從這一條長長裂痕擠進來，像擠進一條割裂的傷口。

——我不能夠——

——妳能，只要你有信心嘗試。——

——我還是不能這樣地去做啊。——

——我會扶住妳好好的。——

你知道，我的力量不夠；要是我一踏出去，只要你稍微走離一步，我便會整個仆倒下去，也許就這樣死去。——

——不要傻，我哪能離妳一步呢——

——若非是去看那灰色鳥，任何人對我這樣建議，我都不會答應的。——

那隻鳥是妳的，由妳帶回來，我同樣保妳安然地回來。——

——為什麼你一定要安排這個詭計呢！——

——一切還不是為了妳著想——

——我知道，我知道……——

安息小姐感動得似泣似笑地說著。黑貓用著殘絕的手段迅捷地殺害了籠中靜息的灰色鳥，牠口中銜咬著的身體的一部份並不使牠感到如何的美味，在這凶狠的劊子手反而傲慢地離去的時候，墜落下來死去的灰色鳥的頭埋在牠自己的胸羽中，一落下便告靜止，無息地癱軟在那裡，整個身軀僅只缺少了一簇美麗的尾羽。

——真的如你所說的那樣紅嗎？——

——一點不騙妳，嘴和爪都同樣顏色。——

賴茲小心地扶著這位因麻痺症而失去單獨自由走路的女子下來樓梯。在路上並沒有許多

人對安息的模樣投以太驚奇的注目，事情並不是如我們所料的；因為同在一個市街中生活，任何事已因互相傳聞而瞭解清楚了。事實上在這個市街裡，因麻痺症而變成拐腳的少年少女不只安息小姐一個人。他們一路上還熱忱地談到那隻被期待觀看（對安息一個人來說是捕捉）的灰色野鳥。殘廢者的胳肢窩夾著拐杖的柄，另一端堅硬的觸地聲在水晶般的黑夜中傳得很遠，響徹著已經漸漸睡去的街道。沒有灰色鳥主人的攙扶，她只有僵直地倒下，臉孔會埋在冰冷的石泥道上，或埋在積水中窒息。他們一步一步艱難而緩慢地移向那間在黝黑中的房子。

作於一九六六年

阿水的黃金稻穗

一

劉俗豔死後第二天由她的丈夫親自再把屍體從一堆軟沙裡挖出來。男人們帶著好奇心去看她，婦女們站在與死者同樣為女性的特殊立場對那凶殘的丈夫懷著輕蔑的態度圍繞在南勢山的墓地，且目睹了那個男人的卑賤的醜惡動作和罕有的冷靜升起了一股憎恨和咒罵。遙遠的海灘上，木麻黃森林的樹梢上顯呈著血色的凝塊，巨大的夕陽，山腳下的稻田已經普遍長穗，一列南下的火車的音響隆隆遠逝；那些繽紛的雲彩，那些大塊紅雲，那些由雲塊綻開的隙縫露出的藍色天空，都像靜止地凝視著這光凸的山頭。唯一的響聲是那隻鋤頭鏟沙的低低的沙啞聲音。潦草掩埋的屍體首先很驚駭人地從沙土裡露出半截纖白美麗的腳指，凸面光

滑的指甲中央有著一道閃亮的光輝，那琺瑯質的東西，似有意而自然地排列著的三隻顯目的貓眼，有一隻半露著，另一隻埋在淺淺的沙裡。當那一層掩蓋的沙土鏟除之後，就露出從裡面滲透出來的一塊一塊血漬的黃色草蓆。那個人；那個殺妻的男人，那張許多人熟識二十多年的沉靜面孔，依然冷酷著，沒有半點悔恨和顫慄的顏色，像個無感情的工作伕從容地，熟練地，很有臂力地把那整個絪捲的沉重的草蓆由廢墓坑裡搬提出來，摔置於旁邊堆高的沙土上。圍繞觀看的人，都被他那緘默順從和冷酷的姿態以及憑想像的沉重物所震駭和窒息，靜靜地凝視著，沒有一個人敢移動站立的位置，或從倚靠在他人肩膀上的手臂放下來。一張裝扮得異常嚴肅威厲的多髭的職業面孔朝著他；「阿水，背起來，她是你的妻，像你背她來時一樣地背回家去。」他默默地順從，如一位有效率的搬運伕把那絪捲裡面的屍體提起放在右肩上。當圍睹的人緘默地分開一個缺口讓他走過去時，那背影的身後伸露出兩隻雪白的腳板，隨著他在路徑的堅實腳步上下搖盪著離開這墓地的山頭。

此時，可憐的劉俗豔回家的時候，不再覺得寂寞。而昨夜，她的冤家把她搬離家門的時候，卻是淒寂地路過草場、稻田和馬路，然後棄置在一個廢墳坑的黑暗裡。有許多人像在迎送般地跟隨著那位自作自受的男人的腳踵，形成一列人潮。相識劉俗豔的女人的軟弱的心胸不能控制住那景象給她們的感觸而偷偷啜泣著。好奇的男人互相推擠前進，好像深怕和前面那個人拉長了距離而失掉了視線；這些男人，這些客觀冷靜幸災樂禍的男人竟不知不覺地讚嘆起殺妻者來回二次獨自搬運屍體的過人體力。大多數膽小的群眾都露出緊張的面孔議論和指出在夜晚可能很黑暗和陰森的所在。

踏進農莊的曬穀場，中央的正廳，步入劉俗豔瀰漫著幽暗光線的臥室，屍體整個沉重地摔在一張古老美麗的木床——那張被人詼諧地談及一直是他們夫婦表示恩愛，繾綣交臂，和產子的雕鑲著花鳥圖案的古床。草蓆解開之後，劉俗豔美好而靜靜地躺臥著；那是她那誘人的豐腴的身材給人帶來憐惜的印象。其實，整個身軀僅僅裹著一件已經撕裂的絲綢睡衣，雙臂和大腿都赤裸著，佈滿著一條條如河流的血跡，一頭垂散的長長黑髮亂地糾纏在那張彷彿羞於見人的面孔。可是人們猶記憶，當目睹著劉俗豔臥室裡衣櫃和梳妝台依然整潔地擺著她日常的應用物品的時候，使許多人想到昨日晌午的時候，她走出車站的情形，她與女兒和兒子親熱地走過市街道路，臉孔展著回家的愉快笑容，頻頻地和熟識的婦人們打招呼，許多人都投著羨慕她享受閒適生活的眼光，讚美著那張誘人的秀麗的面孔。

「阿水，開始，你怎樣殺她的現在再來一次。」那張職業的嚴肅面孔朝著他吩咐著。殺人者依然保持著原有的沉默，臉容帶著使人駭異的悲憤和輕蔑，潔亮的刀光閃著照像機的鎂光燈，從容且無半點畏懼地，有序地一刀一刀刺進佈滿在手肘關節、大腿和咽喉，已經縮合凝血的傷口。那個靜臥的屍體再度遭受到猛烈的刺殺而震顫，發出踩踏泥沼的聲音，手臂猶帶有神經感覺似地痙攣地舉起來，又摔落在床板上，發出駭人恐怖的拍擊音響。突然，殺人者疲倦地停止了那種瘋狂的刺殺；他感到由心中傳佈到手臂的一種不可阻擋的痠麻，全軀都佈滿著厭煩和倦累。有人仁慈地遞給他一杯開水，他飲啜之後，額頭開始冒出一些汗水，臉容浮現著疲困的蒼白顏色，深陷的眼睛發出暗灰的光芒。

之後，在那沉寂中，有許多人來來去去騷動的劉俗豔的幽暗的臥室，那位弓背在角落的

男人裝作和堅持的冷靜，那僵化的悲憤，那男子漢面目開始瓦解了；他蹲坐在一張房中的矮凳，靠近著美麗的古床，臉頰劃過兩道閃亮的淚痕，他以一種含恨的眼光注視著與他的視線平行在床板上仰躺的女體。

刑事張樹木走近他，站在他的面前擋住了視線，提起他的一雙柔軟無力的手，且在手腕的地方靜靜地套加了手銬；「走罷，阿水，你的事都完了。」他緩慢而怠倦地站起來，垂低著頭，跟隨著刑事走出那間劉俗豔的臥室，那間他的妻僵睡著昏暗和冷淒的氣氛所包繞的寢室。整個在竹叢屏圍裡的農舍，那些沒有陽光和顯得孤立幽暗的茅屋漸漸與他分離。他們沿著一條由農莊出來的牛車道向市鎮步去，在那漫長的途程中，大家皆沉默著，誰都不理會誰，互相在緘默黑漆中跟隨前進，煩厭和困倦以及飢餓侵襲他們，在這種痛苦和災難中都想超越未來艱苦的生命和時間。但二個嘮叨的女聲由隊伍的後面微弱地在移動的腳步聲中穿響著。

「妳想他會嗎？」

「他會責怪他的女兒嗎？」

「太殘酷了，真駭人。」

「忍耐是有限度的。」

「他的妻子不常在家好像已經是很久很久的事了。」

「和那樣冷靜殘酷的男人住在一起真可怕。」

「要非她的女兒趁著他上街時離開農舍跑去報警，誰都不知道他已經殺了他的妻。」

「⋯⋯」

涉過沙河時的吵雜的水聲掩沒了談話聲。那位孤獨和冷寂，且失去了自由，如一隻被牽制的牛的男人，他正在沉思，那些往昔的事都回來了；那些久遠的，依然在腦中可清晰追溯的，七年前他和妻以及他們的孩子們，由市鎮移遷農舍同樣走著這條不曾為時間改變的車道的一切細節都回來了。

二

二部牛車停在門前。當劉俗豔最後說：「但為什麼，一定要離開市鎮？」時，那也許正是最後的結果在最初時的預兆；有什麼事情開始在這個光輝的喜悅的日子之後漸漸醞釀，像平行的鐵軌不再平行，樹幹分出枝椏。那塊門前黃色的土地，牛車及高高疊堆的木器投下了一片奇異的建築物似的影子。車輪的投影變成扁平。拆解後的古床用麻繩綁縛在車柱，一切的家具都是如此與牛車的身體牢牢的縛在一起。無數的炊具都得吊掛或塞進木器的空隙。晨陽銳利地照耀著美麗的雕花古床的紅銅油漆的光澤，衣櫃表面的四方形水銀鏡反射著有如鑽石閃光。清晨九點鐘，它們靜靜的停立在紅磚門口，等待著，甚至招引好奇的稚童前來觀看。它們在陽光下暴露在幽暗的房中角落不曾有的美麗形狀和光彩。雖然如此，它們正代表著即刻的有形的運動，一種象徵人類位置的遷徙，一種移居的必然行為：他們要搬家，所以如此。可是一切都未曾真正的開始。首先，同時展覽給頑皮的童子們的二隻黃牛，正受到

那些小眼睛的注視探索，小手臂的侵擾和侮辱。牠們平靜地四腳支撐著巨大的渾圓的土紅色的軀肚，在榕樹下的蔭涼裡等候著。灰色的角和暗紅的皮膚印著能夠移動的、圓形的、太陽由樹葉隙縫穿落的光影。肚腹的皮革彈回打擊的小石頭，搖動著顴骨凸露的魯蠢巨大的顏面，大眼睛緩慢地擺動眼球，投出寬恕和警覺的表情。牠們在等待的時光所顯露的是慵倦和平庸。但是牠們不再忍受那種尾巴下方陰處的搔癢，揮著那條橫掃有聲的尾鞭，從一隻小手掌裡打落了一根蓄意煩人的竹子。牠的頭生氣地去扯那條在鼻孔一頭縛牢在樹幹的麻繩，龐大的身軀不安地迴轉著，足蹄蹴地，發出憤怒抗議的吼聲。阿福來從屋裡走出來，後面跟隨著他的父親黃阿水。沉默的青年望著已經逃逸而去的稚童們的背影，遲凝著，呈現著一種慍怒的表情，但卻被一聲旁邊的雷鳴吼聲驚駭著：「我剝你們的皮，你們玩我的牛。」

然後他的父親的面孔彷彿戴著近視眼鏡，勾低著頭，抬高黑色的眼球巡視周圍。「阿福來，快把牛套上車。」隨即從白天還是很幽暗的屋裡走出來黃阿水的十三歲女兒玉鳳。她穿著方格裙和粗布花衫。最後出來的是他的小兒子金，

五歲，樣子頗像他的父親，漂亮、體格方壯結實，沒有阿福來那種書生的模樣。然後是他的不滿意地望著她的丈夫，那位在繩索中忙碌的，結實、狡猾、暴躁和英挺的農夫，那位看來是十分不高興，帶著羞愧的表情的動人的黑斑。古式的長裙款擺著，微微顯露裡面大腿的動人的輪廓，布面是灰色有暗紅條紋，白襯衣外面加了一件薄薄咖啡色的男式外套。劉俗豔鼻梁的左右頰面上散佈著野氣和誠摯表情的黑斑。她穿著方格裙和粗布花衫。劉俗豔

不別於一切農夫們共有的平庸呆癡和老實的男人。她脫下了那件外套，讓豐滿蠟白的手臂浴滿陽光。她立在門邊望著她的發育中的兒子阿福來最後套妥了那隻牝牛。軛加在牛肩背上，

左手拉抖著繩索。那隻牡牛伸擺著頸脖，使軛安穩地靠在適當的位置。她再由牛車上的家具轉移視線看著回頭巡視的黃阿水。而當他對她詼諧的讚美著──「妳是好看的，這樣的穿著很合適於趕路步行。」時，她說：「但為什麼，你非要離開市鎮不可？」黃阿水生氣和嚴肅起來，當他臉上沒有笑容時，是頗使人生畏的。她的眼神像一個含恨者所有的蓄意報復的眼睛。

「我已經告訴妳多少次了，農夫有他的職責不應該離開他的稻田。」

「你的確從不曾與它們分開，阿水，十年間你從未間斷過一天。」

「是的。可是每一天我和阿福來來回回要走六里路，黃昏回來時，晚上我擔心著它們的安全。」

「擔心？你曾擔心過我，還有玉鳳和金？」

「那不相同的，人本應照應他自己。總之……」

「總之你想變成一個守財奴，孤獨者。」

「總之這裡沒有曬穀場，路途太遠，當收穫的時候，我曾感覺來回搬運的艱苦；一個農夫住在熱鬧的市鎮是不相宜的。」

「整個家庭的生活都因此而暗淡、單調和缺乏、不便。」

「我們是農人，妳是農夫的妻子，農夫的母親，不要跟我再談那些。」當天亮起床時抬眼就能看到自己的稻田，晚上睡眠都能聞到它們在晚風中形成波浪呼吸喘息的聲音，這是農夫生活的滿足。

「是的，我將不再說什麼。而我是那麼厭惡那些雞鴨、牛和稻田以及晚上更多更長的黑暗和早睡。」金的姐姐玉鳳把他抱上前部牛車後面的空位。金對玉鳳無端地笑著。「笑什麼?!」玉鳳有些惱怒地斥問金。「坐在這裡很適服。」「我知道，不要講話。」

「把門鎖上，阿福來，然後你趕第二車。」

黃牛臀背的皮革響出一聲繩鞭暴虐的抽打，同時，空際響徹著一聲雷鳴的吼叫，那隻牛震跳起前腳，拖動著那一車家具，木櫃和什麼；於是開始啟程了，黃阿水的臉部的眼眶罩著陽光短截的暗影。他走在牛軀的左側，牽拿著由鼻端引來的繩索，時時去抽拉那隻被鐵器套掛著的潮濕黑藍色的鼻子。阿福來的車跟著他的父親。在那隻巨大而無表情的頭顱前面，金很適快地顛簸著身體，搖盪著兩隻赤裸的腿。女人都走在後面。劉俗豔的臉依然是羞澀不悅的表情，當遇著路人的時候，它變成微笑的紅色的。陽光使那張豔麗的臉看出來不是因為難為情而激起的紅潤，卻更像一朵花的煥然和美麗。身旁的女兒也是漂亮的，可是像蒼白和沉靜些。

離開市街的時候，他們的車隊經過那條傾斜和多石的鎮尾路。那些貧困的平民的矮屋門前棄散著甘蔗渣和乾枯的落葉，水溝凝積著發臭的污水，兩旁的泥牆回響著輾壓沙粒的刺耳的噪音，和男性有力的憤怒的趕牛的喉部的吼聲。牛頸的銅鈴優美地搖播著，與女性的話語密切地混合交響。那位母親和女兒的裙裾擺舞不已，腳上的紅色布鞋輕捷地踩踏在地面上。她時時停止腳步和相識的女人們交談，於是雖然那二部牛車是世界上最緩慢的交通工具，依然轆轆前進，與步行的女人們漸漸拉長了距離。而那凶暴的男人又給牛車抽打一下。他使那部牛

車走起來像馬拉車的速度，銅鈴會在抽打皮革之後發出急躁頻頻的亂音。他穿著短褲，露出黝黑圓硬的腿肚，小腿和膝蓋佈滿茂盛的粗毛。阿福來學著他父親趕車的那種嚴厲的急躁的，暴虐的態度，可是即使他有心狂暴起來，他那欲睡的眼睛，黃白色的細嫩的面孔，斯文怠倦的腳步，都足以解釋為一個不適宜當農夫的仁慈的憐憫那隻畜生的佛教和尚，那隻高額亮眼的牝牛是因為前面一個小孩的嘴臉的挑戲而引發了牠加速腳步。無論如何，阿福來的繩鞭是柔軟的，裝模作樣的，不能使疼痛透過那張堅韌的皮革。但是二部車依然是不曾因此脫離，在那雙露出炯炯凶畏人的眼光的頻頻回顧監視下，他們很快走盡這條女人們和小孩倚立門檻好奇地注視他們，以及聽到劉俗豔的述怨的使人產生煩躁和惹火的街道。結束這條鎮尾路是路中央的一處塌陷，牛鈴、車輪和車上的家具齊聲震響了一下。在阿福來和他的車同樣遭到震動和顛簸之後，車輪就像在一次柔滑和天鵝絨上平滑地馳輾。

經過一列草屋和一口長滿青苔的古井，陽光煦和地照耀路旁二邊低陷的沙河的廣大沖積層的稻田。這條筆直的路由細沙積成，路肩長著尖尖的青草。金站起來，雙手扶握著車柱，尋找第二部車的家具的隙縫，由一條亮光看看他的母親和姐姐。阿福來被他的舉動引誘了，回顧著那兩個來到路口下陷的地方的女人。那兩個人一人走一邊，避去那個缺口。她們不再有人與她們交談，抬頭挺胸地擺動著手臂趕過來。

「坐下，金，不要挑戲那隻母牛。」這是黃阿水柔和的聲音。

「沒有啊，我是在看媽媽走到那裡。」

「不值得你去關心的，坐下。」他稍稍粗暴了些。

金頓時收斂了臉孔上的笑容，坐下後那雙腿繼續搖盪著。他懷著不容被人羞笑的心情望著他的哥哥阿福來，正適阿福來用著他在陽光中縮成一條縫的眼睛，竊竊地觀察他。金生氣了，阿福來轉移於他的牛隻，使揮起繩鞭狠狠地抽打他身旁十分平穩地走路的牝牛。黃阿水聽到鞭打的響聲頗為驚異的回視著阿福來和那隻受嚇的牛，他覺得阿福來的動作屬於一種故意和犯罪的，便對他嚷道：「阿福來，當牛在平坦的路上輕捷地前進時，別酷待牠。」阿福來羞愧地不敢抬頭看他的父親。當他斜斜地移動視線去看金的表情時，那張臉孔充滿了得到報復的反譏的笑容。

晌午時分他們來到沙河的沙灘，車輪陷入鬆碎的軟沙，那些緩慢的腿變得更加遲緩。黃阿水並沒有加鞭於他的牛隻，使牠依然在一種適快的情況下延續著，以蓄備一些待用的體力。沙河的沙灘面積頗廣，整個河床幾近乾枯而卻遼闊、荒涼和醜陋。

「抱下金，阿福來。」

一聲命令，阿福來把手上的牛繩結在車上的柱頭，另一手依然握著繩鞭，在牛頭的眼前那一窄狹的空間，依著車的速度，一面走一面抱走了那個小身體。金著地後興奮地踩著柔軟的沙土，他充滿了驚奇、愉快和雀躍。他審視著牛、牛車，車上光亮的家具，阿福來和父親，回頭望媽媽和姐姐，像一個大統領的姿態。一會兒，他發現了輾過的下陷的車跡，把一雙小腳小心地套在那帶子似的溝道走著，不使二旁的沙塌落下來。他浮躁和歡欣，跑著、跳著，喚叫他的母親，跑到前面預先去看看那條微急的湍流。回轉來後，很賣力地推著阿福來那部有些落後的牛車。他重又回顧他的母親，展出一張得意興奮的笑容。

第一部車落水過沙河了，水面閃著陽光的燐片。河底充滿著高低不平的石頭，車輪在水中發出隆隆的響聲，和水流衝擊聲混成一片。黃阿水小心地掌握著那隻驚慌和吃力的黃牛。整部在水面上的車抖顫不已。在五月水量多的時候渡河是生動的。阿福來和他的車停在岸邊望著他父親與牛合力地拉著車。他的表情有點恐慌。他的父親發出宏量催促的聲音，從水面上傳來令人顫慄的抽鞭的音響。整個景象充滿了殘暴，激烈和生動。又一次抽打聲，那隻前腿剛踏上岸的牛突然用著窄有的勁力急速地把整部車拖拉上岸，且在沙灘上滑行了一段距離。黃阿水發出一聲揚抑的聲音，牛和車一齊停止。

「過來，阿福來。」黃阿水在對岸喚叫著。阿福來發出女中音的聲音效法著他的父親和牛一齊落水，他的繩鞭現在顯得有力了。整個沉重的車在水中轆轆地急遽地行走，「慢，捉牢著牛頭。」岸上黃阿水的吼聲提醒著阿福來。兩個女人剛走到河邊，被那一泓急水嚇阻了。金沒有動彈地望著他的哥哥阿福來那種驚慌甚於牛的舉動。阿福來像迷失了方向牽著牛頭斜斜地在河中前進。他的頭擺來擺去，看著牛，看著車，看著水流。「朝著我，阿福來，朝向著我。」阿福來瞥望岸上的父親，一面用力扳著牛頭。突然，牛，車和阿福來整個陷入於一處低窪的窟窿，那隻牛驚住，拖不動，停在那裡，擺高頭顱瞥視跌倒的阿福來，顯出毫不在意模樣。車頭斜傾，阿福來迅速的從水中躍起來，胸部以下濕黑了一大半，他的手依然緊握著繩索和繩鞭，臉色蒼白，神情緊張。連續抽打二聲，牛出力地拖拉，車搖顫了一下停住了。水流繼續地從輪縫間穿過。黃阿水憤怒的奔下河裡，從阿福來的手搶奪了繩鞭。那隻牝牛凸起頸代替那軟弱的兒子，揚起繩鞭，雷鳴的吼聲再度貫徹著遼闊荒漠的沙河。他

背，但沒有用，車子的前輪陷入泥坑裡，車子抖動一下便停止了。他開始發揮他的狂暴，鞭策著那隻牛。那隻牛又停止下來，瞥視左右。他開始大聲罵叫，驚慌的阿福來依著他的指示跑到前車抽出一根車柱。黃阿水怒視著河岸旁觀的兩個女人，他對她們大聲嚷著：「脫去鞋子，下來推！」玉鳳迅速的彎下身軀解開鞋帶。劉俗豔站在那裡沒有動彈，像在懷疑著那道命令。她的臉孔在滿佈的陽光中煥然、苦惱、疑問，彷彿她在專心凝聽那道發出喘息的沙河流水。而當黃阿水再度吼著：「女人，下來！」的時候，一朵漂來的花枝浮在水面，迅速從車底下穿過，然後急遽流去。劉俗豔突然瞥視到它，臉面突然憂暗下來，她像能夠領悟到它的急行而去的象徵。但她的眼光沒有貪婪地追隨它，她像知命的，屬於道義的，彎下身軀，解開帶子。兩個女人下水之前把裙子翻上來塞進腰帶。在那接近中午的陽光下，在那遼闊的河床，四隻從遠處看起來很小的，閃著乳油光澤的象牙美腿，漸漸隱沒於那道青藍幽暗的水流。

三

於是劉俗豔開始常常回到二十公里外的大甲鎮的娘家去。當阿福來沒有結婚之前，她說她的女兒長大了，有時可以替代一些家務。而當阿福來結婚之後，她說家中已經有兩個精於農莊家務的女人。劉俗豔的父母兄弟都住在那個中部的大鎮經營布匹生意。小時候，她居住在一個更老更頹舊的鄉下，她喜愛從鎮上拿回來的美麗的布料，常把自己打扮起來。那時的

黃阿水父母早死，是村中一個聰明，有力和英俊的牧牛童。他們相愛，十七歲就偷偷地懷孕了。為了有辱於家庭的聲譽，他們不得不結婚，劉俗豔的父親給他們一些錢，在沙河鎮的鄉下買一塊田地，於是他們搬來沙鎮定居。從此，劉俗豔僅僅一年一次在春節過後的第二天回到大甲鎮去。但阿水從來不願再回到那個曾經被劉俗豔的父母辱責的地方去，無論如何，雖然他在節儉之下田地擴展了，但十七年之間他避免提到那個地方。現在劉俗豔開始覺得娘家溫暖，漸漸地熱愛那個大市鎮；那裡講究生活，遊樂和交友，她被心中嚮往的一切逸樂、舒適、交遊所吸引，漸漸地對單調、污穢和艱苦勞力的農舍感到乏味和憎惡。於是，當阿福來婚後她有所藉口的時候，她就搭沙河鎮的火車回娘家。

可憐的阿福來是那樣稚氣和意志薄弱，無法窺察這是母親詭祕的仁慈。那天，冬日的太陽照耀他頭上擦油的長頭髮、腳上的皮鞋和那張黝黑沮喪的面孔，穿過份寬大的灰赤色條紋的毛料西裝，跟隨著他的母親和一個鎮上的媒婆罔市翻過太平頂的山頭。風沙搖曳著他的衣角，頭髮像風中的樹梢。他的手上終於提著沉重的皮鞋，赤裸著赤色的腳板在山道的泥土地上緩緩地和二個談話的女人走著。他在一棵大龍眼樹下的蔭影中脫下了上衣，把手掌中的手絹伸進頸脖的襯衫裡面。晌午的時候他們路過一條淺淺的清澈的溪流。媒婆罔市說：「可憐的阿福來──」他的母親則對他說：「把衣服和鞋子穿上。」阿福來沉默地坐在一塊溪中的石頭，低垂著頭，捲起衣袖濯洗他的腳。他的腳從水中抽出來，擱放在他眼前的另一塊石頭上。太陽光在那黝黑寬大濕淋淋的腳上蒸發水氣。「阿福來，用襪子頭擦擦腳。」他的母親說。她站在河岸的樹蔭下，手肘的鐲鐶，手指的戒指閃亮著。那位媒婆彷彿一隻瞌睡的母

雞蹲在劉俗豔穿著藍布鞋的腳邊。劉俗豔的手臂吊掛著阿福來的上衣，另一隻手提著沉重飽滿的皮包。阿福來腳上穿著皮鞋像一個稚童般在溪中的石頭跳躍著。越過了午飯的時間，他們到達山中的一個村落，走進一間低矮的茅屋。在那光線灰暗的室中，幾個人圍坐著談話，阿福來羞澀地不敢瞥視那位肥壯的姑娘，他遲疑的、笨拙的用顫抖的手指緩緩地在那隻向他伸來的慣於操作的手掌的中指套進一隻金戒，那隻微露污跡的中指曲折起來，在中間擋阻著戒指的前進。阿福來困惑著、顫抖和驚異，他偷偷瞥視著眼前磊磊大方的姑娘，再移視他的母親，退回到自己的位置。

緘默的阿福來像在那條漫長的回途的路上做夢幻想，他的臉整個背向太陽罩在黑影裡，半閉著眼睛。走在前面的兩個女人一面走一面談到婚戒的事。阿福來被那譴責的語聲驚醒似地抬起頭來，因為那婚戒並沒有照媒婆的吩咐敏捷地一下套進指底。

「阿福來是那樣的老實。」媒婆罔市說。

「我不相信那種迷信。」劉俗豔說。

「這是一個傳說罷了。」

「這是一生結合的預兆，阿福來是會怕她的。」

「我的阿福來是命定的農夫，那說法是一種象徵的寓意罷了，實際並沒有什麼應驗。」

「可是我一點兒也不怕阿水，當年我想起來那戒指一定是一直套進指底的，我們沒有媒婆，沒有人告訴我要像那位姑娘一樣做。」

「不要擔心，這一門親事是很好的，第一眼他們對阿福來的印象很讚美，擇定了日期就

可以娶過來，她很勤勞和節儉，手上還有番薯乳的污跡，這一切會帶來幸福給阿福來的。」

阿福來再度沉入心中的幻想和美夢。劉俗豔第二天搭火車去大甲鎮為阿福來買辦一切婚事的東西。元宵過後迎娶新娘到了農莊。黃阿水豪放地宴請鎮上的一羣朋友、商人和附近的農夫喝喜酒。翌晨新娘起來煮早飯。春耕的時候，她熟練地發揮了一個主婦罕有的能幹。她能挑稻苗、收割、曬穀子、餵養家畜，彷彿應驗鎮上那位媒婆罔市的預言：阿福來是幸福的，聽命於她的。於是當劉俗豔要回娘家的時候，她會說：「家中已經有兩個精於操作家務的女人了。」

四

牠們站在竹叢的梢枝搖擺著小身體，那羣長於炎熱的南方的麻雀們圍堵著曬穀場那片波浪的稻穀。牠們的小眼睛閃灼著，搖擺著羽毛貼伏的頭注視著浴滿秋天豔陽的黃金的稻粒。在煩厭的噪音包圍下，房舍門前西北風吹拂那簇上翹的尾羽，使身體整個像動盪的蹺蹺板。長高了的金蹲息於附近的簣下陰影裡坐著沉默地低垂著頭的他，雙手忙於一隻未完的簸箕。一間稻草蓋起來的低矮寮子，旁邊靜靜地放著一隻翻稻的長木杴。精靈般的金隨時都會給那羣俯衝下來的麻雀以快速狠惡的打擊，他抬頭打量著音律嘈雜，不息地跳動位置的小身體，他在巡辨那一隻是牠們之中的領袖。竹叢繞屏的房舍前那一片曬穀場呈現出靜謐欣喜的，金波閃耀的氣氛。陰影中他的雙手不停地活動，那個臉孔異外的冷默和苦思。雙手是靈活自由

的，像不屬於腦的支配的範圍。他顯露出疲倦和黝黑，收穫的忙碌便使他的臉孔因久曬陽光而發出黑色的光澤，他的模樣有些沮喪苦惱和消瘦。突然他的眼睛抬起來瞥視前方草寮下的金的臉一眼，冷峻和帶有試探的意味，那光芒彷彿隱藏在密林叢中豹子的明亮的眼睛。他再抬起來注視金，他的雙手停頓了，他思索一下，又看看他兒子。

「金——」黃阿水的聲音突破著靜謐的氛圍。

「嗯，爸？」孩子的視線由樹梢移視他的父親那冷默的臉孔。

「你的母親走的時候對你怎麼說？」他有些慍怒不悅。

「沒有，僅說……」孩子有點懷疑。

「說吧——」他催促他。

「她沒有說她是什麼時候回來的？」他的臉上露著生氣的表情。

「沒有，爸。」孩子有點苦惱。

「其他還說什麼？」他有些不滿意地再問。

「希望我能乖些，幫忙嫂嫂曬穀子，我都做到了。」

「是的，爸，她說過，那麼算起來明天黃昏會回來。」孩子有點恐懼地但終於放鬆地說著。

「看那些麻雀！」他狂暴地吼叫著。

金迅速的躍跳起來，從身邊提起那隻木杓的長柄，在稻穀的上空揮掃一圈，那羣乘機俯衝下來未及停足的麻雀又鼓翅飛升回到竹梢上。金轉身回來矮寮的陰影裡，氣喘著，把木杓

放下來。在這一瞬裡、他的父親的聲音，帶著煩厭，隱藏著怨怒，命令又傳過來…

「不要坐下，把穀子翻一次。」

金十分畏懼那張在簷下的暗影顯露出惱怒的面孔。這時，阿福來的牛車停在門口，走進曬穀場時拖著緩慢懶散的步子。黃阿水的視線盯著這個奇怪的懦夫一般的大兒子。阿福來橫過曬穀場，那雙龐大的腳板顯得很沉重。

「你準備好了嗎？」

「我進去拿麻袋上車。」

「倉屋的兩袋花生送去榨油廠。」

「回來恐怕會太遲。」

「照我說的做。今早你去那裡拖了這麼遲？」

「我去砍一棵樹梢做了一根牛車柱，前面的那一隻看起來不很吃力。」

曬穀場沉靜下來了。簷下暗影的雙手繼續工作著，金走回矮寮坐下。阿福來走進倉屋抱著一綑麻袋出來。他再橫過曬穀場的時候，他的肚子凸抵著那綑多塵的灰色的袋子。他的腳步斜傾、倦怠和無力。簷下的那隻眼睛監視著他後仰的背影。阿福來走到門口車旁，用勁地把它們拋上車裡，打落身上的塵埃，那繩鞭柔軟地抽打一下，車顫動了，向前走去，從門口移動消失。突然，一個捷健的身軀從那簷下的陰影跳出來，一聲雷鳴的怒吼。

「停車，阿福來──」

阿福來驚嚇地勒住了牛，車停止，從背後揮來那隻光亮的車柱，致命般地擊在臀部上。

阿福來雙膝跪下，爬起來，跑前去，躲閃著第二下，車柱的一端打在右邊的臀部，他跑到牛隻的那一面，眼睛擠出痛苦的一顆淚珠，雙手按著麻木的臀部，恐懼地望著那一張暴怒的面孔。

「我曾囑你再幹些什麼，阿福來？」

而這一張黝黑凶殘的臉孔朝著牛背上那一邊的那張顫抖和扭曲的臉。

「那二袋花生呢？你以為一個農夫一次上街就只能辦一樣事情了。」

五

所以阿福來的母親劉俗豔常常對她的朋友說：「可憐的阿福來，他的父親總喜歡挑剔他打他，不理會他是已經有妻子的長大的男人。」

當黃阿水在冬日的晚上獨自涉過沙河的時候，北風的蠻勁把水花掃起來，濺濕他的面孔。他的臉孔在閒適的冬天依然是黝黑、憂鬱和令人畏懼的冷默。在寒星下他的身影在水裡是如此孤獨和扁薄，他的心靈充滿飢渴的苦悶。他來到市鎮的時候，街道充滿掃動的枯葉和報紙的碎片，他走進啞巴榮的金雞飯店，許多人看得見那靜默的外表裡隱藏著一股積壘的鬱悶和苦衷。角落裡有人在竊竊細語。白天，當他走過街道時有人會說：「他改變了，蒼老和沉默，自從他搬進農莊。」有人發出一個愚蠢的問題：「他的太太怎麼樣？」有人使出一種眼色。「噓，可憐的阿水，那女人不應該如此。」於是聚談的人解散走開。阿水對啞巴榮冷

冷看一眼。「炒一盤烏賊魚和一碗豬肝湯，紅露酒。」之後，他靜默沉思地坐在角落裡等待著。從臂膀旁邊敞開的窗口，他看到幽暗中獸肉市場的一座一座肉墊靜靜地躺著，每一座四周的四根木柱亮著暗紅的漆光，像那隻古舊的木床，油漆著褐紅的色彩，靜靜的停立在房中的一角。他的眼光朦朧起來的時候，那些肉墊變成了無數的古床——瀰漫著幽暗的光影的雙人床。由窗口流進一股冷冷的從肉墊襲來的腥臭和水氣蒸發的難嗅的味道。一小時一小時過去。他飲了二瓶酒。他的意識漸漸忘懷了四週的一切，連那股冷冷的屍味他都不再覺到。

而那張面孔所呈現的是懷念女人的溫柔時呆癡凝思的可憐模樣。他的手在顫抖著。觸撫和洩射的那種粗糙的物體；那張面孔又再度迷茫和醜惡起來。他的憤怒顯露在那雙汾濁的佈滿紅絲的眼睛，全軀貫暢著一股猛烈和溫熱的血液。不安穩。他把錢丟在桌上，起碼要超過他吃的價錢；那是以前人們常說的「吝嗇的阿水」罕有的大方的不在乎的舉動。夜已沉寂，依然流竄

像從那二個洞口不斷地蒸發那股待崩的熱流的煙霧。他感到自己是興奮、膨脹而又倦怠的，他不知道自己的腳是否像平時一樣地踏著地面，它們彷彿是不斷向前去支持那傾倒的滾火熱的易崩的身體。街道黑漆，兩旁的門關閉著，彷彿在擋住他的不禮貌或狂暴的入侵。沒有人知道那是農夫阿水在此走過，喝醉了的，需要一個扶持的人。他顛進廟裡，感到一陣靜著那股千軍萬馬的北風。街道因為冬季光亮減少了。

一把廟持常坐的藤椅裡，像一隻歇息的猛獸從張大的嘴噴著煙氣。他戲劇地在寧靜的堂殿中疑惑地注視著一尊一尊靜靜不動的神像。終於由於困倦而跌進謐。

第二天人們在店鋪和菜場私語著，他們說：「你可看見阿水來到街上怎麼樣嗎？」「他

到街上來了?!」「喝醉，找龍江要一個姑娘。」是的，這不足驚奇，許多男人都到過龍江開設的酒家去要一個姑娘玩玩，甚至許多農夫都那樣做，不足大驚小怪。可是，他是黃阿水；一個硬漢；一個節儉克苦的農夫；一個攜家在七年前由市鎮遷移到鄉下與稻田住在一起的忠誠的農夫；一個十分忠貞於妻子，克己和不好色的男人；一個過時的年輕人精力充沛的時候，他不曾荒唐過，他不曾放浪在街道走過，像昨夜。「可憐的阿水，昨夜被那位嘉義來的髒女人奚落了一番。」他靜靜的有如一個修養十足的紳士，許多人都猜想會發生什麼，而都以為必定會發生什麼。他說話，沉靜從容，抬起眼睛注視那個女人：「別的女人我都不要，我只要妳。」隨後他又說：「女人，妳要多少錢?」他坐在椅子裡，臉孔像焚燒的火球一般閃著光彩。是的，當半夜他躡躡地走進龍江的店子時，客人開始散去了，有些人留下來擁著女人走入房間，鎖上門。他陌生地坐在一把牆邊的椅子，審視著從他面前走過的女人，像密叢中的豹眼睛盯著她們的身體和面孔，沉默地，克制著全身沸騰的慾潮。

「小心，麗美，他在看著妳。」

「喂，不認識的。」

「像一個窮農夫。」

「一個酒鬼。」

「這個人怎麼那樣有趣。」

「他看著我有什麼用，我嫌他一身不乾淨。」

「我就要妳。」阿水冷冷地說。

「你的太太不在家嗎？省下錢來為妻子買魚買肉罷。」

「我就要妳。」他忍住心中的狂潮重複他的話。

「麗美，我說的不錯吧？」

「他要我，也得問我可要他？」

「他的樣子很駭人。」

「喂，死人，你對你的太太不感過癮嗎？都是一樣的東西，這裡也不是安樂窩。」

「嚇死人，他的眼睛——」

「不要理他。」

「走罷，」

「龍江，出來，我就要她。」阿水說。

從此，整個灰冷的冬天他不再在晚上來市鎮。那晚，他終於得到她，他為了羞恥和心中的憤怒，他非要她不可。第二天，當劉俗豔走下車廂的時候，就有人密密地告訴她昨夜發生的事。她的表情很愉快，顯露笑容，不覺驚奇。劉俗豔像昔日屢次的情形一樣回到沙河那一邊的農舍，整個剩下的冬天她沒有離開他的身旁，他躺在那張笨重的古床沒有起來，醫生被請到農舍為他診病。他患了嚴重的傷風。

春天來的時候，他習慣很早起床在田邊散步，他變得更穩重，沉默和憂鬱，心中交織著愛和恨。他是個可藉農忙恢復健康的男人。可是隨著春天的蒞臨，那女人又出門了：；她對農

莊的一切的憎惡勝過於她的責任心。她的衣服入時，比以前在市鎮時更加美麗動人，搭著一部南下的快車回娘家去了。

六

昨天，晌午，劉俗豔走出車站的時候，人們說：「看吧，那是誰啊？」「不是劉俗豔嗎？」「三個月沒有在市街露面了，她越來越豐腴動人了。」她的臉孔展著回家的笑容；頭上是那種入時的大鬈髮。她的女兒，也長成為一個女人的玉鳳和高瘦的金來車站接她。「她真幸福，最小的兒子已經長得快比她高了。」「那個女兒也可出嫁了。」「還記得嗎？阿水帶她來沙鎮的時候，她才十八歲，肚子像藏了個大西瓜，一個月後就生阿福來。」「可是，像有什麼事要發生了。」「胡說。」「是的，有什麼事要發生了。」

雪白的刀面閃動著，在樹木陰影下的一塊石頭上磨動，那個倦怠的身軀蹲屈震顫，眼光注視刀鋒。那隻刀舉起來，拇指輕輕觸摸著刀鋒。它又放下，擺在石頭上前後磨動，發出磨損的聲音。屋子裡是靜寂的，那個媳婦被用著溫柔的謊言強迫離開。她的丈夫不在，她的心中感覺著一種奇異的事將要發生的預兆，但是她不能辯白，只是沉默的順從。曬穀場空蕩和靜寂，比一切昔日的日子更加荒涼，甚至比冬季更荒涼。它浴滿光輝，但那不預示著什麼。

想到什麼是很可笑的。只有他獨自享受著懼慮的計劃的溫床，體嘗著恐怖和悲哀。突然想切

斷一切的思潮和記憶是需要勇氣的，他便是這樣在磨折著那十分可悲的憤怒已經昇華的心靈。磨刀的聲音突然停止，然後又開始，像計時器發出的來回的聲音。眼光凝固著。有腳步聲靠近來，他嚇了一跳，手中的刀停止磨動。他抬起那張陰沉不悅有些嚇然的面孔。

「喂，阿水，準備屠牛嗎？」一個路過的農夫問他。

「啊，清松，沒有什麼事，上街嗎？」

「很漂亮的刀子。」

「是的。」

「據說你曾是個牛販？」

「我不否認。」

「怎沒看到阿福來呢？」

「駕牛車到沙河鎮的農會。」

「你的媳婦呢？」

「回娘家。」

「其他的人呢？」

「去接他們的母親。」

「好久沒有看見劉俗豔了。」

「你在市街看到阿福來時──」

「有吩咐嗎？」

「叫他快回來。」

那個農夫聳肩感到奇怪走了。在沙河正看到阿福來和他的牛車在過河。

「阿福來，你的父親希望你快回家。」

可以看見農莊的時候，阿福來看見他的父親閒適地正在田邊散步，察看那些黃金色的稻穗，走幾步就伸出手掌托著稻穗低頭細看著。黃阿水聽到牛車的隆隆聲和牛鈴的響聲從緩風中傳來，他彷彿有意地走得更遠。阿福來在路上看到父親遙遠的孤立在稻禾上方的背影。之後看到他突然轉回來，正好阿福來把牛車停在門口。

「把牛車牽到屋前，牛縛在青樹下。」

黃阿水的聲音緩和地說著，沒有昔日的那種暴戾的火藥氣味。

「什麼事？爸爸？」

「秋菊回娘家去了，你去帶她明天早上回來。」

阿福來疑惑地望著他的父親那張沉靜有異乎尋常的臉孔。

「早上我上街前，她沒有表示過要回去啊？」

「她是突然想回去的。我沒有阻止她。但是，明天家中有些事，非回來不可，現在去。」

「母親回來後我再走。」

「你懷念她嗎？」

「是的。」

「你已經長大，不要再有那種小孩的態度。」

「是的。」

阿福來走後，阿水一直在門前的牛車道徘徊。當每一經過門口時，他轉頭望一眼那十分靜寂的房舍。當遠遠出現三個熟悉的人影時，他的腳步不期然地越來越快起來。「那不是你們的父親嗎？」劉俗豔對身旁的女兒和兒子說。終於三個人走近了。阿水立著望著她，彷彿是一次有禮的迎接，她的臉孔露出回到家的高興笑容。當兩個人交視的一刻，他們的心中皆顫慄地感到一種未曾有的不可思議的陌生。

「你的身體健康怎樣？」劉俗豔說。

「很好。」

「家裡都好嗎？」

「阿福來呢？還有秋菊？」

「兩夫婦回太平頂的娘家去了。」

阿水領著他們走過曬穀場，走進灰暗大廳。劉俗豔走入幽暗的臥室，她感到一股冷意，看到整個房間打掃得很潔淨，收拾整齊。她將手提著的東西放在那張古床上。她在床沿陌生般靜坐著，凝思著房中的一切東西，它們顯示出沒有女人收拾的有些倒反秩序的精心整頓。

午後，黃阿水到農田去看田水。劉俗豔睡了一場勞頓後頗為安逸的午覺。起床後，突然心中覺得農莊並沒有那麼可憎。晚餐，她親自下廚。這一天中，阿水沉默而冷靜地做著各

種例行的工作，一點沒有昔日的急躁和凶狠的模樣。他心事重重地遊行著，不似一個粗暴的農夫。晚飯後，在幽暗黑漆的曬穀場散步，屋裡的燭火渾紅地從窗戶射出來。眼睛望著那些夏天明亮的星光。四周是寂靜的。之後，他的心蓬勃起來，他思忖著，呼號著，來吧，既往的事物，羞辱的，屬於不平衡的自尊心的，寂寞的，屬於渴慾的，不能拂開的，包纏著他，淹沒了他。他的腳步趨近女兒和兒子的房門，鐵絲縛牢著它們。裡面開始發出叫囂、抗議、哀求的呼號，像籠中困獸的掙扎，哭聲不能越出這農舍的屏圍，在曬穀場的空際迴盪著。他冷默緊張著，直趨臥室。他冷不防地捉著那個無懼的，熟識自己的，曾經熱愛的，可向自己反抗的伴侶。她的臉現出一種不被嚇倒的輕蔑的神情，但是那巨大的震動，有力的手猛烈的搖撼著她，使她粉碎了心中的觀念。他心中那份羞辱的憤怒終於突破著歲月的忍耐，終於不再與歲月同行蘊藏，像崩裂的山洪不可遏阻地來到面孔身軀和手臂。「妳有抵償這羞辱的生命的代價品嗎？拿出來，由妳的姦夫手中所得的都傾出來。」「那同樣對你也是羞辱的。」「為什麼妳要那樣羞辱我？」「我不能解釋，起先我憎惡那次遷家。」兩片紅唇顫動著，她依然強行著鎮靜。刀面在燭光中汲滿著薄薄的紅色。她沒有在第一刀之前抗拒。但是她在第二刀的時候因疼痛和驚懼而奮力抵抗著。而他不能在第一刀之後停止。她哀求他，發出吠一般的哀鳴，與另一個室中的困獸呼應著，傳達著痛苦、悲哀和殘酷。他變得異常冷靜地屠殺下去，依著往昔屠牛的經驗，心中沒有半點憐憫，只熟記工作的秩序。血流血濺，她奔逃著，哀求和跪倒，他捉住她，放在古床上，她已失去了奔逃的能力和抵抗的氣力，腿、手臂的刺傷已令她癱瘓和充滿痛苦，眼光注視著他，呈露著心中的抱歉、慚愧和贖罪的

動人容貌。當她的心漸漸微弱下來的時候，她像在凝聽屋外傳來的二個變成沙啞的悲哀的懷念她的，和代為求饒的哭聲，直到這死像一場感激的儀式。

午後

一

　她的背姿遠遠就感動著一位騎摩托車的青年，雖然在新闢通寥寥行人的午後大道，在挨著路旁粗高的針葉樹的蔭涼裡閃閃搖搖的只不過是個郊區棕的膚色的純情的少女。似乎她的心中單薄的學識已足夠使她懂得配合穿著短袖白衫和一襲紫色裙，且那種閃灼在白色的陽光的緩步使這個假期閒逸的青年容易幻想愛情。

　摩托車從她的身旁很不禮貌地擦過的時候，她驚嚇地跳避了一下，眼光譴責地對那種魯莽的快速雄風的背影探索凝視，並且預期地看到了一張回顧的同樣是探索的男人的臉孔。

　她的內心願意遭遇將會發生的一切，她在等候的時候，心臟加速地跳動著；她繼續往前

走，不因心中預感著什麼而遲疑著腳步。騎托車上的青年轉圈回來，她的神經感覺到他又在她的身後轉彎回來，馬達的聲音漸漸的接近她，突然在她向前注視的視框的邊緣突出了他的影像。

「你能夠做到你能做的。」少女說。

「我看到冗長的路途中的疲乏是一種精力的浪費，我是這樣相信感覺和好奇。」

「你能夠──」少女回答。

「那完全是基於同一個方向的緣故。」

「藉口。」少女說。

「噢，我必須先到大學的網球場去打網球，然後再送妳回家，這和妳本來步行到達的時刻是相同的。」

她坐在摩托車軟彈的後墊，像是在利益中容易親近的現代的典型；青年和少女躍進，在這新闢通寥寥行人的午後大道風馳電掣。她的心中幻想著愛情且感到他的背部的白色的刺耀。

二

在網球場上，一位健美活潑的女子和一位同等高度的青年在一方與另一位高碩的男人已經開始了一場網球賽。

三個人同時耳中聽到摩托車的馬達聲，從傾斜的草坡漸漸靠近，中途馬達熄火，車子滑到一株龍柏樹旁停止。

當球場上的三個人抬頭仰視著這一位修長的中庸的大學生和那位很沉靜的少女的時候，他們的心裡都說──這令我想到昔日的不諧調……

青年和少女坐在龍柏樹的蔭影裡俯視著那底下的三個人的彆扭的球賽。

「妳一到這裡就變得很心事的模樣。」

「你載我來，我應有資格要求你的。」

「是的；同來的這一段路是和其他的形式路子具有相等的約束對方的意義存在。」

「我請求你不要參加他們的球賽。」

「但是我需要成長，需要磨練球技；我的裝束和這隻昂貴的球拍都是為了來打網球。」

「你可以改變，或者你可以感覺已經打過了網球。」

「那麼妳要我做什麼？」

「帶我回家或到那裡都可以。」

「但是他們少一個人。」

「你不必對眼前的事實具有同樣的感覺。」

「妳可以看到我參加那一邊，那一邊一定勝利的球賽，為什麼妳不那樣做，且做一個重要的觀眾？我是校隊的選手，妳沒有看到他們因為少了一個人打得很邋遢嗎？」

「我會感到寂寞。」

「妳是觀眾妳不會寂寞。」

「我心是寂寞的。」

底下球場的人對上面喊著：

「喂，參加罷——」

「請妳坐一會兒，他們的確需要我了。」青年說。

他站起來，從陡直的草坡滑到球場的邊緣。

三

看見球場的陣勢的少女，更加的寂冷和寞落地坐在草地上；她看見他靠近網邊與那個誘人的女子相對著十分接近，他（她）們相互牽引著左右跑躍，躬著前身，平舉著隨時殺擊的球拍，像是一場緊張的肉搏戰的姿態。這樣的感覺使她漸漸的感到冷抖起來；好像他和那個女子會經由這場熱烈的球賽而認識和相愛。她承認著他和那個女子在志趣上是多麼投契和相配。她的頭低垂著注視著腳邊的草很憂悶地感覺著。她抬起頭來對他投視了懷疑和絕望的一眼，他們正是如此熱烈而親密地競賽著的。她想到要是再耽擱回家就會太遲了的這一個念頭促使她警覺地站起來，很苦悶又無趣地離去了。

時至黃昏球賽停止，原先的兩個男人腋下夾著球拍，戴上帽子，對那個女子說再見，又朝著青年說再見。他們離去的時候一面擦拭額頭和頸部的汗水，一面背著很詭密地談論著。

那個女子在穿衣服的時候，他攀上草坡，他站在龍柏樹下的摩托車旁望著座墊，想瞭解那個少女是為何離去的，但是他迅速拂棄了對在球賽當中不能挽留少女的慚意，這使他回顧了穿好衣裳站立在寂落下來的球場中央像是期待著什麼的女子。他看見紅色的夕陽把她的影子孤孤地拖長在寂寥寬闊的球場，她的白色夾克染成粉紅色，她的臉孔帶著魅惑的暗影，她堅定地朝視著他。他那感覺處在廣闊的原始的渴慾自腹部幽幽上升。他已經十分的認識她，她在那場緊張且友誼的球賽中，他知道她十分美麗，他懂得她在引誘他，他十分喜愛這一切。他輸了午後的這一場網球賽。他承認早已拂去了對那個少女的一切記憶；他不曾見她抱著什麼心情和模樣離去的。他親熱地對孤立且等候著的女子喚著，當他內心馬上找到道義上的禮貌的藉口時：

「要一起走嗎？」

隨繼場地上長長的影子隨著那影子的本身的直立的軀體移動著，她拖著遲疑做作的腳步走到坡緣，抬起那張變得清晰的美麗的臉孔嬌作地仰望他。

「幫助我──」

「爬著上來。」

「我不能孤獨地爬著，我羞恥於這樣做。」

「那麼我在半腰處接妳。」

「你送我回家嗎？」

「我只有這樣做。」

「這與棄置我在這塊黃昏的寂寞場地是相同的。」

「妳和妳的家人相處並不會寂寞。」

「家庭是更能觸引著寂寞感覺的地方，那裡已經為一對情侶佔據著。」

「我們可以在一起。」

「是的，我們要在一起以抗拒寂寞的不幸。」

青年小心地溜滑到半坡，伸出一隻手臂給她，另一隻手掌像固定重量一般地按在草坡土地上。

「牢牢地捉住。」他說。

「牢牢地捉住我的手。」她說。

她用勁向上爬，他感覺到他的手臂牢繫著一個巨大的重量而痠麻起來。

「無論如何，妳也得奮力向上啊。」

「我無法找到有可出力的時候，因為你拉得那麼緊。」

「妳令我感覺到我一放鬆妳就會滑下去。」

「你必須在我需要助力的時候才拉緊啊。」

「我能夠如妳那麼容易對妳自己感覺嗎？」

「好在坡並不陡長。」

之後，青年頗愉悅地注視那張很接近的臉，他手依然未放棄地捉住她的手，但是她卻裝伴把視線移到暮色的夏空，對周圍的龍柏樹一株一株地審視著，她的視線越看越遠，直到草

地消失，再不能從兩株樹幹之間穿過。

四

現在這對男女共騎駛過的這條新闢通的大道兩旁，充滿了來來往往的農夫、工人、在城市街道做買賣的人、送飯的小孩和背著嬰孩的婦人。無數的眼睛都對這兩個風馳電掣的背影投出羨妒和不滿的眼光；青年和身後的快樂女子都站在同一立場感到這輩人是多麼可卑視和無價值。他們在風中交語著，在夜未揭幕之前的這個黃昏，空際交響著屬於他們的愛情的序曲。

「我就是在此地遇到那個少女。」

「看起來這地方沒有什麼出奇的特徵。」

「就是那麼容易就遇上，妳能相信在任何一點。」

「她看起來很美麗。」

「我現在十分相信她是屬於這一輩可厭的勞動者的女兒，只不過她先他們於午後的時候走著，假如在這個時候，她不會引起我絲毫的注意。」

「我在她的羞默和恐懼看到這一點。」

「妳和那個少女排在一起時我會選擇妳。」

「我們都是在城市的適舒的家庭中長大的。」

「妳的父親是什麼人?」

「議會的議員。」

「母親做什麼事?」

「婦女會的副主席。」

「我的父親是做進出口的貿易。」

「母親?」

「她的父親是一家鐵工廠的老闆,現在的這一家工廠將來會屬於我;因為我的外祖父只有一個女兒,我的母親只有一個兒子。」

「你在大學讀什麼學系?」

「工商管理。」

「我曾讀過外文系而輟學,因為我不讀那些古典名著,當然我不會寫心得報告……」

「已經到市街了,我們找一家餐館吃晚飯。」

「找一家咖啡廳兼餐館好。」

「我認為找一家大菜館吃了飯各自回家洗澡再去坐咖啡廳。」

「除了家裡,沒有別的地方洗澡嗎?」

「我們都需要換換衣服。」

「除了兩件內褲外,都不需要換,況且誰會知道我們洗了澡沒有換內褲;我們不會互相揭露這個祕密給大眾知道。」

「啊，當然，」青年快樂起來，帶著美麗的原始的幻想說：「我們要有可赤裸的地方，那麼一切都無需去改變。直到明天午後我們還要去打網球。」

「明天的午後我們仍將重回大學的網球場去打網球，領會到你故意輸給我的那份崇高的友誼的謙遜。」這個女子如癡如狂地複述著這一件事。

五

如自然的夜一般的幽黑中，一位戴白色手套的女侍來到這對情侶互相偎依的桌前，她的身段為一株墨黑的花草遮擋著，只露出面龐和夾著菜單的白色手套。她靜靜地等候著這一對情侶從接吻中抬頭。青年舉目注視她時不覺驚嚇了起來，身旁的女子微笑地對女侍說：兩份全餐和兩份咖啡。女侍離去，青年對身邊重又靠貼過來的女子顫抖地說。

「我相信我看見那個少女。」

「在那裡？」

「剛才她靜立著注視我們在接吻，那個女侍。」

「那不是她，不然她再來時你可以問她什麼名。」

「但是我們不曾知道她的名。」

「那是不緊要的，我們還有其他機會證實她。」

女侍如先前一般地走來。

「請問妳叫什麼名字？」青年羞怯地問她。

「百合。」女侍說。

「很美麗的名字。」

女侍朝說話的女子瞥視一眼，隨即離去。

「我應該相信我的觀察，我的感覺，我的判斷。」青年自信但苦惱地說著。

「你相信自己只不過說明你太主觀，但這並非就是唯一的解答。」

「那麼為什麼妳愛我，這不是也太主觀嗎？」

「不是我一個人主觀的愛你。」

「還有誰參與了這愛情？」

「除了我的觀察、感覺、善惡之外還有那兩個人。」

「那兩個男人?!」

「網球場上和我們一起打網球，對我們說再見的兩個男人。」

「妳受他們的支配?!」

「我的愛情從他們的身上出發。對你來說李的和張的並沒有區別，但對我來說，我是由李的轉到張的，然後再轉到你。我被養成一個習慣，是我的愛情派別：那就是我不必憑感情的深厚去愛一個男人，我憑著習慣的知覺要一個男人；這是起頭是一個男人，再到一個男人的結果，所以我並不主觀。」

她說完把一粒粉紅色的藥丸夾在兩個手指之間，在咖啡杯的上空鬆開掉落於黑褐色的水

液中。

「妳有病，因為妳吃藥。」

「不是，它使我不必要做母親。」

「啊……」

「那位被你看成是那個少女的女侍來了，看清楚是不是她。」

「是的，就是那個少女。」

「你再問她的名字。」

女侍像幽靈般移動到桌前，除面孔和白色手套，身軀為那株墨黑的花草擋遮著。

「請問妳叫什麼名字。」

「我已經告訴你，我叫薔薇。」

「不，妳告訴我的是百合。」青年抗辯著說。

「不，我告訴你的是玫瑰。」女侍指正地說，然後離去。

「我親愛的，連她都對自己抱著十分客觀的態度。我們可以走了，我們不能浪費時間花在這種無可辨白真實的世事上。我已說過你太主觀了，假如你稍能客觀點，你就會和她投合協調，或者她主觀一些，也會協調，可惜，你太主觀而她太客觀了。」

「那麼我們要去何處呢？」青年墮入於困惑和憂患之中。

「你忘了我們之間的約定嗎？我已飲完了我的咖啡，我們要去一間優雅的旅社洗澡，然後休息，如你所說的，我們需要一個可赤裸的地方。」

六

青年躡著腳尖從浴室出來，坐在床上，把圍繞在赤裸的肩背的浴巾解下來，擦乾腳趾，然後皙白的肉軀赤裸裸地鑽進被單裡，適舒地躺臥，眼睛注視著浴室半開的門。從這個門，她同樣圍著一條浴巾走出來，躡著腳尖，坐在床上，擦乾腳趾。青年目不轉睛地望著她那赤裸著的瘦長動人的背。她把兩條浴巾都披掛在椅子背，迅速地鑽進被單裡，躺在青年的身旁，腳踢著被單，感到舒適為止。他們翻身對側互相注視且耳語……

七

一陣延續很長時間的消防車的警鐘和汽笛，在夜的街道劃了一個弧圓地鳴響著，它騷醒了青年，青年搖醒了窩在自己胸軀旁的女子。

「喂，」

「嗯？」

「妳聽那是什麼？一部一部由遠而近，又漸漸遠去。」

「噢，某一處又為了能夠請領保險金而焚燒建築。」

「火燒，這件事我知道。但是我從未像在這裡感覺到的那樣驚駭，像一個無助的小孩一

般驚駭。

「你一定又想到或夢中見到那個少女，火燒是你的藉口和發洩的連帶事件。」

「我沒有。」

「這是你的錯誤，當你想到我們之間有什麼不妥時，你會想到那少女。」

「我們之間沒有不妥之點。」

「有，像第一次你做那事時表現得很笨拙，你的自慚在作祟。」

「我盡量使我自己狂熱起來，然後達到高潮。」

「假如我像你，自己顧到的只是自己，那麼我們就配不起來了，這種情形像手足無措。」

「為什麼把那樣簡單的事故意想成那麼深奧？」

「你的思想就如一個坐在牛背上的牧童對他的同伴講解幾何學的涵義。」

「我們總可以實驗，無須強辯。」

「這樣你會相當疲乏的。」

「但是我總要知道領會啊。」

「這件事無須那麼急著想馬上完全懂得。」

八

清晨有一陣叩門聲把他們從沉睡中驚醒，腳步聲從廊裡離去。青年揉著眼睛看到白亮的玻璃窗外青青的天空的一條白雲。

「已經天亮了，因為我看見了雲。」

「當然，送報的腳步又近了。」

走廊漸漸走近腳步聲，又一陣叩門，青年起來穿衣，他搖搖顛顛地走到那座通走廊的門，拉開門栓，把門打開一條縫，他的惺忪的眼意外地看到一張長滿粗粗的黑鬚的臉，那張臉正對著他的跳動的胸部。這醜陋的矮子搶著說話並且對青年揮動一疊報紙。

青年沒有主張地回望著床上的她。

「中央、新生、聯合、公論、徵信、台灣日報，要那一種？」

「醜能產生憐憫，像病人同情。」

「為什麼賣報的都故意裝扮得那麼醜？」

「那麼醜就是病。」

「巧合。」

「要那一種？他在等著。」

「全一樣。」

青年對矮子說：

「我們不知道選擇。」

「你的意思就是要中央報。」

「不是，我要你把它們全都放在門口，當我們需要的時候，我們會去拿來看，但是我們不一定看，可是在今天中我們一定會看。況且我們沒有零錢一元二角，可以隨時給你，交代帳房罷，先生。」

「我看出你是大學生。」

「憑什麼？」

「說話很多。」

「是的。」

「我這裡也有自由中國英文日報。」

「都放下。」

「謝謝。」

青年關上門，轉身靠在門板上，沮喪地望著床上那個躺臥著的女人伸出來的誘人的雙臂。

「過來，」女子說。

「我將過去。」青年說。

青年爬上床，鑽進床單裡。

九

電話鈴的聲音像催命一般吵醒著他們，醒來的他們感到苦惱，很暴躁、很軟弱。女的伸出一隻手臂捉起話筒，靠在嘴巴前，大聲嚷著：

「我知道，我知道，兩份全餐，一瓶碑酒。」

她粗暴地放下話筒，幸運地是電話機不是玻璃做的。

「我的頭有點暈。」青年痛苦地呻吟著。

「睡眠不足的緣故。」

「是的。我們很不幸，不能安安穩穩地睡覺。」青年苦悶地想了一下。「我感到很不安，吃了午飯，就是午後了。」

「我們要到大學的網球場去打網球。」

「會遇到昨天那兩個無賴漢嗎？」

「不會，但有其他的無賴漢。」

「假如我遇到昨天那兩個，我會揮出我的拳頭。」

「嫉妒和羞憤。」

「他們姓什麼？」

「李的和張的。」

「說清楚，妳是先和李的或張的？」

「對你來說沒有分別，但在我的生命的譜子裡是先李的然後是張的。」

「什麼生命的譜子？」

「就是把我所遇到的男人列一張表。你有一天也會整理你的那一張表。」

「把我所遇到的女人列一張表？」

「一點兒不虛假。」

「那麼我們要分開嗎？」

「為什麼不是呢？」

「我愛妳。」

「那個少女。」

「那個少女！為什麼？」

「你不是在我身上找到永恆的愛的人。」

「那麼是誰？妳不是女人嗎？我愛的是一個女人啊。」

「愛情是相等的；我怎樣待你，你的心中就烙一個永恆的印記，你就怎麼樣待我，有一天甚至你會找到一個機會報復我。但是那個少女是不同的，她純潔和專一，你也會對她以相等的情愛，假如你不是，那麼你不是男人，不是愛情的男人。」

「但是我們昨夜……」

「昨天並非代表你的墮落或濫情。男人必須要經過昨夜才能成熟和完整。」

青年沉默地尋思著。然後——

「我們真的要吃午飯嗎？」

「吃午飯是宇宙規律的問題，我們無權干預或免除，並且吃了午飯就是午後。」

「午後我要去打網球。」

「你繞了一個時間的圈子又回到午後，你會再遇到那個少女。」

「那麼我們把門打開，讓午飯端進來。」

＋

她的背姿遠遠就感動著那一位騎摩托車的青年，雖然在新闢通寮行人的午後大道，在挨著路旁粗高的針葉蔭涼裡，閃閃搖搖的只不過是一個郊區棕色的膚色的純情少女。似乎她的心中單薄的學識已足夠使她懂得配合穿著短袖白衫和一襲紫色裙，且那種閃灼在白色的陽光的緩步，使這個從逝去的時光回來的青年產生真實的愛情。

她的聽覺聞到熟悉的摩托車的聲音漸漸地移近和擴張，她向前注視的視框的邊緣再次地突出了他的影像。

「如今，你懂得做到你懂得的。」

「我是繞了一個圈子回來，我同樣將去大學的網球場打網球。」

「但我依然在這條路走著，未曾經過任何時間和改變，時間對我只能意味未來。」

「我度過了一個新奇和刺激的昨夜，感到十分的疲乏。」

「我未曾度過什麼，二十年如一日我都在期待著，我依然在午後走著這條路。」

「我必須要去大學打網球，我們同一個方向，然後，我會送妳回家。」

「我們同一個方向，這不再是個藉口，確實是同方向，而且不再有另一個午後，你也不再去大學的網球場打網球。」

十一

・・・・・・・・・・・・・・・

她坐在摩托車軟彈適舒的後墊，抱緊著他的腰，以免脫落，她的心中感到真實的愛情，且感到他的背部的白色的光耀，在這條新闢通的大道風馳電掣。

牌戲

雷面向著埋在屋角沙發裡的尚達夫。

「來罷，宜蘭人，請坐這把椅子。」

尚達夫，伸伸懶腰，朝著方桌踱過來。他的眼睛瞥汝拉一眼。

「不，不要，我決不坐在汝拉的下手位。每一次，我經驗到，坐在這凶神的下手，就會遭到極壞的牌運。」

大家全望著那個狡笑著，碩大的身材穩穩地坐在椅上的汝拉。

「那麼，尚達夫，你在他的對面怎樣？」

「這倒是個新位；我不曾和汝拉對坐過。」

「我一向不選擇坐那坐這，我的運氣決定在我的第一副牌所給我的心情。」

一直冷靜地坐著，露出兩顆靈活的大眼睛轉來轉去觀察人的黃清松說。

人物	♥Q	♠J	♣J	♦K	♦A
	維納斯	萊因霍	朱利安	巴貝	父親
	克拉佩淇拉	武田哥	潘先生	聖王	
	心兒	文雄哥	伯爵	老魔	
	海倫	畢亞	年輕人	父親	
		約翰	唐璜		
			阿狗		

「想玩牌的人都相信一些自以為是的迷信。」汝拉譏諷地說。

「那麼你相信什麼，音樂家？」尚達夫在對面問汝拉。

「我相信一個比喻——牌戲像人生，所以我不計較輸贏。」

「不要再爭論那無聊的事，沒有異議，我們就開始。」雷說。

「是的，時間很短促，不要再說其他的話題，干預了我們的玩牌。」尚達夫說。

「開始罷，雷。」小黃說。

「汝拉你準備了嗎？」雷故意說。

「你總不忘掉對我幽默這一下。」

汝拉滿意地笑著。

在一間小屋

♠J：「啊，你終於來了，我最親愛的朋友。你一定接到我的信才趕來的吧？」

♣J：「我完全被你的描寫所感動，當我在讀第五遍的時候，我彷彿變了你，我真有那麼的希望，太美妙了，文雄哥，我是急於要看她才趕來的。」

♣J：「正好，武田哥，今天是中國元宵節，也叫西班牙狂歡節，也叫亞拉伯的妙夜。今晚，她的家裡在舉行宴會，來賓很多。但是你知道，她僅僅在祈盼我一個人的降臨，我是獨享這個幸運的。朋友，再一刻鐘你就能見到世界最美的女人，聖女與蕩婦之間的混合，有農婦的豐腴和貴族的談吐。你見到她的時候，你會悔恨，假如你沒有在這個機會見她的話。」

♣J：「真的如你所寫，她曾擁你靠在她的胸乳，你曾將頭埋在她的溫懷；如你所描述，你雙膝跪著，她以母性的溫柔摟抱著一個迷路的羔羊，無慾的，構成純潔的鑲嵌？」

♠J：「的確不虛，在那一刻我感覺到我生命的豐滿。」

♣J：「我真羨慕你，我親愛的朋友。」

在一間宴會的大廳。

♠Q：「萊因霍，你真殘酷，你遲到了。」

♠J：「寬恕我，我為了等待一個朋友的到來，就是他，這位是女主人維納斯，他是我的朋友武田君。」

♥Q：「啊，我很歡仰你，萊因霍常對我談到你的長處，看到你勝於他描述十遍。」

♣ J：「很榮幸，克拉佩淇拉。」

♣ J：「怎麼樣，我崇敬的維納斯？我的朋友武田君是個拳擊手，我所說和妳現在親眼看到的相同罷？」

♥ Q：「一點兒不差，可是看見了朱利安，就覺得你的嘴是很笨拙的，我的貴客，我帶你去看收藏的古瓶。」

♠ J：「潘先生，我唯一的笑話就是今晚帶來一位極遠跑來的朋友特地參加你的宴會。」

♠ K：「畢亞，畢亞，你今晚的臉容很興奮，有什麼可告訴我的笑話？」

♠ J：「他就是我的朋友。」

♠ K：「你是說心兒身旁的那個年輕人嗎？」

♠ J：「你看那邊，他們才見面不到一刻鐘已談得很相投了。」

♠ K：「在那裡？」

♣ K：「他長的很活潑和血氣騰勝。」

♥ K：「走過來的是我的丈夫，巴貝，這位是朱利安，萊因霍帶來的朋友。」

♦ K：「高興見到你，年輕人。」

♣ J：「謝謝，伯爵。」

♦ K：「年輕人，你和善良的畢亞結識很久了罷？」

♣ J：「假如我沒有記錯，日俄戰爭那年秋天，我們在一位美籍的藝術家所開的美術班

第一次見面。

♦ K：「據我的內人告訴我，善良的畢亞是個音樂理論家兼左手彈奏鋼琴人。」

♣ J：「是的，文雄君在我們相識之後，假如我沒有記錯，諾曼地登陸那年秋天他跟隨一位俄籍的音樂家學習了那左手技法。」

♦ K：「那麼這樣算來你們都是令人崇拜的有學問的人了，這真好，現在你做些什麼，年輕人？」

♣ J：「農夫，在印度種罌粟花。」

♥ Q：「巴貝，你為什麼不去周旋那一羣肥胖的商人，尤其那些一身體發臭的威尼斯商人，卻在這裡談天文學。」

♦ K：「那麼妳必得好好款待善良的朋友畢亞和他的活潑的朋友，這位年輕人。」

♥ Q：「噢，萊因霍，我是答應照辦的。」

♠ J：「我帶來了一位朋友就令妳如此興奮，我感到很光榮。我帶了我的新作品〈引狼入室〉，這是妳的右手部份的譜子，左手的我已經能熟記了。我的維納斯請宣佈大家安靜罷。」

♣ J（自言自語）：「她的美麗和性感太引誘人了，有豐臀和高胸。」

♥ Q（拍手二聲）：「今晚年輕的音樂家，萊因霍有著新的作品叫〈惡作劇〉請大家聆賞。」

♣ J（自言自語）：「她在注視我，她有意地注視我。」

♠J：「謝謝，來，維納斯，請坐這一邊，開始。」

♣J（自言自語）：「她整個身軀和臉容生來就使人想到要和她做那一件事——。」

♣Q：「諸位，現在請作者解說作品的涵義。」

♥J（自言自語）：「我阻不住我要愛她，我要她，她的眼睛在回答我。」

♣J：「我作品的解說人是我的一位朋友，武田君。」

♠J：「這個曲子在說三個真實的事實，要大家心中自猜其中的一個是最真實的。」

♠Q（自言自語）：「他真強壯，他的奕奕眼神在向我投射過來。」

♠Q（自言自語）：「第一個：他愛她，所以他們做愛。」

♣J：「第一個：他愛她，所以他們做愛。」

♥Q（自言自語）：「他的眼睛是有意專只注視著我。」

♥J：「第二個：她愛他，所以他們做愛。」

♠Q（自言自語）：「我不能逃脫他的勾引，我相信從第一眼見面到現在我都在特別愛
他。」

♣J：「第三個：他愛她，她也愛他，他們的愛相等，所以做愛。」

♠J：「最後的一個也等於是他不愛她，她也不愛他，所以他們做愛。」

♦K：「心兒，心兒，啊，親愛的，對不起，我為什麼要經商呢，又是商務的電報來催我前去，我真悔恨我是個不能不現在就飛去而一定要現在就離開妳的商人。多麼美麗和令人興奮的愛情的夜晚，我因晚上不能和妳在一起而深感痛苦。那麼今晚就是不能了，今天是星期四，但是明天晚上，心兒，一定在床上等我。」

♥Q：「我會等你的。」

♣J：「再見，潘先生。」

♠J：「再見，伯爵。」

♥J：「再見，巴貝。」

♣Q：「再見，巴貝。」

♦K：「好好享受這一夜，幸運的人們。」

在一間觀光旅舍。

♣Q：「在這裡多舒服，為什麼這個旅店收費並不貴？」

♠J：「萬物不能和愛情比價。」

♥Q：「啊，不要，朱利安，不要來萊因霍的那一套，而讓肉體痛苦。」

♣J：「克拉佩淇拉，妳和伯爵結婚多久了？」

♥Q：「原子彈投廣島那年的冬天，我十八歲的時候，我們在日本度蜜月旅行。」

♣Q：「妳發誓妳不曾和文雄君以及以外的他人？」

♠J：「沒有，萊因霍是很純潔的，迷茫和富於幻想，矜誇和空虛的人，像他那樣的可憐蟲是令人憎惡的。」

♥Q：「他很忙，忙著全球的商業，一星期約一次半。」

♣J：「妳和巴貝一星期幾次，克拉佩淇拉？」

♥Q：「巴貝和我曾發誓要互相忠實。」

♣J：「我不信，克拉佩淇拉。」

J：「妳滿足嗎，克拉佩淇拉？」

Q：「巴貝和我都能配合達到高潮。」

J：「這是什麼書，妳在旅行中看它，克拉佩淇拉？」

Q：「謝國權的性交態位種類研究。」

J：「我們何不照著謝君研究出來的種種演習一遍，克拉佩淇拉。」

Q：「在月下的花園。」

Q：「我真滿意你，朱利安，我要感激你給我，這一份是巴貝不能做到的，世上最大的幸福。我要為愛情再做一番測驗，我說出三個地點，一個時間，然後你猜想我可能在其中的那一處，你準時去會我。你相信心電感應嗎，朱利安？」

J：「我確信我會由心電感應知道妳在那一個地方，請說出那三個地名吧，克拉佩淇拉。」

Q：「東京、羅馬、列寧格勒，於人類登陸月球那年的聖誕節。」

J：「心兒，心兒，我回來了，我真高興，妳在那裡？」

Q：「我正在等候著你，巴貝，晚餐以後，我已洗了三次澡，怕你回來時，我的身體是髒的。」

K：「我告訴妳一個好消息，我的事業又獲得了空前的成功，這是給妳的禮物，一顆印度鑽石。」

♥ Q：「噓，這多麼好，多麼美，我多麼愛你，親愛的巴貝。我可以旅行東京、羅馬或列寧格勒。啊，不，巴貝，我想測驗你，這是一個很有趣的遊戲。我說的三個地方你任選去一處，看是不是和我心裡想去的相似。」

♦ K：「我的有學問的美人，我贊同，我們一向缺少遊戲，可咒的商業阻止我，我知道我們的心電將在那裡交觸著了。什麼時候？」

♥ Q：「人類登陸月球那年的聖誕節。」

♦ K：「妙，妳不必暗示我，這不算，我已經從我的心臟預知妳會去那一處，妳保密。」

♠ J：在田野。

♠ J：「我的生命充滿了光輝，痛苦的惡魔曾居寓我軀，我的心靈正蘊藏著為妳而作的偉大的樂章。可是，維納斯，我的永恆的愛神，我感覺妳在改變中，妳已多次有意迴避了我，妳為何不再降臨我那靈感的小屋？」

♥ Q：「萊因霍，我忠誠善良的羔羊，愛情不是肉體的，不是視覺感官的，愛情只能活在靈魂深處。」

♠ J：「偉大至高的維納斯，我音樂的啟示神，我們曾踏著光榮美麗的路，我們曾浴在永恆的愛湖中，太陽罩著面紗柔和地照耀著我們聖潔的身膚。準備著，在這優美的夏之黃昏，我崇敬的愛神，讓我如往昔般投向妳，投向著妳。」

♥ Q：「萊因霍，請聽著，我們的愛情將受到一次光榮的考驗，我們將於人類登陸月球

091　／牌戲

那年的聖誕節飛往異處密會，讓那偉大的城因我們的潔淨的足跡的落印而榮耀。」

♠J：「那裡，那裡，快告訴我，那裡？」

♥Q：「東京、羅馬、列寧格勒，你選擇一處，憑著你的充滿愛情的心去做決定。」

♠J：「多美妙的設計，多麼偉大的恩澤，我會如期趕到。飛吧，飛吧，來吧，來吧，樂章啊，讚美維納斯，我已捉牢著妳了……。」

在羅馬的街道。

♠J：「羅馬，羅馬，我的維納斯降臨了。妳多麼光彩耀人，我的愛神。但是妳為什麼面帶愁容呢？」

♥Q：「萊因霍啊，我是很傷心來此會你的，因為你的朋友朱利安……。」

♠J：「我的朋友武田，怎麼樣，什麼事？」

♥Q：「他多麼膽大擾亂了我的心靈的安靜；我來時前的那段時光他已寄了一百封的肉麻書信給我，我已被第一封嚇壞了，其餘我把它們焚燒以懲罰他的無禮。」

♠J：「啊！可恨的叛徒，貪婪的賤種，我發誓，在妳的面前我發這一定會實現且對妳忠誠的誓言：當我再見到他時，我將親自誅他，啊，這可惡的獸心的叛徒。」

♥Q：「你激昂如烈士，憤慨如英雄，我相信你，萊因霍，有你的保護我將獲得安全，始終保持我靈魂的純愛。」

♠J：「現在我已離他甚遠，不必擔憂他的干預。維納斯，我的愛神，我突然有一個靈感想告訴妳。」

♥Q：「那是什麼。」

♠J：「我徹悟靈魂必得靠肉體維持其存在。」

♥Q：「不，不要，萊因霍，你不是這樣的一個人，要那樣就不是你。關於肉體我只能允承我合法的丈夫所有。」

♠J：「但是在這聖城羅馬，甚至教宗將允許神父娶妻，雖然神父自古就不必靠合法獲得女人。」

♥Q：「假如你那樣想，萊因霍，假如你蓄意污染靈魂的聖潔與愛的純潔那麼我們完了。」

在家中的花園。

♦A：「海倫，海倫，妳幹的好事，先是約翰，後是唐璜，妳已玷污我的門楣和我王國的名譽。我已經是株腐朽的老樹，無慾的肉體，無望的靈魂，死神在眼前牽著我的手。」

♥Q：「寬恕我，父親。」

他走向一口停放在胡桃樹下的棺材，他粗暴地推開棺蓋，抬腳進去，坐下，躺下，眼望著天空。

♦A：「海倫，叫阿狗來，在最後的一刻，王國的金鑰我要交給他。」

♦K：「巴貝，來罷，是父親的最後一刻。」

♦Q：「心兒，幫我尋找斧頭和鐵釘。」

♥Q：「巴貝，自從鴉片戰爭以來，你已右手握斧，左手捉釘，不曾放下，」

在午後的森林。

♠J：「等著我，克拉佩淇拉，妳為何忘記了我們絢爛的夏，生命的飲泉的交融？」

♥Q：「流浪漢我不認識你，但我曾記得萊因霍所說的一個禽獸穿著了美麗服飾的朋友，那可能指你。」

♥J：「可是我們曾快樂過。他妒嫉他不能做而別人能夠的事。為何現在妳想錯過眼前？我曾再鍛鍊了我的身體，為的是能滿足妳。」

♣Q：「住嘴，惡徒，你要的是錢，這些能滿足你罷？它們足夠使你變成一個立不住腳的瘦人。」

♠Q：「那麼我祈求最後的一次。」

♠J：「這是狡猾的狐狸的危險的詭計，我的丈夫來了。」

◆K：「啊，高興遇到你，年輕人，原來你也在這裡散步。請看看今天的報紙，他們譽我是最偉大的商人，金錢的國王。」

♣J：「對不起，我無心觀看，對你也沒有興趣，而我要對你宣佈一項足使你致命的事實──。」

♠J：「你想宣佈，可是你的時間已來不及了。」

♣J：「我曾尋找你。」

♠J：「我也曾尋找你。」

♣J：「讓我們飲下最後一杯友誼的酒。」

♠J：「乾杯，叛徒。」

同時飲下。

♠J：「讓我宣佈你的罪狀；你的罪孽使聖王死不瞑目。」

♣J：「你指那老魔嗎？哈，你自己宣佈的同樣適合於你。」

♣J：「舉槍，淫賊！」

♠J：「舉槍，玻璃質的人。」

♣K：「畢亞，我同情你，法律是屬於另一國度的人，那裡沒有同情心，殺人者死，但

二聲槍響，一前一後，僅隔半秒，其中一個人應聲倒下。

請你保重。」

♥K：「再見，萊因霍。」（頭轉向一邊）

♥Q：「再見，萊因霍。」

♣J：「請妳記住著我，像我永記住著妳。」

♥Q：「啊我忠實的朋友，偉大的音樂家。」

♠J：（流淚）：「再見罷，諸位。」

在馬車廂中。

♣K：「心兒，我們來談談那一次的遊戲。」

♥Q：「我到達了東京。」

♦K：「多麼妙，我猜對了，我也去了。」

♥Q：「但是……。」

♦ K：「這不能怪妳，應該責怪我。」

♥ Q：「我非常的失望悲痛。」

♥ K：「我向妳解釋，我知道妳已來到東京，心電是永不會錯的，但是我一出機場，我的經理和商務的關係人把我架走了。寬恕我，親愛的。」

♥ Q：「啊，巴貝，你為了你的商業，卻待我何等殘酷。」

♦ K：「如今我將退休，我們必須重訂做愛的時間，成為規律的、正常的，改星期四五為二、四、六罷。」

♥ Q：「這樣我很滿足，巴貝。」

♥ K：「妳看前面那位來迎接我們。」

♦ Q：「噓，其中那位瘦削的俊美的男人是誰？」

♥ K：「我新購的農莊的狩獵人。」

♥ Q：「他和僕人們住在農莊的側房嗎？」

♥ K：「不，他獨住在森林的小屋中。」

♦ Q：「巴貝，你安排得太好了，你對我太好了。」

汝拉從位置上站起來，把贏來的籌碼推到對面的尚達夫。

尚達夫臉色蒼白神情沮喪。

雷對面的黃清松慶幸地笑著說：

「我不輸也不贏。」雷對他們說道：「諸位，戰爭不會在這個地球上的那一個時間突然永遠消失，或者勝永遠勝，敗永遠敗。隔壁的晚餐已經擺好，飯後我們再繼續。」

夜

一

看門人曾經屢次見過他在夜闌人靜的午夜走出眷屬區的門口，一會兒，偕著一位嬌小的女孩子沉默地走回來。看門人是個碩壯的漢子，曾經好奇地注視她。門口的柱燈以薄明的光線投在她的臉上，顯露著她姣美的輪廓；在側影裡看見額頭毗連著一隻挺直且高傲的鼻梁。他們是比肩走著，嚴肅不悅、互不注視。她的一手提手提袋，一手搖曳著洋傘，腳步輕捷猶如散步。以後看門人就失掉了審查的興趣，坐在一張躺椅中吸著香煙，對那一位莊嚴冷靜而不悅如幽靈的青年，感到一種妒憤的憎惡。

二

他輕輕地掩上門，由漆黑的屋內移到淡薄的星空下。他因長久的等待而內心感到焦灼和痛苦，整個心事都反映在那張嚴肅而不快樂的臉孔，整個身軀都由於心跳而產生微微不能抑制的顫抖。他移步經過噴水池，水花在幽黑的空際產生細粒的光澤，溫柔的水語聲帶著音律。池水黑的死怖，岩石呆板而冰冷。他靜悄悄的走過，發出幽靈般癡怖的腳音。道旁的柳樹彷彿垂披著長髮的巨大鬼魔。沒有微風，它們靜靜的倚立。整個龐大的眷屬區被黑暗和沉寂所包繞。他走過童子們白天的遊樂場。牆頂露出鞦韆的骨架和垂吊的鍊條。滑梯架整個是一座呆癡的藝術雕刻，轉輪倒斜地靜立著當想到白天它的轉動永遠不能拋越那個被限的圓周時它的形姿像一個滑稽令人堪憐的小丑令人堪憐。圍牆很低矮，一切都能看到，連那黝黑的青草。他走進網球場圍網的投影裡，他的臉上和身軀佈滿著網紋，他喪失他本身的清晰且單純的影像，彷彿一隻帶有移動的花紋的奇珍怪獸。當他走過大門的時候，那一帶的景象就像是永恆的自怨；他的視覺不變，意識到看門人的碩壯大軀永遠躺睡在那張不曾變動過位置的躺椅中，看不見他的臉孔表情；整個頭顱和半胸隱沒在黑影中，有如一個死物般靜止。於是他不曾思慮看門人對他有什麼觀感。他一心思戀著她。長久的等待，使他變得呆癡和冷淡。他循著一條眼前筆直的單車道走去。首先兩旁是一些延展到很遠很遼闊的田野，然後道路的一邊有幾間連綿的新建築，還未完工，坦露著疊砌的紅磚牆壁和平平的屋頂。最後這路沒有了，

接連著一條行駛著車輛的橫行大馬路。馬路對面有一座車站亭子，賣票人已經鎖門睡覺。一盞日光燈在屋緣投著孤寂的光芒。這一邊有一個四方形的站牌，處在黑漆中。他往那站牌瞥一眼，轉身蹀步到建築物的前方，坐在一根平坦的石柱上，變身檢起一塊小石子向路中央的一塊靜立石頭投去。

三

一部汽車急駛而來，地面因而震動，在站牌的旁邊急急煞車停止。他停止投擲，抬起臉孔，藉著車廂裡的燈光可以看清裡面並沒有多少乘客。車門打開，一羣夜歸的男女喧嚷著走下來，手中提著樂器箱。車離去，他們向眷屬區的道路走去。他站起來深吸一口氣，煩悶地看著四周。而四周靜悄悄的。皮鞋的雜亂聲遠去了，屋頂傳來細微難辨清楚的說話聲。他的皮鞋在地面響亮地蹀躂著，又回到石柱坐下，開始投石。

四

屋頂的談話聲脆密而細碎，帶著猜疑和危險性。那是幾個年紀很輕的工人，從外地來的，偕同本地的無業青年在那頂上睡覺。

有一個頭顱探出來向下望著他，然後許多頭都靠著屋簷靜靜地注視著他。他們看見他每

一次精確而有力的投中了路上的散石。

然後有一個試探的小石頭從頂上筆直地墜落，他猛然驚覺，轉身抬頭，那些在屋簷露出半截臉孔的頭一齊迅速地縮回。

一切都復歸於靜寂。

五

他繼續投石，走去眷屬區送了女孩子們回家的附近一所大學的男孩子走回來了。他們的皮鞋聲此前彼後地敲響著，由遠至近。在空際中傳播著他們家鄉口語的諧調。他們站在站牌的旁邊等待汽車。汽車急駛而至。他又站起來巡視著車廂裡的乘客。一個中年戴眼鏡的男人下車。幾個男孩子擠上去了。車開去。他坐下，撿起一塊略大的石頭，看準著一個目標，但他頓時感悟放棄，站起來，石頭從手中落下。他踱步到車亭，又走回來。他在這段路之間一直來回踱步憂思。

六

屋頂上的人紛紛從建築物後面的一隻板梯走下來。一齊對著踱步沉思、臉容不悅的男人審視著，細聲而帶著陰謀地商討著。幾個人結伴離去，互拍著肩膀。剩下的兩個走進大馬路

近旁的一間屋宇。門內半掩。

他煩厭了，默然地站在車牌近旁，深深地思索，他的頭靠著錫柱，以手支頤。他注視著來車的方向，道路通往黑漆，無以物視。他又回到建築物的前面石柱坐下，眼睛茫然注視前方地面靜止的散石。

之後，他突然感到地動和車輛聲，敏感地站起來。汽車不停地駛過，車廂裡零落地坐著兩三個乘客。於是他思慮著，猶疑地站立在那裡，呆癡地，有如一個將倒的巨像。終於，他很懊喪，往回走。那條通往眷屬區的道路筆直地在他的眼前伸展。他看到兩盞門燈在遙遠之間瀰漫著霧靄。大地黑漆而寧靜。他的腳步再度機械地發著單調的音響。幽黑朦朧的田野有幾個人影正在游動。

七

看門人看見他慢慢地往前走回來。看門人吸他的紙煙，那個人的影像細小地在他半閉的眼睚裡。

當他走離大馬路約七十公尺的時候，一部急行的汽車聲響使地面震動地傳達到他的腳和耳。他轉身回顧。汽車閃過馬路那個開放的視框，兩個人影在汽車消失之後出現在馬路中央，兩腳分開，擺出威脅和挑撥的決鬥身姿。他的心中只有一片失望的愁煩。他回轉身拂去那兩個不善的影像。但，遠遠的後面傳來一聲堅硬和不友善的呼喚——「喂」。他被那音響

激發得要跳起來，心中的警覺驅散了原有的情緒。他繼續往前走，以原有的那種怠倦喪敗的緩慢腳步。又是一陣汽車的震鳴，但他已經距離得更遠了。他照例地回顧，盼望一線最後的希望。汽車黑漆漆像急行的鬼魅投出兩道電光迅捷地閃過。在此一瞬間，他的臉容改變了原有的模樣；兩個人邁向他走來，手中握著木棒，凶暴地，帶著戰鬥的腳步漸漸迫近他。他回身時田野裡正來了四五個短小的男孩子。

八

看門人曾有到他轉身回顧的動作，他也被汽車的音響引誘了。有兩次他都正好瞥望到。他還看到更多的事情發生，那一幕一幕在霧靄包繞的道路中演展下去的一切。就如他心中期望的，有如他導演和親自做的。他冷默而優閒地躺著，把心中的卑視擴展得更加遼闊無際。

看門人曾有一刻感到害怕，但他壓抑這份天生應有的憐憫。

整個心身都驚慄和顫慄起來的他，開始奔跑起來，想迴避穿過那些從田畝的小徑上來的人，但是他們展開站成一堵活動的牆，擋住他，抱住他。有一個被他摔出幾步路遠，沉重的落地。他和這羣矮子扭成一團，五六隻手臂抱困著他的腹部肩膀和大腿。他的頭致命地被猛擊一記。痙攣由頭頂傳佈到全身。在還記憶的一刻，他的眼看見天空閃耀的星星。

看門人看見最後的一個人的腳狠力地在那個躺臥下來的男人的腿肚上踩一腳。他們遠去了，有一個突然從羣體中跑回來，舉著木棒對著那坦露向上的胸膛再擊打一棒，發出一聲很

滯重的胸部碎裂的共鳴。

九

第二天晚上，她回來了；乘著往日同樣時刻的那班汽車降臨。她的臉容因內心的歉慚而扮得很冷靜。她單獨一個人走下車廂。她的眼睛落視在那個凸立在建築物前的石柱。她環視四周尋找他。看門人從躺椅裡坐起來。而在大馬路旁的那間半掩的門戶的屋宇，探出一個人頭看到她。那隻頭縮回。之後，一羣人陸續走出來，漸漸包圍著那位站立著感到困惑的女子。這羣人其中的一個領頭挺身走向驚嚇的她。看門人從椅旁拾起一隻帶有紅外線的望遠鏡的來福槍站起來。他對著已經靠近她的那個人瞄準射擊。

放生鼠

「彈簧的捕鼠器。要是一次沒有捕捉到，牠不會再來第二次的，牠已經獲得了經驗。」

「鼠藥……。」

「千萬不可用鼠藥。」

「要是牠吃了鼠藥後死在櫥櫃底下，或者陰暗的角落，我們沒有查覺，牠的腐蝕的臭味瀰漫著全屋，會是惱死人。」

「捕鼠籠最妥善了。」

「現代捕鼠籠已經少見了，那是農業社會的產物。」

「到那裡去找個捕鼠籠呢？」

一座竹篷屋的窗戶蓋，緩緩被裡面的一根竹子挺開，伸出一個蓄著長髮的奇異的頭顱，對著站在那邊庭院葡萄架下的陰

他的視線很不幸地正好平直地越過一座小道路旁邊的短牆，對著站在那邊庭院葡萄架下的陰

涼裡的幾位會聚的家庭主婦投視一眼，畫家的目光就像鑽石反射著這晌午的陽光一樣，使她們馬上查覺到這種窺視的意圖。談話突然中止下來。畫家裝模作樣地看看左右後，把他的那個令人不喜愛的頭縮回到裡面，再把窗戶蓋放下來。那些女人們的臉孔就像被別人知曉了她們的私事一般呈露著羞怒的顏色，全都朝著她們有十公尺的那座神祕的竹屋的小窗睨視著。然後她們竊竊地私語起來。於是其中的一位挺身朝著這個方向喚著⋯

「瘋子！你在竊聽我們女人的話嗎？」

竹屋的窗戶蓋再度地翻上來，伸出來的畫家的臉孔帶著極度的輕蔑。

「任何的女人和她們的事我都不會再引起我的絲毫興趣⋯⋯」

「那麼你伸出你的貓頭鷹的頭是為了什麼？」

「我沒有這個自由嗎？」

「你明明對我們偷看。」

「是的，我關心妳們要捉的那隻老鼠。」

「瘋子，這關你什麼事，我們捉老鼠關你什麼事？」

「老鼠？！哈哈。」

「妳們不是正需要一個捕鼠籠嗎？」

她們在葡萄架下的陰影中又細聲地交耳談著。然後她們的神態就變得很和善了。

「你也以為捕鼠籠比較妥善嗎？」

「假如妳們願意慈悲，我動手來做一個捕鼠籠，但妳們捉到的老鼠歸於我，好嗎？」

這個提議使得那幾個先前是苦惱無措的女人們快樂了起來。那些笑容中的眼睛瞥視畫家的表情是帶著風騷和羞嬌的媚態的。

「記著，捉到了那隻老鼠是我的。」

「你的捕鼠籠呢？」

「黃昏時我會送給妳們。」

「喂，你要吃煮那隻老鼠嗎？」

「總之，那隻老鼠是我的。」

他縮回頭且把窗放下來，把那一簇女人們的笑聲摒棄在外面晌午的空際熱浪中。

翌日。

一整天，昨夜跑進捕鼠籠的那隻大灰鼠，在捕鼠籠的囿限空間竄撞著，極欲逃出這個生平的囚牢。籠子交給畫家後被吊掛在幽暗的竹屋梁柱下。畫家走近它，從絲網的隙縫中帶著迷疑的喜悅，再度審視這隻在右臀上有著一疤黑痣的標誌的灰鼠。他甚至帶有迷信一般的喜愛牠，才滯留到黃昏。牠就是葉太太想要捕捉的，每天晚上會在她們的睡床踩踏著她們的腳踝的十分可惡的那隻。

「我認得你，我很喜愛你，你十分幸運，可是……」

於是畫家提攜著捕鼠籠中的灰鼠走出竹篷屋，對毗連著的一所屋子的門口，向裡面叫著：

「月娥啊，我散步去了。」

走出了這一帶的住宅區，畫家沿著一條緩流著黃濁的水流的河邊走著，搖盪著那隻驚慌不安的灰鼠。他幾乎習慣在晴美的黃昏來到這條河邊幾哩之內的草地散步著，望著霞光映照著的那些半浮沉的漂流物。從一座石泥橋下走過，距離住宅區已經很遙遠了；散置在附近的住宅也都離得遠遠的，再遠去就是屬於這個鄉的公墓山地和幾座毗連著的燒灰窯和煤場。他坐在河邊草地上，把籠子放在他的面前，戀戀不捨地凝視著牠，然後才下決心把門打開，灰鼠迅速地跑出來，搖著牠那有黑痣的臀，拖著一條沉重彎曲的長條巴，在暮色中竄進一簇草叢，馬上隱避起來。畫家朝著那簇隱藏著牠的草叢沉思許久。才有點惘戀般地站起來，帶著空鼠籠回家。

那隻獲得自由的灰鼠，竄進草叢後，便迅速地潛行，爬上河岸，經過田溝，往燒灰窯的住屋逃去。

幾日後的黃昏。

畫家又帶著另一隻在張太太家被捕到的老鼠來到河岸，像昨天或往常散步時一般無異。這時在那岸邊的河水中一個阻滯不前的漂流物的形象吸引了他，他越注視牠越驚覺和疑慮起來，遂用著一支竹竿把牠撈鈎到岸上腳邊，於是他很清楚地看見是那隻他放生的右臀有著黑痣的被毒死後拋進河中的老鼠了，這是一隻腫脹的灰鼠……

第一章

一

有一天羅武格的飲泣煩厭地驚擾了他母親的耳膜。夏季，早晨，一如往昔的那些漫長的日子，他醒來把眼睛打開，昨夜，黑色的窗，現在變得金光閃耀，一個美麗的假日又迎著這個不快樂的孩子。簡陋的客廳，不平的泥土地面，一張四方形的餐桌，一道門通往外門的街道，另一道門通往臥室和廚房，當他的母親從此道門經過的時候，都以生氣不堪的怪眼怒視著坐在竹床上的羅武格。誰能瞭解這個平常沉默的孩子有一顆善良的心，雖然孩子們都可能是善良的，所以沒有人會特別注意這件事。他能感覺，趨近暮年的母親，佝僂的背是過份操勞的結果，整個家庭均屈服在不幸而艱苦的命運之下；殘廢的兩個姐姐，從小就得習慣編織草蓆，以可憐的價錢賣出，幫助家庭的生活費用。羅武格，彷彿乞丐羣中的小王子，幸運地能繼續他的學業，從八歲開始，已經接受六年的義務教育，和兩年的初級中學教育。他的那一羣姐妹常常會以不滿的眼光注視著他，無法相信帶有暴虐的脾氣的羅武格將來有偉大的成就光耀門第。她們也無法長久等待，享受到由他施出的恩澤。三個年紀很小的妹妹從國校放學回來的時候，都必須帶著籃子到海邊的木麻黃樹林撿乾枯的枝葉，羅武格除了讀書不再幹其他的事情。

羅武格沒有享樂和獨尊的優越感。雖然母親顯著的特別疼愛他，順依著他那柔弱的天性，晚上還像撫慰嬰孩一樣地和他共睡在廳堂的那張涼爽的竹床。羅武格的最年幼的妹妹還不能享有這份慈愛和關照。這種在同一個家庭中生活的懸殊，反而強烈地觸引他的羞恥感。

在那些羅武格漸漸成長的夜晚，他的小小的生理在他的身體在的身體在雛型，就像一隻童雞一樣地要躍躍一試。這常常把他的母親在他害醒時，狠狠地打他的手和攬他的大腿，她憤怒不堪，翻轉痠痛的身軀。可是有時她縱容羅武格柔撫她的乳房，醒來時感覺一個嬰孩睡在她的懷裡，她像羅武格在嬰孩時代的吸乳，一隻小手掌握弄著另一隻乳頭時的情形。有時她感到羅武格的大手掌像男人一般地帶著十足的性慾戲撫著她，她憤而起身，把羅武格孤單地拋棄在他害怕的牆角的黑漆裡，走進房間去，睡在那些姐妹羣中。

被母親怨棄的羅武格就不再能成眠。他躺在幽黑的牆角，保持著興奮和挫折後的清醒。他經常如此，變得異常敏感；在白天不是過份的羞怯和自卑，便是像惡魔一般對人怒吼，只要小小的一件不順遂的事就能觸引著這顆敏感的炸彈。羅武格躲在被單裡像穿山甲靜靜地伏睡著，在沒有結論的對母親的戀慕的羞愧之後，身體像為繩索束縛一般的難過，他極力想法要掙脫它們，以獲得暢快的呼吸；這在他的意識思想裡，竟孕存有所謂抱負的影子。他幻想著能做一些事情。就在這樣明媚的清晨，羅武格蒼白的臉孔充滿了哀淒的珠淚。母親惱怒地在客廳和廚房之間急遽地來回走著，赤裸的腳板響亮地打在地上，忙亂地做著一些家務。她並不理睬他，瞥視到羅武格皺眉的哭相更令她惱怒地感到這個孩子所帶來給她的無比深沉的

厭煩。那幾個早起而溫順的姐妹站在客廳的一旁，對羅武格莫名其妙的哭泣譏笑不已。

二

有一位婦人，像一根竹竿從黃昏的街道人臺中走出來。牙膏工廠的外務員擺一張靠背藤椅在門口走廊上，他肥胖的身軀坐下來就像永不再動彈了，那一張曬足陽光的紅紅的臉孔朝著一個方向望去。那個女人戴著眼鏡頗像個含蓄的淑女，向他走來，事實上她已經老皺而乾枯，身體幾無青春的模樣。外務員把藤椅搬回屋裡，再出來迎著這個女裁縫師走進房裡。

當羅武格經過外務員的寢室時，看到那半敞開的拖拉紙門裡張著蚊帳，裡面黑漆漆像瀰漫著一團黑霧。沉靜而神祕使他的想像力活潑起來。羅武格從廁所回來，辦公桌上躺臥著炳輝技師的助手阿吉，他爬上去睡在他身旁。街道外面燈火燦爛，但天空是越來越幽黑，夏季的繁星不倦地耀著。女裁縫師走出去了，由他們的桌邊經過，像幽靈一般沒有聲響。

三

辦公廳後面有一間雜物房兼睡房，從低矮的天花板中央垂吊著一隻二十燭光的獨光的燈泡，發出微弱的紅光。年輕的木匠和他的學徒睡在下榻的位置，他們躺在那裡，低低地談著話。羅武格十分艱辛地爬上狹窄的上榻位置，頭部觸到天花板的一根木條上。他爬上去，就得橫著睡下來。下面的談話聲漸漸地稀低下來，一會兒就完全靜止了。屋中雜亂的木板、木條、廢去的廣告牌和那盞發出可憐的光線的燈泡，都像瞪著它們無形的眼，看著塞在天花板

下無法睡去的羅武格。他恐懼和他對視的天花板會在半夜的時候塌下來壓著他的臉孔。辦公廳傳來皮鞋的腳步聲，另一個學徒回來了，羅武格閉著眼睛像睡熟了一樣躺著。他爬上來，很快地就發出鼻軒的聲音。當羅武格再睜開眼睛的時候，一顆淚珠劃過太陽穴掉落在耳槽裡。

四

「沒看到你的名字。」

「後面還有許多名字。」

「你報考的不是普通科嗎？」

「再報考私立學校吧，父親。」

「你自己找找看，我的眼睛看不清楚。」

「在中間那一行，我看到了。」

羅武格的視線離開了那張會使人煩累的表，他的心情沉靜下來，轉而注意著那些來往觀看的人們。一羣學生結隊地從人羣中離去。

「我早有預感沒有希望了。」

「完了，我不知道你對課本怎麼讀的……」

「並不考課本裡的題目。」

「整天抱著籃球上學，整天都是要錢，以為你的父親在做黑市生意賺大錢？」

「我為什麼要讀師範？我本來就討厭老師……」

「當然，這是你今天的結果，你希望當流氓，白吃白……」

「你還不是一樣嗎？」

「完了，你這個叛徒。」

「又落空了。」

「還有那一個學校未招生？」

「不要灰心，明年再來。」

「好幸運喲！」

「啊，我傷心透了。」

「不要傷心，我們的命運相同。」

「謝天謝地，你考上了，現在起進入這個學校，一切要聽師長的話，保持一貫的優良成績，你看你太瘦弱了，營養不良，太用功了，你的母親會殺雞燉補藥……」

「不，那不是我，我的號碼是三五一二，他的是五六七四。」

「怎麼搞的，那不是你的名字嗎？」

「同姓同名的。」

「唉，去問清楚……」

「完蛋了。」

「糟糕……」

「早知道，不必多花報名費。」

「我怎樣回去見我的老子呢。」

「看開一點，回家去吧。」

「這個鬼學校。」

五

羅武格手中的毛筆填完最後一個字後，從跪著的沙地站起來，那些字體幾乎和幾年前未為風雨蝕洗褪色之前完全一樣，這塊夾在許多圓石中間的紅磚小碑，已經無法恢復昔日的光澤，與現在明亮的黑墨字產生著不諧調的對比。

「我一定要努力成為一個偉大的畫家，帶光榮給我們全家，使昔日不曾善待你的人們，不再看輕我們，我們不會再貧窮，並且貧窮將離我們遠遠的，父親，保佑我，使我有一天成功……」

他沉痛地立在他的父親墓前，已經充滿了滿頰的淚水，聲音變成沙啞，垂低著頭，無言地凝視著。然後他緩慢地依依不捨地離開。在他的背後，荒涼的山頭凸立著無數的墓碑，一個個小丘都祕密而靜靜地存在。在更遠處，紫色的雲彩凝聚在樹林的梢頂，從樹幹之間透出藍色的海洋。秋天的涼風突然在這黃昏之際靜息了，沒有樹葉的嘶聲和風沙的飛揚經過。一部經過的火車拖曳地鳴叫著，劃過山下的稻田，撕破了靜寂。當他經過一座大理石磨刻的墳碑時，他記憶著一位慈祥和幽默的老頭的令人發笑的面孔，這是父親的一位長輩，較晚一些

時日逝世，他立住了腳，對墓碑注視。當他再往前面的小徑走去時，那個簡陋的可憐的墓碑已經逐漸的細小……。

六

固本教師急躁的鼻音在說話時容易重複，他的背後黑板上貼滿了學生拙劣的作品。整個樓廊迴響著他的斥責聲。他那十分漂亮和白皙的臉孔（免不了是有點浮腫）以及兩顆光亮而激動的眼睛，的確也極具魔力地吸引著講台下不敢隨便私議的學生們。他顯得浮躁——這是由於一面當教師，一面還得趕回家畫圖案賺外快的結果，——他忘掉了學生們的拙劣的鉛筆畫，轉為輕鬆的訓話時，他的臉孔就有著可貴的笑容。

「……當然，天才的本質可能使他成為畫家，但是訓練和早期長時的摸索，依然不能免除。那些古今的大師們的作品，曾經是我、如今是你們最好的榜樣，臨摹總可以深入瞭解。每一個畫家的作品，都是他經驗記憶的呈現。在開始，你們不可忽略素描所給你們的可貴的經驗。……」

七

那位臉孔朝著街道，昏睡在大藤椅裡的中年胖子，打開了沉重的眼皮，極輕蔑的瞥視羅武格一眼。他艱難地移動了一下已經充塞了一頓午飯的沉重身軀，眼睛重又瞇閉地蓋合起來。羅武格站在傾斜的污黑的書架前，一面翻看手上的畫冊，一面偷偷地注意那位慵倦的男

人。他的心臟打從拿起第一本畫冊時，就通通地悸跳著。突然睏疲的書商警覺地打開眼睛，他的笨重的身體幾乎要隨著彈起來。但看到羅武格沉迷般地研究著手上的畫冊，才使他露出輕蔑厭煩的表情。看書的人不一定要買，午後的生意一向是停頓的時候。他又沉重地蓋合那折磨他的精神的眼皮，並且這一次他的意識完全停頓了。從他那呆呆翹開的鼻孔傳出喉部的鼾聲。羅武格將喜愛的四本畫冊夾在臂彎裡，對書商的甜蜜的面孔瞥視最後的一眼，從容地走出來。

八

「……（指著一位體育科的學生）鞋子沒有鞋帶，腳不穿襪子（指著一位音樂科的男生）沒有洗臉……（指著羅武格）頭髮像女孩子，留著鬢角，多次沒有理髮？」

「兩個月。」

「你到底怎樣進來的？」

「考試。」

全操場一片笑聲。

「我知道，你的衣服為什麼那麼髒，去換一條乾淨的褲子。」

「只有這一條。」

「你平時換穿什麼？」

「短褲。」

全操場再爆出一陣鬨笑。

「你跟我到辦公室來。」

羅武格跟著教官走進辦公室。

「你和我開玩笑嗎？」

「沒有……」

「為什麼只有一條長褲？」

「仰靠學校嗎？」

「是的。」

「那是事實，我以為學校會很快地發制服。」

「我僅有這一條，家裡沒有男人穿的卡其褲。」

「在未發下制服以前先寫信回去寄褲子來。」

「不能做一條嗎？」

「沒有錢……」

「貧窮最好不要讀書，你要不要理髮？」

「要的。」

「以為是藝術家了嗎？」

「不是。」

九

在羅武格未下決心跳過戲院的鐵柵之前，他在那個較為暖和的廊下徘徊觀察。他看見一位警察從欄柵裡的樓梯走下來，很適閒懶散地四周看一下，轉身又上樓去。約五分鐘又照樣走一次，有一個時候，穿制服的年輕小姐從賣票房出來。遲到的觀眾從邊門進去，由那個樓梯上去。緊張不安的羅武格的手在褲袋握著幾個銅板。他望望壁上的鐘，要是再延擱，就快賣下場票了。這時有一對情侶走進來，站在照片窗櫥前。當警察轉身上去一會兒，羅武格對四周再掃視一眼，然後走近鐵柵輕捷地跳躍過去：一如在學校跳窗戶跳圍牆或在車站跳木柵一樣。他外表從容地走上樓梯，像遲到的人一樣一步一步走著。他由廁所的門口經過，多此一舉地推動了一下那扇彈簧門，警察這時正從販賣部轉身回來，羅武格搶先一步推開入口的門，走進充滿了聲音的黑暗中。他投視銀幕，詹姆斯都華和金露華正在接吻。有一盞手電筒的孤光照過來，羅武格拂開她，自己朝前面的空座位走去。

十

她和她的父母送他們到門口，羅武格窘困地埋著身體穿襪子，這時那麼多的眼睛都看到了他的腳趾頭和後踵亮出去，他急急地將腳板套進皮鞋裡，就站起來。來到街道，羅武格掏出手帕擦汗，他的同學疑惑地望著他。

十一

僅僅隔開幾個小時，那時，她和幾位同學站在單槓架的下面，對跑道上的他鼓舞地呼喚著，滿臉笑容，而當晚上在走廊上再遇到她時，那是在餐廳發生了那件事之後，她便不再理會他，眼光從此沒正視過他。

那時，運動場四周的帳篷的繩索已經鬆軟下來，午後春天的陽光照在對比的煤屑跑道和石灰白線上，黑色的陰影裡躺坐的都是為這熙和的陽光曬紅的面孔。僵硬痠麻的大腿伸直休息著。運動場的草地上，靠近足球門的一個角落。正在進行著女子的鉛球項目。跑道的一端男子四百決賽已經完畢。架在樓上窗口的擴音器的女學生的聲音呼叫著男子一千五百公尺決賽的選手請出場在中央的跑道上集合點名。連續地說了三次，高高瘦瘦的選手紛紛從帳篷裡鑽出來，向那個吹哨的地點集中。羅武格草草結束了預備操走過去。

是的，在起跑點兩旁圍繞的人臺間隙，能夠看到她站在單槓下，她的面孔充滿了期望和興奮朝向他。槍鳴的同時，她挽著的那些女學生也同時跳躍了起來，好像與緊張心跳的選手一起要跑出去。

羅武格一直緊跟在長腳金鏘的後面。一位體育科的男生站在起跑點對經過的選手喚叫圈次。前面的長腳金鏘跌了一跤，羅武格越過他，另一位也越過他。她興奮得離開了單槓架，來到跑道邊緣，和許多人站在一起。

羅武格排山倒海地一般衝進終點的混亂裡。他的意識恢復過來，爬扶在帳篷外的草地，

有人用力地在揉他僵硬的腿。他感到興奮快樂，一如那天晚上從潮州街回來時一樣充滿了幻想。他多麼幸運，金鎊跌倒了。這種興奮一直延到走進餐廳的時候。

就這樣他站在餐桌上跳躍舞蹈，晚餐的菜又經過了剝削，敲碗的聲音應和著他的腳步。

然後教官的面孔出現在門縫之前，冷酷而無情，投出陰森的目光，一切都隨之靜止了。

十二

古禮的第三次鑼聲在廟前響亮，廟持添福伯走出來，皺縮的臉孔帶著謙卑的表情，他呼叫龍隊開始遊行。在這冷峭的華夜，小孩的提燈塞在通霄的商店街道。堅硬的鼓聲催促著那活躍的布龍跟隨著紅色的龍珠，一位紮頭巾的老頭撐著它，引誘著那猙獰怪獸在空際翻舞和盤旋以及叩首和怯退。

這是人們忘掉了生活是悲痛的夜晚，彷彿喻示人們是為這不朽的節日而才忍受那無窮盡的艱苦的日子。為宗教的神，為撐住勞苦繁瑣而單調免於精神錯亂的神，為那些靈魂無形地伴在我們的左右保佑我們平安的祖先，人們願意奉獻積存的一切。虔誠而馴良地聽命指揮，使這個夜晚華麗、熱鬧和興奮。直到最後，曲終人散，那執行神的意志的人們撐握著報酬時，還是無人領悟那是一種欺騙和愚弄，或者他們的意識早已因整夜的疲勞和醉酒而懶於說穿了這一切。單薄的清醒難以抗衡羣眾的愚昧，從來無人要和愚昧爭辯，無損

於自己的利益，為何要接受智慧帶來煩擾！古老的神蹟在這新的年代依然還充滿了鎮服的壓力，無能的人依賴它可以安全度日，以矇騙艱苦的代價。

所以年輕的腿忘記了疲乏，他們的頭顱包藏在布巾裡免於受傷，拳師的力氣耗盡在龍首的揮舞中，接受著瘋狂的炮竹的無情洗禮。在街道的灰煙濃燼之時，赤裸的封神爺閒逸快樂地穿梭在爆烈震耳的炮竹中，手中搖搧著一隻圓形的燃焦的紙扇，毫無動情和害怕。

人潮洶湧著，把布龍包圍在有趣的攻擊圈裡，肺部吸滿了刺激味道的煙霧，耳朵痛苦地承受著炮竹的尖鳴，如在雲霧中翻騰掙扎，那痛苦的布龍叩禮感謝，寬闊的嘴巴銜著禮金，像一條死蛇一樣直直的退去，路面落滿厚厚一層如秋葉的碎紙。

這隻貪婪的怪獸，頗受人們和商店的歡迎，從不遺落任何求乞的角落，最後它像為那羣看熱鬧的人們推擁著，浩蕩地來到黑暗的巷弄，像一個醉酒的男性接受院落裡跑出來的酒女們的迎迓，她們穿著薄而透明的絲衣，要比一個胖壯的商人更狠辣地燒焚這隻苦鬥的巨獸，使那巨大的頭額焦爛，眼球爆烈，變成獨眼和殘傷地哀鳴出來。它站在街道喘息，讓封神爺進入那院落逍遙搖擺，從那裡目睹著爬在樹幹，站在門柱，立在階梯的男女的惡狠行為而嘆息。當老闆呼叫和命令：「炮竹猛放——」時，封神爺被燒成如一個黑鬼抱頭蹌踉地逃出來，獨角怪獸翻躍起來，重又冒著毀滅之險鑽進那可怕的重圍之中……

一夜的喧囂終於結束，人羣解散，布龍只剩著骨骸回到廟裡，靠在牆壁如一隻死亡的軀體。羅武格拉開了頭巾，和那些年輕人交換著深沉的嘆息的笑容。他的眼睛發紅，耳朵轟轟鳴響，一時不能恢復聽覺。有人傳遞汽水給他，仰口灌進卻吐出噁心的氣霧。他跌坐在角落

裡，疲乏和睏倦，眼睛困惑地注視著那位封神公站著，一面為人塗抹紅藥水，一面手中數著鈔票，笑嘻嘻地吸著香煙。

當廟祝和拳師以及那羣年輕的朋友以戲謔的口吻談論今晚以及昔日的一切時，羅武格站起來，走近供桌上的神像，慢慢地移動著腳步，詳細地觀察，想從神像上獲得一些珍貴的發現，以解釋他孩提至今的一切曖昧不清的觀念。

「他媽的，夭壽人，有一個人站在進門的柱頭，把炮竹往龍首的嘴巴塞進來，把我嚇了一跳。」

「像往年酒女們都跑出來助陣。」

「也許有剛剛從房裡出來，不乾淨的。」

「我看見一個客人還不甘願地拖拉一位妓女的衣裙。」

「那些地方還是比較有趣。」

「由那些女人身上賺來的錢也比較慷慨。」

「你是他的老主顧。」

「把香煙分給撐龍的。」

羅武格突然停在一尊神像前，看到那隻揮劍的手臂和胸前的油彩已經斑剝脫落，露出裡面木頭的顏色，這時他的敬畏心遽然因猛襲著他的莫大的失望而消失。他從一個邊門靜靜地走出去，耳朵已恢復了聽覺，感到整個神殿迴響著偌大粗俗的談笑。外面掃過一陣入夜的晚風，連帶著紙碎和沙石吹向著他的面孔，他不覺發出絕望迴避的呼號，然後向冷寂而瀰漫著

霧氣的空街奔逃而去。

第二章

十四

樓頂間的花磚地板格格響著，黑漆的夜的濃霧包繞凸出的小樓，柵條的窗裡燃著橙黃的火光，他的影子像一隻徘徊而急躁的困獸。每當他走到桌邊，那裡散亂著他讀書的雜記紙，他的眼睛必定低下注視一張紙條的秀麗的字跡。早晨他曾在教堂邂逅寫這字條的女學生。他又走回到堆滿畫布畫架的牆壁角落，有一張油彩未乾的風景畫，正是早晨在山麓的樹下完成的。他踱到桌邊時，眼睛無聲地唸著：「羅武格，晚上在汽車道的橋邊等著你，朱。」他打開通陽台的門，他正要走出去，一團潮濕霧氣衝著他闖進屋裡。他在陽台根本看不到什麼，遠處的海洋變成一大片烏黑的布幕，看不到山，鄰近的路燈發出濛濛的薄光。

他儘量想望穿濃霧俯視遙遠中的橋梁，他連汽車道的痕跡都無法尋辨出來。回到屋裡，從椅背捉起外套，匆匆下樓。

樓下大廳，主人夫婦各坐在沙發的一角，女主人手中打著針線，編織一件綠色的毛衣，老頭口裡銜著煙斗，戴著眼鏡看報紙。聽到下樓的腳步聲，他抬起頭來。羅武格的臉孔有一絲裝扮的微笑。

「嗨，要出去？」老頭說。

「有點事，十點左右回來。」

「霧那麼大，病好又開始活潑起來了。」

「散步對身體有益。」

「發誓你今天的散步已經過多了，早晨……」

「那不算的。」他打斷老頭的話。

他打開門走出去。

他並未向橋的方向走去，反而像有意躲避著的走在最黑暗，最窄小，最彎曲不平的街道，朝相反的方向，像躲避熟人，甚至怕遇到任何人，那女學生、一個朋友啟三、還有矮子。當他畫完了畫在午後回來時，他經過美人茶室的門口那條街道，矮子在後面跟隨著他。

「喂，先生。」

羅武格沒有理會他。

「先生等一下。」

「什麼事？」

「我告訴你……」

「說——」

「你為什麼那麼久沒有來？」

「什麼？」

「你不要走那麼快，我趕不上，我有事要告訴你先生。」

「什麼事？」

「麗美……」

「麗美？」

「她叫我來叫你。」

「天啊，她叫我，她找我有什麼事？」

「什麼事，你總該知道。」

「不要談那個。」

「她喜歡你還不知道嗎？」

「我可不喜歡她。」

「你這個人無情，麗美也不是個壞女人。」

「她不是壞女人，什麼人才是算壞？」

「她有情感，不比一般妓女。」

「不要纏住我，別人看到你纏住我，要怎樣想法呢？」

「你答應來就是了。」

「那一次我已經夠受了。」

「她待你不好嗎？」

125　　／放生鼠

「她待我十分溫柔，可是……」

「這樣還不好嗎？」

「你告訴她，我不會去，永不，沒有錢了……」

「她不是為錢，她傷心透了。」

「她又不缺乏男人和她睡覺，何必要我？」

「現在生意不好。」

「原來如此，你出來拉皮條。」

「先生，你說的多麼難聽啊。」

「別怪我，確實是……」

「麗美會傷心死去。」

「你走吧，晚上我去就是。」

矮子退走後，啟三迎面走過來。

「回來了。」

「你看看吧，怎麼樣？」

「很美，但我不懂你的畫。」

「胡說。」

「喂，你偷偷幹什麼事啊？」

「什麼？」

「矮子跟你說什麼？」

「我不知道他纏我有什麼用，你知道他有點神經病，尤其生活在那個地方，自己卻又是個不能人道的男人……」

「算了，你一定偷偷做過那種事。」

「老實告訴你，啟三，關於那種事我比你經驗多，你不必再拉我到基隆去。」

「請你不要生氣，我早知道你的本事，但是尋歡作樂在一起不是過癮些嗎？」

「不，我要單獨。」

「那很好，你說的……」

「我不怕你在同事間為我做宣傳。」

「我沒有這個意思。」

早晨，羅武格從郵局走出來，啟三曾親熱地招呼他。

「喂，前面的羅武格啊，等一下好嗎？」

「啟三，什麼事？」

「你帶著一大堆東西，到那裡去？在這個人人休息玩樂的星期天。」

「你沒有看清楚嗎？我要到雞籠山下畫張風景。」

「這裡你看不厭嗎？為什麼不到基隆玩玩？」

「基隆我也常去啊。」

「文清和阿賢剛剛搭車走了。」

「下星期日我打算去看一場電影。」

「你知道他們到基隆幹什麼嗎？」

「看電影吧。」

「不，去找女人。」

「那也沒有什麼。」

「我們下午去怎麼樣？」

「下午我恐怕回來已經很累了。」

「黃昏的時候去。情調正好，我帶你去見見世面，一個好地方。」

「身上沒有錢了。」

「騙誰？昨天才領了薪水。」

「寄回去了。」

「全部？」

「大部份。」

「傻子，你不要生活？」

「剩下的已經足夠了。」

「下一次怎麼樣？」

「好的。」

「不打擾你去工作，回頭見。」

十五

當他心情快樂的時候，他容易在街道上和遇到的人招呼。早晨，他帶著畫架的影子，拖長地劃過戲院廣場。從兩片合攏的嘴唇吹出小調，頗引起路人注視他那種逍遙的愉快模樣。郵局剛開門，局長親自拉開玻璃門，他就住在頂上樓房裡。他走進郵局。

他走過積水和堆滿污沙的輕便道，不覺這條龜裂的混凝土路可厭。

「請在這紙上填寫。」

「匯點錢。」

「早安。」

「早安。」

羅武格俯在櫃台上寫信給他的母親：

親愛的母親，妳已住進姐夫的公寓裡，使我異常高興，但我不能就此藉口放掉要奉養妳的責任，昨天我領了補發三個月的薪水，除掉借款扣除的以外，依然是個龐大的數目。我多寄點給妳，當妳手中拿到它們時，將會感覺這是妳養大的兒子武格第一次能賺錢寄回來。妳有此種感覺我才能獲得快慰和平靜。今後，我還會按月寄給妳。祝康健，兒武格上。

「請在封底簽名。」

「明天寄到嗎?」

「會到。」

「謝謝。」

啟三走後,武格轉入另一條通往山麓的小石階路。有緩慢且時而停頓的風琴聲在巷間空際微弱地飄盪著,他越往前走,越清晰地聽到和諧的音調。那是一首常聽到的通俗的聖歌,自一所被青樹圍繞的小教堂的半敞開的門傳出來。他的口哨應和著它,再沒有比今天的這個日子更可愛,蹲在門口玩耍的小女孩都停下手中的玩具好奇地望著他,臉孔發出被感染的笑容。那些小眼睛看到他停在教堂的門口,然後又看到他走進去。

聖壇的右邊女學生看到羅武格走進來,馬上停止了她正進行的彈奏;他伸進頭顱時,看到風琴後面凸出一個黑髮大眼睛的美麗少女的臉孔,當她抬頭驚訝地看到他時,他不得不進來解釋他是因路過好奇進來的了。

「你想找誰?」

「什麼?」

「找神父嗎?」

「不是,我是被妳的風琴聲引進來的。」

她羞澀的微笑。

「對不起,妳繼續彈,我馬上走。」

「妳不再繼續嗎？」

她遲疑著，站起來。

「要讓我彈一曲嗎？」

「好的，請過來。」

「神父不在嗎？」

「出去了。」

「會馬上回來嗎？」

「不會。」

「我可以放心彈嗎？」

「你怕神父嗎？」

「不是，我不是彈聖歌的緣故。」

「你彈什麼？」

「幻夢曲。」

他的手指在鍵盤上，她的眼睛注意他的纖長的手指，注意那些手指在盤上移動。她首先斷斷續續羞怯地追隨旋律鼻哼著，漸漸地她保持住強弱，像在音樂課的時候。他抬頭挑逗著她，像早已熟識的朋友。就是這樣熟識起來的，與任何邂逅的場合一樣。互換了姓名後，他告訴她住的樓閣的位置。她對他那裝出來的畫家的神氣投出懷疑而好奇的眼光，不斷眨動閃耀著的眼睛，直到聖堂中又只剩下她一個人坐在風琴前，她的大眼睛依然還充滿了幻想，她

開始學他的樣子在盤上移動手指。

在這個日子之前，恐懼和苦悶常闖進他的寂寞的夜晚。他的身體的內部在顫動和渴求。他的腳步在漆黑的街道沉重地走著，有意尋那最黑暗最窄狹最彎曲的無人小衖巷，豐盛和強壯的精力在那些夜晚睡眠中騷擾著，他感到無比的憤怒，隨著幻想昇華到無比興奮而痛苦的境地。

自淫是他每在慾念來臨時用以敷衍它的短暫辦法，他獨自躺在帆布床裡蠢笨地抖動著。日積月累，他的情緒會變得怪異和難以平靜；身軀的筋肉充滿了緊張，且苦悶得要爆裂。在白日的工作後，恐懼襲向他，有如洪水淹沒他。他在電燈光下的偉人的傳記的研究總是半途而廢。無時無刻，敏捷的神經觸鬚把那底層的慾念揭醒，牽引著它，借著曖昧惡毒的想像撩撥他。

他屢次從這暗巷像一隻飢渴的貓無聲的走過，抬頭注視石壁的窗框中女人們變形的影子和飄出的笑聲像對他呼喚著，而屢次他僅僅只是垂頭默默的在此路過，像個懦怯和患心臟病的走獸無力地舉著腳步。無經驗的害怕使他在臨近的一刻嚇退了出發前來的決心。內心熾熱的火焰無情地焚燒著他的靈魂，且延及外表摧殘著他的肉軀。那一夜，他終於下了決心，心臟的跳動逐步地急劇，幾近爆炸，彷彿即將去完成的是一樁像偷竊一般不名譽的罪惡。他的意識的想像，在這個時候，已達到頂峰，呼吸急速，一股強烈的氣流進出於鼻孔，顫動的下體

一陣一陣地堅挺地撞擊著窄緊的褲子。

他從黑漆中敞開的後門靜靜走進，悔恨的心告訴著他還來得及逃走。隨著落寞和頹敗下來的礦山，這個場合也趨於冷落，雖然這間茶室本有個美麗引人的招牌掛在街道正門。他走上樓梯，以無比慌恐的心情。幽暗冷靜的房裡坐著矮子和一位胖大的婦人，一間一間的房間靜靜地垂吊著花紋布簾。老醜的女人們，一個一個掀開布簾，疑問的眼光和偽飾的笑容迎著他。他無法和矮子以及那羣女人們抗辯。

十七

當他在黑暗中摸索前行時，意識裡還感到那天清晨回到樓頂之後的腹部可怕的劇痛。

他從帆布床彈躍起來，跌在花磚上扭曲著身體，他在鏡中對蒼白和滿眼黑圈的臉孔搖頭。多嘴的房主人帶著醫生的聲音在樓下傳來，他重倒進床裡，發出十分淒慘的呻吟。

「……我問他，羅，你怎麼了，臉色多麼難看，和流氓打架？他說沒事。那裡沒事，我還不知道嗎？什麼事我沒有做過？我年輕的時候礦區那一個人沒有和我打過架？每一次賭博玩女人的結果都必定要發生爭吵，那時人少一星期總會再輪到一次，我的眼睛也曾像他一樣被打黑了！……」。

「那裡痛？」醫生說。

醫生用聽診器按在堅硬起來的腹肌上，醫生再診斷著腕脈，查看他的舌頭。他叫羅武格翻轉身解開褲子，他解開後露出縐亂和結著斑點的白色內褲。醫生在他的臀部打了一針，在

手臂上再打一針。

「什麼病？」他問醫生。

「急性腸炎？」

「急性腸炎？」老頭驚訝了起來。

「腹部受到過度的運動，影響到腸內食物的消化，糞便怎樣？」

「下痢。」

「啊，我知道了……」老頭快樂興奮地說。

他把棉被蓋在身上，疼痛緩緩消失，房主人帶醫生下樓。

「……我完全記起來了，我在十八歲的時候，我也這樣患過，那是一個礦夫帶我去的，以後雖然習慣了它，但是不小心，還是屢患不絕的，總共不知已患了多少次……」

十八

他的手不期然地按摸一下那曾激痛過的腹部。像那一天晚上，他從黑漆中靜靜敞開的後門走進去，他走上樓梯，抬頭看見麗美豔光照人地和醜陋襤褸的矮子並排地站在梯口，他猶疑不前，為這對比的形象震嚇起來，好像他們本是多麼相稱的一對似的。當麗美對他展露媚笑且走下來一步一步要攪挽他時，他感到一陣噁心，他害怕地退下來向黑暗的外面逃奔而去……他在黑暗中跌倒，再爬起來，尋找可逃出的路，向橋的方向跑去，然後他在汽車道漸漸看到橋的影子和一個倚立期待著他的影像……

第三章

十九

「你冷嗎？」

「很冷，妳冷嗎？」

「很冷。」

「下來好嗎？」

她從帆布床裡翻開棉被坐起來，羅武格把氈子鋪在地板的草蓆上，他接住她遞過來的棉被，再鋪在氈子上面。兩個人鑽進被窩裡，偎在一起，互相感到新奇地嗤嗤笑起來。

「好一點嗎？」

「溫暖許多。」

「我起來熄燈。」

他小心從被窩裡鑽出來，躡著腳尖把桌子上的枱燈扭熄。在黑漆中他摸索回到鋪位，從一邊鑽進被窩裡。

「黑的很。」

「不習慣嗎？」

「不，我不習慣亮燈睡覺，但沒有這麼黑。」

「一會兒妳就能看到屋裡的一切。」

他翻身摟抱她的腰，她依靠過來緊緊地貼在他的身邊旁邊。他的手繼續撫摸後面的臀部，這使她扭顫了一陣。他們摟得越來越緊，把寒冷的氣體擠排被窩外面。一會兒排出去的是溫暖的氣流。他靠近嗅她的頭髮，那些擾亂的髮絲有一種芬香的肥皂味道。她的頭髮異常柔細，比他們剛邂逅近時長長了很多。

「感覺怎樣？」

「很溫熱。」

「漸漸熱起來了。」

「已經在冒汗。」

「真的嗎？」

「摸摸我的額頭。」

「幾粒罷了。」

「一定很晚了。」

「十二點鐘。」

「你不疲乏嗎？」

「我不感到。」

「我回來你感到驚異嗎？」

「我本來期待妳不要走。」

「但是我終於又回來。」

「我很驚喜。」

「你愛我嗎?」

「妳比我的生命更珍貴。」

「我感到疲倦。」

「閉著眼睛睡睡看。」

「你要做什麼?」

「在妳的旁邊。」

「你不睡嗎?」

「我要想一會兒。」

「想什麼?」

「我還不知道。」

「會離開嗎?」

「永不,除了去……」

「坐車把我累倦了。」

「那麼就靜下來睡吧。」

「我喜歡一面說話一面睡,有一次露營,話談到天亮才睡去。」

「妳也要談到天亮嗎？」

「不一定。」

「天亮我們就要走。」

「去那裡？」

「坐車離開這裡。」

「做什麼？」

「去玩。」

「到那裡去？」

「妳喜歡到那裡？」

「台北。」

「我們做些什麼事？」

「看電影。」

「天亮我們就走。」

「現在我的睡意走了。」

「最好能夠想法睡一會兒。」

「除了看電影還做什麼？」

「有些事情先計劃了也沒有用。」

「我從來任何事都沒有預先計劃過。」

「連想一下都沒有嗎？」

「想和後來要做就不一樣了。」

「常常這樣嗎？」

「常常。」

「妳想過畢業後要做什麼嗎？」

「考大學，每一個女學生都會這樣想。」

「妳也這樣想嗎？」

「是的，但我的父親不會讓一個女孩子讀大學的。」

「為什麼？」

「他有他的觀點。」

「我知道。」

「知道什麼？」

「女孩子都要嫁出去。」

「不一定是這樣的看法。」

「那麼是什麼？」

「我的學業並不好。」

「真的嗎？」

「是的。」

「妳的父親就因為妳學業的關係嗎？」

「這是其中之一。」

「還有什麼？」

「誰知道？我相信我的父親是對的。」

「我說妳的父親是錯的，妳會生氣嗎？」

「會的。」

「事實上我沒有說妳的父親是錯的。」

「他永不會錯。」

沉默一會兒，他的手由被窩裡伸出來摸索她的臉，探到眼睛的地方，感到她的睫毛不斷地眨動。

「妳並未閉著眼睛。」

「我不睏，為什麼要閉眼睛？」

「閉眼睛就會睏。」

「我閉眼睛也不能睡去。」

他閉著眼睛沉思著，屋子裡十分沉寂，被窩外面異常寒冷。

「你在思想什麼？」

「沒有。」

「真的沒有？為什麼你要沉思？」

「妳的父親是怎樣的一個人?」

「慈藹而偉大,什麼事他都能為我們做。」

「妳長大了也喜歡依靠他嗎?」

「我的姐姐結婚了還是依賴著他,這是不能免的……」

「什麼事不能免?」

「任何事都不能免。」

「妳依賴他不感到羞愧嗎?妳的姐姐不感到嗎?」

「假如他在我身邊,我就無法做著什麼決定,他會告訴我怎樣做。」

他突然從被窩裡出來,走到桌邊,他的眼睛看到屋子裡的東西的黑黑形狀。

「你起來幹什麼?」

「倒開水喝。」

「遞給我半杯。」

「外面真冷。」

「躺下來。」

「我想今晚不能睡成。」

「一定要睡一會兒,不然明天沒有精神。」

他端著杯子回到她的旁邊,她已經坐起來,棉被脫落在她的腿上成為一團。她飲畢把杯子放在帆布床下的地板上。他縮著身體回到被窩裡。

她躺下來，把棉被蓋到唇下。

「我說要睡也能很快睡去的。」

「我已經感到很疲倦了。」

「不要說話我能睡去。」

「好，不要說話。」

「幹什麼？」

「把頭枕在我的肩窩上。」

她鑽進被窩裡，把頭移到他的肩窩上，靜默了片刻，真的都睡著了。

二十

天亮前，他們醒來一次，耳朵聽到外面清晰的歌聲，她把頭鑽出來，羅武格也醒來了。

「妳什麼時候醒來？」

「剛剛。」

「教會的教友出來報佳音了。」

「聽到。」

「聽到嗎？」

「好像歌聲叫醒了我。」

「我醒來就聽到歌唱聲。」

歌聲漸漸遠去。

「我為什麼在這裡？」

「昨夜妳從基隆回來。」

「我沒有去跳舞嗎？」

「妳去了又轉回來。」

「我為什麼要回來？」

「不要傻，黑眼珠。」

「你說我什麼？」

「黑眼珠。」

「我有些驚恐。」

「為什麼？」

「我從來沒有這樣過。」

「妳不和妳的弟弟睡在同一個床上嗎？」

「以前是，他已經長大了，他吵著要分床。」

「妳愛我嗎？」

「為什麼要問？」

「應該不在乎了。」

「你是個壞蛋。」

「妳想到什麼不妥的？」

「不能給父親知道，他很信任我，我在這裡和你睡在一起，他一定會打死我。」

「妳已經長大了。」

「我還在讀書。」

「妳快要畢業了。」

「這是學生時代的最後一個聖誕節。」

「聖誕節在星期六最好，像今年的，還有一個星期日……」

「告訴我一些你的事好嗎？」

「明天告訴妳。」

「現在不是很好嗎？」

「我們還要睡一會兒。」

「你會和我結婚嗎？」

「會的，但我們還沒獲得家長同意。」

「你想我會嫁給你嗎？」

「妳不要嗎？」

「我不會。」

「為什麼？」

「我的父親，他朋友，校長，代表，議員們都認為你行為浪漫不羈。」

「妳相信他們嗎？」

「有點相信。」

「他們從外表看我罷了，因為我學藝術的關係。」

「外表不是反應內心嗎？」

「靈魂和外表的行為是不相同的。」

「你不是教徒，為什麼也要談靈魂。」

「善良的靈魂，教徒和非教徒都有。」

「神父不是這樣說。」

「商人只會說自己的貨品最好。」

「教友都是好人。」

「妳不瞭解他們。」

「我不能和你說什麼。」

「妳會漸漸懂得一切事物的真相的，現在告訴妳也是白費。」

「我已經懂得很多。」

「不，我們都懂得太少。」

「我的父親和他的朋友也懂得很少嗎？」

「他們有偏見或固守著利害關係。」

「快天亮了嗎？」

「我想是。」

「我們是不是要起來了？」

「再躺一會兒，培養精神。」

「我實在不能睡。」

「為什麼？」

「你講了那些話很刺激我。」

「對不起。」

二十一

神父，矮胖健康而禿頭，穿著西裝外套，裡面短截的頸脖圍著白領。他在聖堂急急畫著十字後，走進閱覽室兼年輕傳道楊的起居室。早晨的陽光由玻璃窗透進來充溢著這長方形的室內。當他看見臥室床上側睡著那個人時，他終於在這裡證實了有些人對他的密告。他的胸火突然猛烈地爆怒起來，四處找著那年輕的傳道。床上的人因熬夜和工作的疲乏還在沉睡之中。楊，神學院剛畢業出來實習的學生，帶著倦容從盥洗間很邋遢地走出來，一眼看見急躁紅臉的神父，像看到一隻猛虎般驚懼，迅速而笨拙地整理起身上的衣服，他的聲音阻塞在喉間，沙啞地吞吐著：

「早……安，神父。」

「床上睡覺的男人是誰？」

羅武格聽到語聲，醒來但沒有翻動。

「羅——武格。」

「為什麼他在聖堂睡覺？」

「昨夜他在樓下佈置幼稚班的教室，到天亮才完畢，所以……」

「這是什麼地方？」

「聖堂。」

「他是教友嗎？」

「不是。」

「我剛由一位議員家裡回來，許多人都在談論這個人的行為。」

「是的，他是個了不起的青年，他在……」

「住嘴。他是個浪漫不羈的髒藝術家，無神論者，沒有道德的人，誘拐女人和靈魂充滿罪惡的人。」

年輕的傳道楊感到一陣恐怖。

「你為什麼會和他交往起來？」

「他懂得許多事物……」

「你向他求教嗎？」

「不是這個意思，事實上他……」

「請那樣的人走進教堂是相當污瀆神靈。」

「他並未對上帝說過什麼不恭的話，我只請他來幫忙……」

「偷偷地在晚上，深怕我知道？」

「這是時間關係，事實上他熱情和有為。」

「你為他辯護，你沒有經驗，你的眼睛是瞎的。」

「是的……」

「我只好離開一會兒，我不願看到他的臉，希望你快速地趕走他。」

「是的，神父。」

「聽到我的話嗎？」

「他才睡了一個鐘頭……」

「相反的……」

「你今後要注意，不要隨便接近這個為人唾棄的人，他的靈魂已因新的罪惡思想而墮落至無法挽救的程度。」

「不要年輕好辯，地方人士認為他不適合在此地教育小孩子，已會同校長呈請教育科調動離開。他的生活十分散漫，時與妓女往來，甚至……甚至可能誘姦了一位未成年的女學生，她的父親已採取行動……」

神父說的話突然受到臥室裡一個衝出來的聲響打斷。

「夠了，神父，謝謝你來告訴我這些消息，我一刻也不願留在這裡，再見，楊。」

年輕的傳道想舉手但又放下來。神父先是驚訝和厭惡，後來變得怒不可遏地……

「滾出去，不要沾辱這裡。」

「你是個十分可笑的神職工作者，偽善的⋯⋯」

「魔鬼，上帝詛咒你⋯⋯」

羅武格走到門口，回轉過來戲謔著神父。

「回咒你，胖子，蟲，不是神父。」

神父跳起來，揮手摑掌身邊已經嚇呆的年輕傳道。

二十二

老樹下，在玻璃窗外，一隻手指的關節，輕輕敲響玻璃的堅硬聲。坐在房間裡無心於課本而又必須偽裝讀著的朱驚疑了一下，她抬頭看見黑漆漆的屋外。一張面孔幾乎使她昏厥過去。她小心地走到窗邊。桑樹遮掩著羅武格的身體，屋裡的燈光映在他的臉孔。

他的迫切的輕微語聲不能透過玻璃傳到她的耳裡。他用手在面前的亮光中比劃著。她的眼睛發出痛苦的唯一的一道光芒，容貌充滿了憂煩。她搖著頭。她指著要他趕快離開。她的頭時時回轉到房間的一道門，回到桌前坐下來，又焦躁地站起來。她終於在那僅隔著的薄薄的玻璃前，哭泣流淚。他頑固地揮動著手，她絕望地搖頭又搖頭，在那封閉起來的透明的窗前，頭髮在臉孔後面左右搖擺著，脖子在那裡不停地轉動，黑色的眼睛移動著位置。窗外的手不停地向她請求著，窗裡永遠的搖擺拒絕。

然後一切都停止了搖動，因為那巷口站著兩個龐大的黑影。他躲在桑樹幹後。但是那兩

個黑影漸漸移近這變粗的樹幹。他對後面的高牆投出絕望的一瞥，然後站在巷路中央，他看到一張陌生而無表情的年輕面孔，和另一張凶惡殘暴老皺的瘦臉。突然雙方都在一個距離內停止。隨時那四隻大手都會伸出手來將他捕捉。他站在那裡驚恐和顫抖。倉皇的臉孔隱在黑漆中。突然地衝過去，像要撞倒阻擋的牆一般地跑過去。他被拑住一般抱著，摔倒在地上，背部和腿部受到踢打，他奮力躍起，尋找隙縫逃走，衝出黑巷，使他們的暴力無法追趕得及。

第四章

二十三

「現在妳畢竟獲得了幸福，雖然年輕時是辛苦了一點，但一切都有代價了，我們對妳是異常羨慕的。」

「那麼妳和我來交換地位吧。」

「妳真的願意把妳擁有的財富交換我那種自由——事實上是受罪的清苦生活？想想面對一個藝術家多麼令人厭煩；不是太熱情（我感到害怕退縮），就是太冷淡（我不能忍受和憎恨），他的一切都是髒和令人昏眩的色彩，比起妳那位身體高大，事業越來越興隆的丈夫，就像乞丐比皇帝。」

「她說的再正確不過。」

「我真如妳們想像中的幸福就好，可是我依然喜歡還沒有這巨大的空洞的洋房前的生活，那時我才二十幾歲……」

「我要是有一天擁有一幢像這樣美麗和舒服的洋樓，我就再不需求什麼了。」

「我要怎樣說才能令妳們相信這只是虛有其表……妳們不知道，年老了，對這一切就索然無味了。」

「我們為什麼老是待在屋子裡呢？何不到花園去散步或聽聽外交官太太的一些有趣的外國見聞，聽說那裡的女人……」

二十四

「晚安，楊夫人。」

「啊，是費……嘸，恭喜你。」

「不敢。這位是女主人，這位是我的新娘惠子。」

「惠子小姐多麼年輕漂亮，一定是……」

「容我說出來……她的父親是中國人，母親是日本人。」

「夫人的氣質更不凡啊。」

「楊先生在那裡？」

「我知道你要使他驚奇一下是不？他看到惠子小姐一定非常高興，在起坐間，那裡幾個

人在玩麻將。

「十分榮幸，謝謝。」

「失陪。」

「不敢，我自己去。」

「這位音樂家的太太看起來沒有好女子的模樣。」

「據我所知，女主人，與其說費先生第三次娶太太，寧可說惠子小姐又由第四個男人跳到第五個男人。」

「在這些掛名的正式男人之外，不知還有多少非正式的男人，就像一個男人似的擁有很多的女人。」

「這我怎麼知道呢？整天、整年都關在龐大的屋宇中，我僅僅聽說搞藝術的都不在乎這些。」

「我卻不允許我的先生那樣，也不允許我自己⋯⋯」

「怕不要有一天跌進了⋯⋯」

「看起來像是幸福的廝守一起，也是很愚笨和⋯⋯」

她們在噴水池旁邊找到那個正在滔滔不絕對著一羣沒有出過國外的男女講著的外交官太太。她們加入了傾聽後，女主人乘機獨自離開。⋯⋯

二十五

「諸位先生，你們可知主人楊先生在何處？」

「喂，費，試試書房，剛才的確他是在這裡。」

「謝謝。」

「為什麼要來這裡呢？」

「能夠來這裡應該感到榮幸。」

「我們寧願另一個時間來，這時我們在我們的房間裡多好……」

「多無味。」

「為什麼，那麼快你厭煩我了嗎？」

「什麼事都要有節制的。」

「我不一定是說那一件事，我是……」

「除了要那個，妳還能要什麼更高尚的？」

「你簡直渾蛋，鄙視我。」

「妳過去的一切都足足證明妳們女人……」

「你為你們不能持久的男人找到了藉口。」

「妳要明瞭我的脾氣才好，我不容……」

「我對你的虛有其表和偽善的態度也頗厭惡。」

「妳真的?」

「我不在乎了……」

「好,我送妳離開這裡,從此一刀……」

「我說我不在乎,我不必你來送我,我自己的腳能夠離開這裡。」

「那麼我們完了?」

「你懊悔嗎?」

「不。」

二十六

那個離開的女人走出大門時正遇到一個想闖進來的青年。

書房裡,光頭、碩健,顯得精力充沛的男主人和他的朋友們坐在沙發裡。

「先生,你對存在主義有什麼感想?」

「我不知道。」

「請問……」

「沙特雖然極力地為存在主義做解釋,痛斥一般青年的惡態和誤解,但他的哲學是一種強辯的哲學。」

「我唯一相信的是我的繪畫世界。」

「那麼你的世界所呈現的是什麼?」

「抽象，萬物和萬事都是抽象。」

「孔子是偉大的，幾乎是全世界古今最偉大的，我一直只能相信他所說的。」

「當然，誰要是否認我們的東西不是最完美和偉大，就會被指為不愛國。的確，我們一度也曾十分信奉孔子，那是中學的時代以及大學的初年，現在依然相信他，但是，這裡是私下，你們將不會計較，憑良心我們現在的一切所呈現的生活習慣、文明產物、禮節和文化到底是更近西洋還是五千年遺傳下來的傳統？」

「你贊成在我們的繪畫上的一個革新論調嗎？」

「贊成的，西洋人可以潑油彩中國人也可以潑墨了。」

「但是潑油彩和潑墨誰較高尚，或誰更藝術？」

「這等於彩色電影與黑白電影之比。」

「一般人相信黑白才是藝術呢。」

「我們那些五十年代的天才畫家和社會的寵兒到那裡去了？」

「到日本或法國為那些路過的婦人畫畫速寫。」

「你到了日本東京參加會議的感想如何？」

「這是我回來搞普普的原因。」

「你在你們的繪畫界中所得的高評是什麼？」

「像匹卡索一樣的多變，而我的開始是研究立體主義到中國漢代的……」

「那些畫蝌蚪文的到那裡去了？」

「在西班牙的教會懷抱中……時時我們還能在報紙副刊看到從巴塞隆那、馬德里等等寄回來的可貴的忠實報導。」

「事實上我們應該論功行賞了。」

「互相的推薦還是我們一個生存和維持集團的法寶。」

「我們這裡還有一位極端沉默的評論家坐在角落裡呢。」

「你在想什麼，年輕的評論家，告訴我們一點你的意見呢？」

「我唯一可說的，還是我極早就聰明地拋棄了木刻，專心來為我們的畫家們向大眾說說話。」

「聰明有為，我對你的長兄也頗讚賞。」

「關於我長兄的成就，僅憑畫展那天的花籃和賀電就說明了一切。」

「這是很公平的，社會並不盲目。」

「在法國的時候，我總懷念我們偉大的祖國。」

「你那些曲子的題目我們已經深深感動的了。」

「先生，您去看了那晚的所謂電影發表會嗎？」

「不，我知道我年輕時候做了些什麼。」

「那些短片，恰恰好由於作者的地域分別而做了對比的比較。」

「那是什麼？」

「有宗教的國度和沒有宗教的國度、藝術與非藝術、知與不知、虔誠和惡弄、嚴肅和散

漫、資產與無資產，華美的內涵和粗糙的形式的對比。」

「安得烈，請你別掃我們的興好嗎？你知道你說了什麼話，起碼，在我們還未死以前不要拆我們台和掃我們的興。」

「是的，宣佈無存等於造成破滅，憧憬和懷念以及說謊是現在存在的條件。」

「安得烈那樣說是會為自己找麻煩的，事實上你也分一杯羹啊。」

「我道歉，我不再說什麼了。」

「讓我們談談，我們是否要有一個統一的宗教。」

「不必要，我們沒有宗教已經不只五千年了。」

「說我們沒有宗教是錯的，我們的宗教選擇十分的自由。」

「聰明的人把宗教看成形式和利用的工具，讓愚笨的人去迷信它。」

「讓我來說五千年遺留下來的生活特點吧，這種生活的特點是不過份激動，也不力求改革（除了出紕漏後，補綴一番），它依靠傳統固守本位；它是相當和平的，一切事情都能在私下解決，從中獲得利益。我們不追求真理和科學，或追隨宗教，我們十分安適地存在在這地球中。」

「這是一種腐敗的生存法。」

「小心，在社會中檢討自己就會為羣體所鏟除，沒有口號和掛出招牌，你就是對羣眾不忠的人，高帽子和莫須有的罪名從古老的皇帝社會已經存在。」

「我們到外面吸吸空氣，而且關於我的計劃⋯⋯」

藝術家、音樂家、文學家和官員們都跟隨著這位男主人走出書房。

「我為我將計劃的改革邀請了你們。空談著藝術文學是無補於人生，我十分對十七世紀以來藝術有著宗教般的熱忱，甚至是殉道者的那種勇氣感到敬仰。顯然各位為了藝術文學的空茫，抱定了如死亡的決定。我不將此事看為一種幸災樂禍之事。無疑你們迫切需要金錢達成這一個時代任務。金錢雖然為各位所輕視，但是金錢在你們被綁的眼睛外牽引著你們，當我看到音樂會的冷落以及你們要花很多時間和討厭的交際形式來推售你們的畫集和作品，感到萬分哀傷和憐惜，有時我們真不能夠想像我們是和一大羣的愚昧無知的蠢物們活在同一個時間和同一個地域中。但是寬恕我要以此自豪；金錢將支配你們的才華和欲望，甚至靈魂，我就是要供給你們所沒有的金錢，我將在這計劃中統御你們。當你們憑著各方面的成就來組成一個共同的使命的機構時，記著，我代表最高權力的金錢，所以希望你們在分層努力時，不要考慮任何立場，除了忠實地獻給藝術的立場。這個世界已不再是十六世紀歐洲萌起的文明世界，或十九世紀以前的中國人傲慢自得，老大蔑視一切的世界。這個你們很明白；整個地球的人種不分東西統一為一個世界的世紀已經開始，我們要發展的是全人類所共有的藝術事業，不是偏狹的地域的風格色彩藝術，那是自卑或自傲的心理形成的。如今我們要對太空推展我們的文明，在金星、水星和一切的星球上舉行我們地球特有的畫件和作品的展覽，使他們驚訝我們的一切。我們對我們自己不再有什麼互相兜售或欺騙的行為，我們的目標是那些我們將會在太空會面的人。在這裡，我們要努力探討哲學，這是因為人類還未完全開化或做文明人的關係，所以哲學對我們人類的探討永不停止。但是危機包繞著我們，我不願加入

在將進入太空的征服的未來的現在，和他們愚傻地投入最後的人類混亂裡，這個混亂是毀滅性的，要喪失我們曾有的一切，恢復到原始，甚至全體劫亡死寂，而變成其他星球探險的對象。試想人類最大的愚蠢和野心莫不是各種主義的發明；任何主義都是便利一部份人且同時蹂躪殘害一部份人的產物。人類最為蔑視的工作就是智慧的啟開，以及拒絕回歸未有任何罪惡意念之前的純真。如今，我們懷念著這個偉大的理想，我們卻必須先做最小的第一個步驟……」

二十七

「在拉斯維加的夜總會中，我看見中國小姐李秀英像洋女人一般表演脫衣舞……」

「噓——不要出聲，請聽著啊。」

「請問這是……」

在花園那一邊，那個年輕人經過一羣男女的身旁，他對其中的一位女子說：

「費，你站在那裡幹什麼？」

在階梯旁男主人看到突然站在那裡發愣的音樂家費。

「嗯，是的，我正在到處找您。」

「你的臉色不好，為什麼？」

「我午飯後沒有睡午覺的緣故……」

「你不是在信上說要帶來你的新妻子嗎？」

「噢，是的，不幸，只好下次再帶來見您。」

「為什麼。」

「我不能解釋……」

「沒關係，我一向知道你為什麼會如此蒼白和悵惘痛苦。」

「我的確事後十分的悔恨。」

「我正告訴這羣朋友，我們正在醞釀著一個偉大的計劃，為了全人類著想：哲學家、藝術家，甚至政治家都要聯合在一起拯救幾千年來痛苦的人類，找到合理且能實行的哲學。」

「因我自身的悲痛，我贊成這個計劃。」

「來吧，我們去看那位漂亮的外交官太太在為那些傾慕的男女說些什麼……」

二十八

女主人在自己的臥室鏡前端睨著自己那已經刻出皺紋的面孔，她再為自己撲一些鬆粉在臉孔和頸脖。當她帶著有點憂傷的表情走出來時，正遇到那個年輕人冒然可笑的樣子躊躇地站在客廳。

「請問這是楊公館嗎？」

「是的，你找那一位？」

「我來找一位朋友簡代。」

「我帶你去見我的丈夫。」

「難道……」

「我的丈夫是這裡的主人。」

「對不起，對不起，我全不知道。」

「事實上你的朋友不在這裡，所以我帶你去見我的丈夫。」

「我的朋友會很快回來嗎？」

「我不知道，我正為我那忙碌而忘掉了自己的生活的丈夫煩苦不堪，他的事我許久不再清楚了，也因為限於我的智力。」

「那麼我能見他實在太榮幸了。」

「沒什麼，除了他的永遠標誌，光而大的頭外，事實上我比較喜歡他年輕時的樸實和滿頭的髮絲，像你現在的模樣。」

二十九

「我正為找不到一個適當的人選苦惱，一個代表現代的可憐的人類典型的人選。……」

「親愛的，這位年輕人來找他的朋友簡代。」

「啊，讓我看看你，我真幸運，像天使向我自動走來，我正看到我要尋找的人。」

女主人走開。

青年看到圍繞著這位光而大的頭的奇異男人的一大羣紳士和美女感到顫慄。

「貴姓？」

「羅，羅武格。」

「你來找你的朋友簡代嗎？」

「是的，先生。」

「他為我的事離開這裡有幾天了，明天我正要趕去香港看他辦的成績如何。你別走開，我看看你，諸位也看看這位代表現代人的靈魂的苦痛的角色的絕佳人選。」

他不知所措，萬分驚懼。

「當他回來時，我再來……」

「等一下，年輕人我要和你談談，我帶你到客廳喝一杯見面酒。諸位，可以開始我的計劃：劇本、美術、宣傳、製片、導演、拍攝、稅率和電檢處聯絡一切，……你跟我來，年輕人。」

三十

「你現在做什麼事？」

「我在早晨時進城，現在（晚上）趕到這裡來。」

「我說你的職業？」

「我已失業。」

「那很好。」

羅武格表示懷疑，失業正使他感到痛苦。

「你習慣飲什麼？」

「沒習慣飲什麼。」

「可憐，難怪你那麼緊張，靈魂不安，我給你倒一杯法國葡萄酒。」

「謝謝。」

「你想當一名演員嗎？」

「不。」

「為什麼不？」

「我想當一個畫家。」

「我不反對你，看來你有這方面的氣質，但演員是更偉大的，當他是個成功的演員時，他和畫家同樣被稱為藝術家。」

「演員永遠是個被動的傀儡。」

「年輕人，你所懂不多，你一定沒有好的教育，這一點我應幫助你⋯⋯」

女主人從客廳經過，走向樓梯。一位紳士出現在門口，對男主人說：

「大家已歸納成一個主題了，先生是否能來花園聽取他們的⋯⋯」

「當然，我即刻去，走過來，來陪這位年輕人喝酒，我要到花園去，他們一定焦急的等著我，可是別讓他走，他已經是我們的貴賓之一，我要為這位年輕人的教育花一點時間和金錢，這件事，親愛的，妳來為我安排，許久妳未曾為我分擔這類工作了。」

「我是那麼笨的女人⋯⋯」

「不，不要推卸。」

「我不相信我能夠做這件事。」

「妳當然能夠，我們年輕的時候，妳曾安排了一切。」

「我已經年老無……」

「不，不，青春還在妳的心中。」

三十一

「我為你撿一隻冷凍雞腿，看來你不是個會飲酒的人，一定要東西陪著吃。」

「謝謝，我一定要離開這裡，我對楊先生所說的話無法瞭解。」

「他是個想做就做的人，這就是為什麼我們自從在日本蜜月回來後，他會由一個農夫的兒子變成一個十分掌權施令的人物。」

「他要教育我是什麼意思？」

「他看你在某一方面欠缺什麼的緣故。」

「欠缺？」

「他是一個不讓天才浪費的人，他本身也是個天才。」

「我不能相信我有……」

他因對方憂悶冷落的神色而停頓。他剛剛曾發現她說話時會無意識地顯露出痛苦厭煩的表情。在那張棕色的會顯露隱情的面孔，微微地浮出年歲的皺紋，他突然明白了；由於他

想像，他看見的這張面孔變得十分的年輕和美麗，眼光充滿著熱情。女主人感覺到他對她的注視已經良久了。

「你結婚了嗎？」

「沒有。」

「有愛人嗎？」

「沒有。」

「我不相信。」

「失掉了。」

「你酷愛你的青春嗎？」

「我的青春就是繪畫罷了。」

「那是很可惜的，將來你將要悔恨由青春換來的一切成就，我能回到像你這樣的年紀和青春多好。」

「但妳有在這世間唯一可信的財富。」

「財富的感覺不能使生命幸福，我屬於我的丈夫，但他不完全屬於我，而且是越來越少了，我變成他的一切偉大事業中的極微小的附屬品罷了。」

「喔，不能再給我雞腿，我的肚子已塞滿了堅硬的肉……」

「還要葡萄酒嗎？」

「不，我會醉的，我一定要告辭。」

「請別為難我，我必須照我丈夫的吩咐去做，這等於你就是屬於我……喔，不是那個意思，是關於教育那一件事，是我的責任。」

「我十分同情妳，妳內心並不希望有這個擾亂妳的事，對我，我還感迷亂，我無法注意它，我關心另一個事……。」

「現在我十分願意為你那樣做了。」

「不，我並不需要過份的仁慈和施捨，我不能接受，我有自己的主張和人生觀。除了繪畫──一個純粹生命的任務，我不要還有其他，除了友誼。」

「請你不要那樣，固執的年輕人，我悔恨我一生怎麼過的，當感覺失去了青春時。愛情，我再看不見那是什麼面目了，它在所謂幸福中消失得很快，雖然知道沒有脫離過它或棄掉它，但由於太平靜太平凡而感到等於無。」

「我……我一定不當地觸引了妳的傷感了。」

「你是個善良的男人，我一看就知道，我只是為順利、財富掩蓋了我本性的生活，至今，拿我來和丈夫的事業比起來，我是他的鑽石堆中一粒不重要的小鑽石。」

「這全由妳的幻想和暮年的恐懼感……」

「是的，我想到年輕的一切，這些便油然而生，但是，我日夜，每個時刻都在祈望能再那麼……那麼戀愛一次，使我瞭解那是什麼，我就滿足……」

第五章

三十二

午後六點一刻。冬天，下著雨，天氣寒冷。羅武格走進醫院。病室走廊走來走去地有許多病人和護士。羅武格從昏暗的走廊走來，經過廁所洗手台時，嗅到藥水和食物腐臭混合的味道。有些病室的門是敞開著，可以窺見躺臥著的病人和坐在椅上談話的婦人，有些門是緊閉，由玻璃透出裡面的燈光。羅武格停在一〇三室緊閉的門前，輕輕的用彎曲的手指敲了幾下，然後謹慎地推開它。一對充滿心事但看到他便放出光彩的眼睛迎著羅武格。這位婦人的修長的身軀蓋著一張私人帶來比較衛生的柔軟棉被，有著美麗的花紋被單。她的臉孔本是很憔悴的，但因剛吃過飯不久而顯得有些緋紅。這是二等病室，靠裡面窗邊又排著一張床和躺著一位瘦弱蒼白的婦人。羅武格把門小心的關上後，他手中的雨傘勾掛在病床尾端的鐵杆上。躺在床上的這兩個婦人都微笑著。羅武格先看看這邊像是期待著他的劉姐，再對裡面那一位上星期在這裡認識的馬小姐點頭致意。

羅武格走到劉姐的床邊，劉姐從棉窩裡伸出一隻手，看看她的手表的時刻。

「我正告訴馬小姐，你快來了，一定不會超過六點二十分。」

「我不是告訴妳，我一定會來的嗎？」

「就是你一定會來，所以我到了飯後的這個時刻，總是想著門開一定是你。」

「羅先生人真好，每天準時來看妳。」馬小姐說。

「妳的先生更加慇懃了，每一頓飯都來照顧妳。我的先生卻只來過一次。不過大家都對我太關心就是，親戚們不是早上來就是午後，一談就是那麼長的時間，老是談那些令人厭煩的家事和女兒的婚事。我想睡一會兒午覺都不能夠。糟糕的是不能拒絕她們來看我，也不能趕走她們和對她們不禮貌。我要靜養的時間都被她們嘮叨浪費掉了！我感到很厭煩，而且來醫院是第一次，很不習慣。現在好多了，有時我真怕她們不走，一直要坐到六點以後……」

「我來削個蘋果。」羅武格說。

「我們談得來，認識很久了，我把他當作弟弟。」

「蘋果就在櫃子裡和刀子放在一起，那一籮上好的蘋果是我的伯母今天帶來的。」

羅武格自櫃子裡拿出一個蘋果和一把雪亮的水果刀，他開門出去，在洗手間洗著蘋果。

「羅先生真會體貼妳。」

羅武格洗好了手和蘋果走進來，坐在劉姐床邊的一把木椅上，開始削蘋果。

「我喜歡看你削蘋果。」

「我削得好，我削的皮不會掉在地板上，一定連成一條。」

「羅先生削的的確不錯。」

「今天感到怎樣，劉姐？」

「盧醫生來看了兩次，他對我真好，他說已經沒有什麼大要緊了，能起來走，最好起來

走，我也覺得躺著很辛苦。」

羅武格削好蘋果站起來走到馬小姐的床邊，蘋果在他的掌上切成兩半，將一半遞給馬小姐，馬小姐微笑地推拒著。

「我這邊也有啊。」

「已經切了，有什麼關係呢？」

「不要客氣，馬小姐，我也常吃妳的雞肉和橘子。」

「啊，那裡，謝謝。」

羅武格走回來。劉姐想坐起來，羅武格扶著她，把枕頭放在她的頸背，讓她適舒地靠著。

「我自己拿著吃吧。」

「還是老樣子，我一片一片的送到妳的嘴裡。」

劉姐有些窘態，偷偷地瞥視馬小姐，馬小姐裝著沒有看見這邊，她只顧吃著。

「你自己也要吃啊。」

「一片給妳，一片給我自己。」

「外面的雨下的很大嗎？」

「已經稍稍停歇下來。」

馬小姐起身穿衣服，她的先生進來。

「要出去嗎？」劉姐說。

「出去走走。」

「不是還下著雨嗎?」劉姐又說。

「已經停止不下了。」馬小姐的丈夫說。

「家裡有點事,回去看看。」

「我能夠和妳一樣走路多麼好。」

「妳也快好了。」

「妳的神色已經很好看了。」

「謝謝羅先生。」

羅武格站起來送他們走出去,他把門關上。

羅武格的手握著她的手,她把手縮回來,有點恐慌地看著羅武格。但是羅武格再去握它,而且帶有堅強的態度緊緊地握著,她便沒有再縮回她的手。

突然門打開來,羅武格警覺地站起來,放開劉姐的手。護士推著一部針筒車進來,羅武格遂在房間地板踱步,他轉過臉去,讓護士在劉姐的臀部打針。護士打完針推車出去,羅武格走過來關門。

羅武格回到椅下,遲疑了之後,又握著劉姐的手。

門上玻璃敲響了幾下,羅武格站起來,醫生推開門進來,他是個戴眼鏡模樣很風趣的中年男子。

「怎麼樣,睡得好嗎?」

「你的安眠藥欺騙了我。」

「妳有點神經過敏，妳的丈夫來來就好了。這樣……我再開另一種非常好的藥，這是對妳特別的，吃下後一定能睡覺，等一下護士會送來。還有血嗎？」

「還有一些。」

「沒關係，快好了，常常起來走一走。」

「我依你的話做，但頭很暈。」

「常常起來走動就會消失。」

「謝謝醫生。」

醫生出去，羅武格再關上門。

「憑良心，至今我一點也沒有做錯什麼，而且也不敢那樣做，我是浸信會的教徒，我的祖父和父親都是教徒，我的家族從來沒有越過那種誡律……」

「我一定得走了，劉姐。」

「你不等到馬小姐回來，留我一個人嗎？」

「再坐一會兒。」

羅武格回到椅子坐下。

「告訴我你的羅曼史。」

「我沒有可以告訴妳的。」

「你一定有不少的豔事吧。」

「我永遠是孤獨的。」

「理想太高了。」

「不是一回事……」

「那一定得告訴我為什麼？」

「我不能說出來。」

「那麼你喜歡那一種女人？」

「像妳。」

「我為你介紹我的堂妹好嗎？她長的很豐滿。」

「別開玩笑，劉姐。」

羅武格再伸出他的手握住劉姐的手；事實上，劉姐的手早已放在他很容易抓到的位置。

「我想有一天，我又從這裡離去，像往日一樣的那是因為我不能獲得什麼的緣故。」

「你對我那麼好，我不讓你走。」

「但到那時妳也可能要逼迫我離去的。」

他們靜默了一會兒。

「我一定要回去了。」

「明天會來嗎？」

「這已經變成我要去做的主要心事了。」

羅武格站起來，依然還握著她的手，他含情脈脈地凝望著劉姐，使這位舊式的婦女頗為

羞顏。於是，羅武格突然地俯下來，卻沒有想到劉姐竟閃開了他那就近過來的嘴唇。羅武格站直身體，羞憤地注視她那個偏斜一邊的身體和恐慌失色的蒼白的面孔，他拿著雨傘，憤憤不悅地開門出去，且在身後重重地帶上那座門。

三十三

黃昏。羅武格牽著絲蕙的手走下堤岸，在木板搭成的碼頭上登上一隻小舟。羅武格撐槳划入潭中。天氣很晴美，但黑的很迅速。羅武格帶著笑容，努力地划過吊橋下，向岸壁的幽黑駛去。潭上的水很快地完全轉成黑暗，時時有沉靜的、沒有腳步聲的大遊艇從黑暗中穿出。一會兒，月亮上升，水面像一塊厚的不能照出影像的玻璃。羅武格轉頭看看上游，那些急湍的水流的波浪一片一片如刀般閃亮。

「我們一定要穿過去，好嗎？」

「水像是很急和危險。」

「一定有人曾穿過。」

「好吧，我現在不在乎。」

羅武格把小舟划進那一帶的急流裡，小舟被沖撞得搖擺起來，他使小舟正逆著水流前進，控制著左右的木槳，十分努力地划向前面。她看看羅武格有點緊張和辛苦的表情，把自己的手掌垂放在舷邊冷冰的水裡。小舟終被羅武格划過急流，沿著石塊間的淺淺平靜的水滑過去，他把小舟滑進一個小的夾縫裡，扶著她上岸。他們坐在石塊上，凝望著天空的月亮，

水和靜靜的小舟。

「我們當初沒想到要帶點食物來吃。」

「我是什麼也吃不下。」

她身心籠罩著一股倦怠和憂悶的情緒，她的表情不積極而有點冷默和被動。

「妳在想什麼？」

「沒有。」

然後她又說：

「妳沒有講話，而且……」

「我在看水。」

「為什麼你會認為我在想什麼？」

「這裡很幽靜，我們應該晚一點再走。」

羅武格的身體移靠近絲蕙的旁邊，吻她靜靜不動的臉頰，他的手伸進她的衣服，絲蕙輕輕推開他而站起來。羅武格隨著她的舉動審視她，她故意把臉孔轉到黑影裡。羅武格站起來，跳過水間的石頭，從一條小徑走到一些樹木和草叢的後面去。絲蕙再坐下來，望著那隻被兩旁的石塊夾住的小舟。羅武格回來後，依然坐在他原來的位置顯得有些不快樂。

「你告訴我你是個畫家嗎？」

「我是這樣告訴妳的。」

「那麼你靠它賺錢？」

「同時我又是個教員。」

「現在人人都是公務員，然後再兼點什麼玩意。」

「也許這是社會的環境所迫的，不能專一做心願的事。」

「做一個舞女就不能再兼其他的工作了。」

「那麼妳喜歡做什麼呢？繪畫嗎？」

「我對繪畫和小說都極喜歡。」

「這很可貴，妳寫過小說嗎？」

「我曾在報上發表過一、二篇小說。」

「妳把報紙留下來嗎？」

「我把它剪下來。」

羅武格靜默下來審查著她的表情。

「那是很久以前的事了。」

羅武格把他的觀察做出一種感想的思索。

「我們要走了嗎？」

「現在是不是很晚了？」

「月亮很高了，一定是。」她說。

她站起來，整理一下身上的衣服，走到岸邊的樹後面去。羅武格把小舟從石縫中推出去，調換頭等待著。她一會兒回來跳進舟尾的坐位。羅武格划到水急的地方，任水流把小舟

帶走。等到他再把小舟划回碼頭時，的確已經很晚了，兩岸的燈光有的已經熄滅了。

三十四

羅武格和絲蕙乘一部計程車回台北。

「帶我去看妳住的地方。」

「我沒有帶過男人回去。」

「那麼晚上我到那裡去呢？」

「你總有一些朋友吧。」

「已經很晚了，我不能去打擾他們。」

「我不能帶你回去。」

「妳知道，找朋友有什麼意思，找朋友不會解決事情的。」

「你有什麼事？」

「我愛妳。」

「我不相信。」

「真的。」

「你只是想——」

「那是原因之一。」

「我們才認識三天。」

「已經夠了。」

「我不瞭解你。」

「不需要瞭解的，我說的話總不會欺騙一個比我軟弱的女子。」

「我並不軟弱，我不能一錯再錯。」

「那麼為什麼妳要答應和我出來？」

「這能表示些什麼？」

「假如妳曾有一天是個男人，妳會瞭解我現在的處境的。」

「為什麼你便不必瞭解我的處境呢？我們做朋友不是很好嗎？」

「我已解釋過我喜歡妳。」

「你喜歡我什麼？」

「妳有個性。」

「你也是那樣的人。」

「我們一定要做愛才能瞭解，和彼此拉近。不要總是以為那是男人的利益而已，妳們總認為做愛時女人是犧牲品，這是不對的，反而有時情形是相反的。」

三十五

一間六蓆楊榻米的房間，牆角落放著皮箱和一些洗臉的用具，一台梳妝桌也在那裡，有一面牆吊掛著幾襲女裝。絲蕙帶著羅武格走上樓梯，把門打開，脫鞋進去。

「怎麼樣？」

「很舒適。」

「房租五百塊錢。」

「很便宜，很寂靜。」

「外面有一個曬衣服的陽台。」

「我很疲倦了。」

羅武格坐下來，背靠著牆，他連連打著哈欠。

「妳到那裡去？」

「那麼你先睡。」

「這會吵醒樓下的人。」

「你不想去洗洗身體？」

「我要去洗洗臉和腳。」

她到樓下洗澡間去。羅武格解脫身上的衣服，把棉被攤開在蓆面上，便鑽進被窩裡躺下來。他的心裡有點焦急，眼睛望著天花板，對自己感到懷疑。然後他看見她穿著薄薄的睡衣進來，她的臉孔有著一絲悲哀的微笑。

「躺下來，快，很冷的。」

她熄了電燈，睡在羅武格的身旁。

三十六

六點一刻鐘。羅武格打開病室的門，看到劉姐的眼睛驚嚇地移開。他看到馬小姐的床位是空的，病室顯得更寂靜。他關上了門，凝立在門邊。

劉姐以從未有的不寧靜的表情對羅武格看一眼，羅武格已經注意到她的很衰敗的面容。

「現在怎麼樣？」

「沒什麼。」

「不是病得很厲害……」

「我明天一定要出院回去。」

「那麼妳好了嗎？」

「我寧願在家裡休養。」

「我遇到妳的堂妹，也遇到老田，他說妳得再住幾天。」

「他再不能命令我了，他不關心我，我不能忍受這裡的寂寞。」

「妳能起來走嗎？」

「我甚至能跑。」

「我陪妳去看電影。」

「為什麼你走了就不來，你在對我生氣，我並不是不讓你……」

「抱歉，原諒我的不是，我今後必要抑制我自己。」

「據富美說，你都不在家，你去那裡？」

「我出去找朋友。」

「扶我起來，你真的要陪我去看電影嗎？」

「妳能走路？」

「慢慢的，我能。」

劉姐下床來，背著羅武格穿衣服，她照著鏡子，把自己的頭髮整理一下，臉上撲著一些鬆粉。羅武格扶著她的手臂，離開病室。

三十七

羅武格攙扶著劉姐由街道轉到公園。

「我告訴妳一件事，我想搬個住處。」

「為什麼？離開我？」

「我要專心去繪畫。」

「這是你的藉口。」

「我一定要走的。」

「我請求你不要那麼快決定走。」

「我怕有一天總會發生事情。」

「讓它發生。」

「妳不害怕嗎？」

「我會自己承當責任。」

「我們從那一邊回到醫院去？」

「我實在不能瞭解自己。到此為止，我的身體是清白的，但我的心已經紊亂了。昨天，教會的牧師來看我，祈禱我早點康復回家。從小到現在，我都是虔誠的教徒，我們全家族都是。我的祖父拋棄了佛教改信基督教。我現在不知要怎樣對上帝禱告呢……」

「或許，妳暫時還是聽老田的話，在醫院多住幾天，我答應每天來看妳。」

「我們從人少的街道回醫院去。」

他們走出公園。

三十八

深夜。羅武格從計程車的窗口看見絲蕙孤單地在人行道默默地走著。羅武格叫停車，從後面跑著趕過來。他從她的背影看到她那寂寞倦怠的腳步，深深地打動著他的心底。

「絲蕙──」

她回過身來看到是羅武格，綻出一絲笑容。

「下班了嗎？」

「是的。」

「近來好嗎？」

「有什麼不好？」

「妳看來那麼孤單。」

「我自己並不覺得，每天我都是如此。」

「我告訴妳一件事：明年春天我要開畫展。」

「在那裡？」

「國際畫廊。」

「祝你成功。」

「妳要分享，我為妳開的，使妳相信我，不看不起我。」

「原來是這個原因嗎？」

「是的。」

「我不值得你這個偉大的男人這樣做。」

「都是平凡而受迫。」

「這麼晚你出來做什麼？」

「我來找妳。」

「我要謝謝你，但我很好。」

「到妳的屋子去。」

「原來是為了那一件事。」

「為什麼妳顯得那麼無精打采？」

「這樣不是顯示了一切嗎？」

羅武格在心裡感到一陣共鳴。

「我們不是在相愛嗎？」

「我看你並不認真。」

「不要浪費唇舌，振作起來，過年時我來和妳在一起。」

「隨便你。」

「我們買一些水果帶回屋子。」

「屋子裡大概還有一些吃剩的香蕉。」

羅武格挽著她的肩膀轉進巷子，她很疲憊地把她的頭依靠過來，兩個人在黑暗中倚偎得很親密。

三十九

黑漆中，他們赤裸而清醒地靜躺在一起，這種長時間的靜默，像在幽黑中凝視著沉悶和憂鬱。這樣的莫名的危機深藏在羅武格和絲蕙的心中，羅武格卻表現著浮躁和抵抗，而絲蕙卻在等待著。

「妳為什麼都不說話？」

「要我說什麼，武格？」

「妳心裡想的就說。」

「我不再能想什麼了，我只是麻木地活著，上班，下班，睡覺，起床，為大多數人卑視著。」

「告訴我，妳的過去，為什麼妳不是處女？」

「你感到驚奇嗎？所以你嫌棄我。」

「我不嫌棄妳。我愛妳，告訴我，妳心裡會舒暢的。」

「不必說，都一樣，全是一樣的故事。」

「那是什麼？」

「背信，永遠的背信。」

「對誰背信？」

「對神背信，人在社會生活中都對神背信。」

「我同樣感到沒有希望和完全的破滅。」

「男人還可蠢動和抵抗，甚至反過來開玩笑，女人卻深植在寂寞裡，甚至不能喚叫。」

「我曾令妳痛苦嗎？」

「我不知道，除了給你，我不再給其他人。」

「我會永遠愛妳，我們可以結婚……」

「結婚？」

「為什麼不能？」

「我可以試試等著你，這是我最後的一次等待男人。」

「只要對繪畫有著希望的一線，我們便可以永遠在一起。」

「為什麼你要回來找我？」

「我同樣迷失於生活之中……」

「你曾想到怎樣死嗎？」

「我想過，有一種週期性的，我時時想到去死，但我不甘願現在就死，而且，死是沒有任何意義可言的。」

「假如我們兩個也會互相背信一定十分可笑。」

「妳有沒有嗅到一個感覺？」

「什麼感覺？」

「關於我倆在一起的。」

「那是什麼。」

「我說不出來。」

「憑什麼？」

「這個時代所給我們的不幸。」

他們沉默下來思索著。但在黑暗中什麼也找不到。

「關於那個畫展是真的嗎？」

「我有許多朋友會幫助我。」

「朋友？」

「是的，每個人總會有一些朋友。」

羅武格因說謊而感到窒悶。

「你畫的好嗎？」

「我不知道，但我有自信。到那時候一定有人會批評出好壞。」

「關於你要在過年時搬來也是真的嗎？」

「我還要畫一段時間，但我會在過年以前搬來。」

「我不是你理想中的女人。」

「我理想中的女人已經死了，像神一樣是不可祈求的，我要的是人間的女人，反正我們已經有開始，一定能夠做好。」

她坐起來，用手指撩梳著她的零亂的長髮，她向幽黑中桌上的鏡子望去，只看到一個如鬼魔的形影的輪廓。然後她披著一件晨衣站起來。

羅武格握住她的腳，她跪下來俯著頭吻羅武格的嘴唇，再站起來，打開門出去。

四十

羅武格半夜醒來，感覺到整個房子有著一股屏息的沉靜。房子裡一片黑漆，他不知道已經幾點鐘了。他從樓梯下來。他再回到樓上，聽到劉姐起床的聲音，羅武格站在樓梯口俯看下面，劉姐從樓梯下經過，在梯口停步，她抬頭看到羅武格站在幽黑中，她躡著腳步，一步一步地上著樓梯。羅武格領她到床上，壓倒著她。當他撫摸著她那碩大的胸脯時，感到一股

從未有過的興奮。

「不要。」

劉姐抑制著她的聲音。

「為什麼？」

羅武格的手帶著無比的強硬，他的嘴像饑餓的狼的嘴咬著她的嘴唇。她終於自動地解開衣服，而且在黑暗中她的肉體和四肢漸漸地扭起來。

四十一

清晨。絲蕙坐在梳妝台前凝視著自己憔悴的臉孔。一份報紙的影藝版對羅武格的畫展的評語，開頭就這樣寫著：我們不認識他，我們問繪畫協會的同仁，每個人都搖著頭，他顯然是個偽現代畫的狂亂者，對於他畫布上的邪說，我們將給予極大的輕蔑……。她自言自語走來，微弱的聲音只有她自己能聽到。

「我不應該坐在鏡前端睨自己的臉孔。」

「不過，要是他在這個時候走進來，我不能以這的模樣見他。」

「他是我結識的男人中最可愛也最可恨的一個，很迅速地就佔有了我。」

「他不止一百次對我宣佈他的奇想：他為我們的結婚計劃。」

「經過一夜的無眠，我想不到會變成這個樣子。」

「哥哥今晚一定會接到我的遺書，最遲明天早上。」

187　／放生鼠

「不是透過哥哥不會認識他。」

「有一天，哥哥的身旁出現一位邋遢的男人，我好奇問他是誰，他說畫家羅武格。」

「我很同情他生不逢時，他是有天才的。」

「記不得有多久沒有進去理髮間，我已一個月沒有上班了。昨天走進去，她們不懂得他的那種髮式。」

「今天要穿那一件衣服呢？」

「他喜歡我穿他為我選買的。」

「許多朋友自從我認識他都不滿意我。」

「疲乏極了，現在才七點三刻。」

「這一個星期來常感到頭暈欲吐。」

「那個沒有來，我就知道我是懷孕了。」

「他最討厭小孩，他說和小孩在一起，成人變成小孩的奴隸。」

「他的誠摯是我愛他的一個理由，可是他自己憑誠摯又能怎樣呢？」

「醫生說頭暈欲吐是妊婦最初的現象。」

「三天前打一針在手臂上，昨晨在手臂上又打一針。」

「我的心跳得很厲害。」

「臉孔彷彿塗了一層白漆。」

「要是他現在走進來，一定因我的模樣而驚嚇了一跳，可是他不能來了，我太清楚他

了，因為他已無話可以跟我說了。

「我們無疑活在等待中，沒有等待就什麼也沒有了。

「我唯一感激的是，他曾說：『身體不舒服嗎？有沒有去看醫生？』

「現在他什麼也不會說了，可憐，羅武格，我不責怪你……」

她站起來，拿著杯子到角落倒了一杯水，再回到梳妝台，打開一個小瓶蓋，把裡面的紅色藥丸倒進手掌中，然後送進口裡，她飲了杯中的水，嚥了下去。她再凝視鏡中的面孔，顯得很厭惡。她倒臥下來，眼望天花板，她回憶她和他從樓房的陰影下走進一所戲院的廊下。

四十二

他帶著她走進一家戲院附近的餐館。

「啊，俏姑娘。還沒有人站隊呢，現在才九點一刻，妳還未吃早餐呢。」

「先到櫥窗看看劇照好嗎？」

羅武格說，挽著她走到櫥窗前面。

那裡只有他們兩個人，侍役走過來。

四十三

「牛乳和烤麵包片。」

待役一會兒端來了牛乳壺和一盤烤麵包片。

「已經九點三刻了，我去買票，妳一個人在此好好地吃它。」

他離去，很快地回來。

「為什麼不吃完這一片？」

「吃不下。」

「醫生說什麼？」

「你不是不喜歡小孩嗎？」

他浮起一陣憂懼。

「不，我的孩子例外。我希望妳生一個男孩，像我。醫生說有嗎？回答我，絲蕙。」

「還不太確信。」

「我確信有了，剛剛才開始，第一個月，不明顯。」

他說完陷入沉思，且低著頭看著壓在玻璃板底下的菜單，他循著一類一類地看下去。他抬起頭來。

「看完電影再回到這裡來吃午飯。」

她對他點頭承諾。

「這裡價錢很公道，妳想吃什麼？我自己吃匈牙利牛肉飯，妳叫一份快餐B，不一定兩個人要吃同樣的。」

他的手打開桌上的牛乳壺蓋，看到裡面還有半壺牛乳。

「妳沒有吃完牛乳？」

「你吃吧，羅武格。」

他開始吃那片塗油麵包，也飲了牛乳。

四十四

不再思索。

眼皮沉重地蓋上。

她漸漸睡著睡著了。

四十五

午夜，羅武格已經飲醉了，他正要和絲蕙的哥哥道別。幽暗的街暗行人已經很稀少。

「我說過那不是你的錯。」

「我答應你不再悲傷，一定的，老曾。」

「再見，老曾。」

「再見，羅武格。」

「絲蕙，絲蕙……」

現在剩下羅武格一個人在人行道走著，他轉進一條更黑暗的巷子裡，他開始嗚咽起來。

一位路過的女人聞到哭泣聲走近來審視他。他突然停止了哭泣，鎮定地看著這個十分治裝的女人，他的臉機械地裂成一個他的淚水掩蓋了他的視線，他抱住一隻沒有燈泡的電柱。

笑容朝著她。

「你沒有怎樣吧，先生？」

「沒有，假如有也過去了。」

那位女人走開去。羅武格望著她的背影，思想一下，然後叫起來：

「等一下，小姐——」

羅武格追過去。

「貴姓，小姐？」

「我沒有姓，也沒有名。」

「喔，對不起，請問多少價錢？」

「很便宜，你一定付得起。」

「好的，不太遠吧？」

「不太遠。」

他伸出手臂挽著她，一直往這條黑巷走下去。

四十六

星期日早晨。八點鐘左右。羅武格和劉姐在通往一所浸信會教堂的道路上，這條路上還走著許多去教堂的男女。

「牧師昨天午後又到家裡來，他說為什麼我那麼久沒有到教堂去，這次我不能再以我的

身體不好為理由了。過去我一直是唱詩班的伴奏，現在牧師又來敦請擔任這個職務，我只能答應他。」

「不管妳去做了些什麼教會的工作，我只問妳，妳是否還愛我？」

「這件事，我感到有點兒害怕。」

「怕上帝懲罰妳嗎？」

「是的。自從那次以後，我總感到不安。老田並不是厭倦我，最近，他倒對賭博不再熱衷，反而對……」

「好，祝妳幸福快樂，我只好走了。」

「自重，朋友。」

劉姐目送羅武格乘一部計程車離去，轉進教室，正迎著牧師和許多教友。

四十七

黃昏，七點半鐘。羅武格自幼年時代的教師家中出來，心中依然感到十分寂寞。他從基督教靈糧堂經過，教堂前面張著一連紅布招牌，寫著佈道大會。他隨著許多人走進去，坐在末排的一個位置裡。堂內燈光明亮，寬大莊嚴，桌椅閃閃發光。佈道開始，一位高大健壯的壯年男人從台上走出來，他站在講壇中央，容光煥發露出笑容，很親切而熟識般和聽眾打招呼。他的聲音在堂內發出宏壯的共鳴，首先他要聽眾和他一起共唱一首聖歌。唱完祈禱，祈禱完畢再唱另一首聖歌。然後他講亞伯拉罕把自己的兒子為主獻上燔祭禮的故事。他

動人地講解著，費去了四十分鐘。再唱聖歌。然後他離開講壇，走到講壇前面的台邊，對聽眾又說起話來。

「今天我站在這裡向聽眾講話已是第七天，也是我在這裡為主做見證的最後一天，然後我就要飛往香港。在過去六天中因聽我的佈道而皈依主的人一共有三百人左右，我想今天他們都在此地的位置上。那麼今天跟隨著他們而來的，或自己第一次走進來，一定還有不少。

我先問：在過去六天中皈依主的先生和女士請舉手。」

堂內有半數人舉手。

「請放下。我們知道主乃是真正我們所依靠的。我預備在今天，像過去六天中一樣，給還未皈依主的而決心要皈依主的人來我的前面受到洗禮。我再問，今天第一次來的，還未皈依過主的人請舉手。」

堂內約有三十個人舉手，羅武格猶疑著，也舉起手臂。

「請放下。我真感謝，今天還有那麼多人，這是主所引導和呼喚而來的，我們應該感謝主，我們一同再唱一首聖歌，然後我就為這些等待見主的人施行洗禮。請翻一二五首。」

堂內歌聲嘹亮，羅武格看而不唱，心中充滿了疑慮。歌聲完畢，這位高大勝利的牧師放下聖歌書本，依然站在台前。

「感謝主耶穌，現在我要召喚，請這些人站起來，走出來……」

為了身旁一位熱心的男人的起立敦請，羅武格站起來離開座位。堂內的走道，已經有人向台前走去。台上牧師大聲喚叫著：

「請走過來，不要猶疑，向前走，感謝主……」

羅武格繞過椅背，向中央走來，但他並沒有向中央走道向前走去，他向大門走出，馬上來到街道上，心中唸著：主啊，寬恕我，對於我，唯有在我的心中能找到祢……

精神病患

第一卷

聖母院門診內科醫師簽字准許我住院後，我還心有餘悸。我在那位看起來頗有涵養且帶著幽默的意大利籍內科醫師面前，極力用誇張的事實形容我在平時是怎樣地感到氣喘不適，晚上睡不成眠；事實上，我自己清楚心臟並沒有什麼堪慮的異狀，要是真有，那只不過是一般人在波動和緊張的生活競爭中，或是經過了極度的被惡意的干擾後所顯示的心臟亢進。但因為我的身體其他部份都十分正常──雖然在鏡前我自己感到瘦弱，便向醫師形容心臟一定出了毛病，否則不會使我感到那麼不快樂。他細心地診查了我一番，望望我的臉上表情，點點他那個碩大而有光澤的頭顱，承認症狀與我所言無異。他依照我的請求准許住院，以待經

過科學儀器的詳細檢查。整個診斷過程我都抱著很大的恐慌，這也許就是他認為我有心臟病嫌疑的原因。現在我真為我有了心臟病的嫌疑高興，我甚至希望我有心臟病，那麼我可以不必再回到小鎮的學校去教書，我可以躺在病床上避去那些可怕的紛擾，我甚至有充分的時間研讀戲劇書籍，將來另謀職業。假如我真的有心臟病，這無疑使我獲得了一個幸運的安全庇護，從此我憑這個藉口不讓外界的一切刺傷我。

我提著皮箱跟隨著本地籍的年輕女護士走過一座圓形噴水池，走向一幢新建的漂亮的病室大樓。我對我自己說，這裡的環境太優美清靜了。我心裡馬上升起決定在此長住的欣悅意願。我的確希望我的心臟病壞到一種可怕的程度。當我憶及我是由一個可鄙的環境逃避到此地時，對被疾病殺死自自然然產生一種自憐的溫慰而絲毫不覺它可怕。我還估量假如我能對某些學術注意和獲得它們，一定會有一個新的機會迎著我達成心中的理想，把一個牽縛的且充滿污跡的教職工作在求生中脫開。所以，一旦踏進保護我不受傷害的醫院，我的意志產生自信，我就不會因這還處在懷疑的心臟病死去。我尾隨她走上樓梯，舉目一望，整個樓房都是由一種磨平的石板砌成，充滿著新鮮清潔以及舒適幽靜的氣氛。我幾乎為這個周遭的環境感染而不敢隨便舉步。可是走在前面越離越遠的女護士，自從辦公室領著我開始，她便自然而有力地交錯著那二隻露出白裙外結實的美麗小腿，輕鬆而迅捷地踩踏。上樓後，中央有一條走廊，兩邊都是分隔一間一間的潔白病室，女護士右彎轉進一間護士辦公室，她把手中的卡片交給一位坐在桌子後面的意大利籍修女。修女從她的身邊抬眼端詳著我。領我來的女護士轉身離去，也不對我說聲話，就算把我交給了那位修女。她站起來，我才驚異她有個高大

豐滿類似丘時梅女教師的身材，整個身軀裹在一套素白的制服的束縛中。掩蓋她全部髮絲的頭巾下面是一張無比端莊的漂亮面孔，我對她的面孔凝望時，正迎著她那雙美麗晶亮的黑色眼睛，我意識到她不高興我對她注視時的表情。她熟嫻地移動椅子走出來，叫我跟著她走進走廊的五號病室。她開門，我便瞥視到靠近門的那張病床上，俯臥著一位坦露半個臀部的男人，一隻架設在床邊的紅外線射光筒正對著他脊尾的部份。修女熟嫻地整理窗邊的另一張床鋪，指定我躺在上面休息。她簡單地交代我幾句話後，轉身慰問那位瘦弱的病人，那位患脊椎麻痺的男人微笑而感激地說好得很多了，她才動手截掉電源，將射光筒推出病室，順手關上了門。

同室的這位病人，穿妥褲子翻身過來愉快地招呼我，他告訴我明天要啟程回花市。他說他差不多隔一年到聖母院來做二十七天的物理治療。他說他在一所很小的中學（他說很小的學校時就像指著樂園）教歷史，他最喜歡《史記》這一本書，二十七天中他總會重讀了一遍《史記》。他的床頭桌上就擺著那本線裝書和一本筆記簿，以及一隻放在茶杯旁邊的派克鋼筆。當他講到要回家時，面孔上顯露一番欣悅的表情。這所聖母醫院實在是一所解除病痛的好所在，他說。他談到裡面的醫生以及護士修女時顯出感恩的樣子。我深深感覺他那種樂觀的樣子會附在一位中年以上的男人實在十分的稚氣，尤其他開始預先收拾行李的動作，就彷彿一隻在病床周圍來回跳躍的輕浮猴子。

中午，女護士用錫盤送來兩份午飯。午飯是一小碟青菜，一隻煎蛋，一碗肉湯，還有一碗米飯。我與同室的這位愉快的病人，各自坐在床沿，倚靠在一張桌子默默地吃著。他一

直保持那份興奮，吃得很快，他吃完端著餐盤送到護士站的窗前推車架上。我心裡私忖；他這樣的愉快真帶給我一個厭惡的感覺，我真想當著他在高興時指責他的毛病。我不知他患的脊椎麻痺是什麼樣的狀況，我甚至真有點可惜沒有看見他發作的模樣，但我不難想像他一定是他那份輕躍和快樂的樣子成為極端對比的模樣。這影響到我也必須規矩地把吃完的盤子送回去。其實，並不需要如此，一會兒女護士便會推著車子到一間的病室去收盤子。我總以為以自己的勤勉強佔別人服務的美德，有使服務人員養成怠慢習慣的罪孽。他囉嗦地告訴我，他要到街上去，因為明天清早就要搭車回家，所以應該到街上向這裡的友人告辭，順便買一些禮物送給他回去的妻子和孩子們。他穿得很整齊要出門口時又轉身對我親切地招呼了一次，我只好躺在床上承受了他這種繁瑣的禮貌。他離去後，我從床上跳起來，把放在椅子上的皮箱打開，把裡面的幾本書拿出來放在床頭旁邊的櫃面上。我脫去了衣服，這時還是三月，天氣寒冷。一會兒，我迅速翻開被窩鑽進裡面。我隨便抽出一本書躺著翻閱一番，這是我助眠的一種習慣。一會兒，我開始感到疲倦，眼皮沉重，手臂癱軟無力，我丟開了書，意識就漸漸迷糊了起來。

房間、走廊整個充盈著音樂聲響，我午睡醒來時驚嚇了一跳，然後靜神聆聽，漸漸被這往日在小鎮聽慣的音樂所陶醉。甦醒時，積壓已久的窒悶馬上被它潛移斷代，意識追隨著奇妙的旋律，心中漸漸充滿悅樂，彷彿誕生於新的環境中。我去了廁所，回來再躺在床上繼續聽音樂。手表上四點剛過不久。突然我聽到幾個人的腳步，與一部小輪車的輪聲聯合從走廊

一端推展而來，他們推進了病室，一會兒又由病室一端出來。我處在猜疑與等待之中，顯然這是午後的一次例行診視。約半小時，我的病室房門被拉開了，一簇人，連帶一部小推車擁進了病室。我被三個截然不同的面孔的迅速移近驚嚇起來；一位矮小精悍的意籍修士的有趣面孔對我親善地微笑一下，先前那位高大端莊的修女的嚴肅面孔依然疑問地審查著我，一位沾滿溫文的見習年輕醫師的光潔面孔上戴著一副黑框的白鏡片近視眼鏡，他坐在床邊，我已經坐了起來，他一面按我的脈搏一面問著我的症狀。他測量我的血壓和查聽心房的跳動，與門診部的醫生無異，一面轉頭對那位展露滑稽表情的修士說了一些簡短的醫學名詞。當我同樣地誇張我內心的不適症狀時，我頭一直感受到那位嚴肅的修女的冷酷凝視的威脅。我所表露的是極端矯揉造作的舉措以形容我夢中的異象。修士臉上粗濃的眉毛上下移動，兩顆靈捷的黑眼睛捉攫著我，嘴的裂洞一直延到腮骨的位置。他想瞭解我的身世，卻從最具詼諧的問題問起。他帶著不成熟的本地語音，配合著諧謔地表情說：

「二十七歲還不結婚！唔，唔，你太懶惰了。」我根本毫無心思與他周旋。我抬起眼睛，發現那張冷峻還正的端正面孔的美好嘴唇剛顫動又縮收回去。她的眼神是引起我喜歡去不停地凝注的因素。三人中的衣著顯露著他（她）們獨特的性格。由於修士的有趣形姿，即使他說了越份的話，也容易受到別人的諒解。修士又說，要先檢查我的糞便。修女走近來，粗野地（我這樣感覺）捉住我的左手臂，用注射筒抽去了我的一小部份的血液。我看到我的血液微略黑色，十分嚇意。我問見習醫師這個幹什麼用，修士搶著說這是為了檢驗有否毒素。他說時眼睛又對我眨動一下，帶著諧謔的暗示，好像他在暗示著我是否可能由行為的不檢而沾

染了梅毒一類的病菌。

修女、修士和見習醫師再簇擁著走出門外，房門關閉，阻隔了我的視線後，我才舒喘了一口氣倒在床上歇息，我腦中想著：微微憂悶地關心我的病情起來。事實上，內心隱瞞著一個更重大的內情才使得我見了這一類人時感到膽怯不安，我真希望經由他們的證實確定我的病因後，移除這種內疚因素。可是，一會兒，我便藉著一種漠視一切的感情恢復了平靜，我總是憑藉這類的感情排除一切不能解決的內心的阻難，只需這個時刻我不在我認為鄙陋的環境，或不遭受一些可惡的人的打擊，有沒有病都無甚緊要，至於將來，那是多麼遙遠而不可能先行預測的日子，只要能到達那時，便會有另一個脫逃或解決的辦法，現在懷著寒膽的心情思索將來，未免過份愚傻和可憐。

一位本地的女護士闖進來，動作熟嫻迅速拉下我的褲子，露出涼涼一截的臀部，她就在那裡打了一針，並把一隻盛著小玻璃管和幾張灰色的紙杯子放在桌上，囑我明天早晨準備檢驗的糞便和尿。她的冷默和呆板，好像不容我在她動手的一刻做些有趣的聯想。吃晚飯時，同室的病人充滿了悅樂地歸來了，帶回來無數的紙盒。他再對我說明天清早就走的原因是，能夠在晌午前在羊鎮搭上汽車，黃昏的時候抵達花市與妻子們團聚。他的這番蓬勃朝氣，無論如何引不起我的同感，甚至反遭致我對他的輕視。可是我必須在表面上迎承他的那種親密的禮貌，這使我感到無上的厭煩，不然我可以想像當他的熱忱遭遇到我相反的反應時的那種不勝愕然的模樣。總之，他在此種年紀還帶著過份的天真的態度，把內心中的喜悅輕率地揭露出來，在這個煩亂自私的世界也是一種少有的現象。我把他想做文化的低落以及未受惡風

襲擊一直過著單純生活的緣故，像他這種看起來沒有什麼大才能的中年男人，有著一個教職工作和齊備的家居，當然不會有什麼不快樂，反而任何事都容易引起他的緊張、喜躍和滿足。

吃完晚飯我到浴室洗身體，洗衣婦一會兒來把換洗的衣服帶去。這時我的心境十分適快，落日已在西方的山巔漸漸消去它的威力，適足的寒意使裏在衣服裡的身體感覺溫暖，當我步出門外的台階時，迎著幾個身肢殘斷的平庸面孔的男人的好奇和疑問的眼光，他們斜坐在噴水池沿邊朝著我注視。他們的樣子彷彿要在我健全的身肢外查出一個合乎我這種輕快模樣的病名，我在他們不肯鬆弛下來的無禮審視中稍稍覺得心神慌亂。我討厭這種窮追不捨的注視。我轉到屋側空曠無人的球場上散步，藉著天空的薄光目睹山實是最令我喜愛的環境，很合乎我孤獨的癖性。我的視線越過圍牆，感覺到這種所在的曲折輪廓，近處一片學校的操場呈現一種悅人的綠色。在這種無人干擾我的地方，我遂有自由的思想，平靜和無慾終於降臨著我。後來我在散步時朝著樓房的牆壁窗戶觀看，為著好玩尋找我的住處窗戶，但終因樓房的這一頭還有著其他不能計數的房間，我迷亂於不能確信我的病室屬於第幾個。頃刻由樓下的窗口，我看到許多在燈光下走動的婦女，無數肢體包紮成筒狀的病人躺在一間共同的寬大病室床上，從那些庸俗的面貌相信是屬於一般的勞工和農夫。這時，由於意外的窺見，剛剛在空際完全黑暗下來以前的平靜已經撤去了，一種由悲憫而來的感傷充塞在我意識之中。

我迴避了對外科病室的注視，回到樓上病房。我半躺在床上，剛始讀書和抄些札記。那

一頭的先生早已躺在床上，一張一張地翻閱他手中的筆記。他能沉靜下來總是給我較佳的印象，想到他明早便要離去，反使得我突然湧起些寂寞的感覺。他放下手臂，眼睛瞪著天花板沉思起來，燈光照耀著他興奮得不能睡去的紅紅面孔，我偷偷地瞥視他一眼，這時我才覺得他是個又可笑又可愛的男人。好在我所要看的是本很有趣味的一篇戲劇，我的精神馬上集中在戲劇情節上，才壓抑了心頭那一股要與他人親近的衝動，同時，我看書時的無可侵犯的冷默也阻遏了對方感情的可能的進襲。

第二天清晨，我被吵鬧聲擾醒後，才真正地綻開笑容和他說告別。早餐盤上盛著半個鹹蛋，一小碟青菜和一碗稀飯，我獨個人坐在床邊，感到清靜和寂寥的氣氛籠罩著整個病室。飯後，第一次掃視著四壁時，為它們高高的牆壁而沒有任何裝飾的單調所驚異。室內總共擁有的是兩張床、兩隻小廚櫃，一張餐桌和兩張椅子，天花板角落安裝一隻抬頭時感覺它是面具的小型擴音器，兩個向外展現街市和山脈的窗及一扇進出的門。我希望三面空漠的牆壁能加添圖片。當我睜開眼睛躺臥在床上時，我的感覺置身於一間荒漠的囚室。我準備好少量檢驗用的糞便和尿以及讓護士進來注射。我又開始懼慮地等候著如昨天午後見習醫師、修女、修士的降臨。一會兒，我終於聽見那位矮小滑稽的修士的歌聲了，走廊上震動著匆匆忙忙的腳步聲，他（她）們早已開始又一天為病人服務的勤勞。修女呼喚著在走廊上跳躍的修士聲音傳到耳朵，那種急速的異國諧音彷彿是一串音樂的責怨。見習醫師一如昨日的溫文姿態靠近著我。他先問我睡得如何？我說半夜曾恐懼地醒來三、四次且斷續地織著零亂的夢。

「放心，我們會替你檢查證實是否心臟病。」整個早晨就這樣過去了，但頭腦中卻依然不能

拂去那位站在後面緊閉著美唇微露憂怨表情的冷默修女的印象。她的模樣使我聯想到第一次認真地注視丘時梅女教師時，她引起我煩擾的那種酷似迷霧一般的印象。那種包繞著她的身軀以及頭顱的特殊服裝所劃出的涵養和日夜的神聖工作，像故意埋藏著裡面俗身的憂煩，這些像是一般的婦女遭遇到的被禁錮在她們肉軀裡的那份痛苦。我所見到的婦人沒有表現是真正的快樂的，這足以反映多麼不快樂的男人們。我確信這種直覺的觀察時，就把我自己歸納於她們的族類而付出心理上特別關注的情感。

午後，在睡眠回甦意識清晰的一瞬，我突然幻覺我肉軀的死亡，被一簇活生生的人抬去埋在泥土深處，我站在一旁煩惱地凝注自己，這一刻我為那清晰的景象驚異得產生窒息的感覺。醒來我側伏著不敢動彈，心中的驚怖依然延續著。這種幻境不是第一次如此惡毒地擾亂著我；就在我住在小鎮的後期已經數次被這種異況襲擊。於是我便把這個夢魘的實況告訴了午後進來的見習醫師。

黃昏前，修女領著一位拖著腳步進來的新病人，她所做的工作和昨天晌午時為我做的沒有兩樣。當我還未忘懷早晨離去的那個可愛的人時，我現在寧願享受孤獨和靜寂。我第一眼與這個新病人交視時，便非常厭惡他那旁若無人的樣子；他露出看到有鄰居時的不快表情。他高大肥胖，有一個巨大和充滿水腫的面孔，眼皮和面頰的隆腫把眼睛擠迫得像岩石在陽光下深而且黑的一條裂縫。他穿著很好的衣服，進來後就脫下上衣掛在牆壁鈎上，我料想他是個服務於公家機關腦子裡思想著貪污的高級職員。他皮膚蠟黃，是個很嚴重的水腫病的壯年男子。在他搬來同室後的幾天裡，我出入房門，都有一種被監視的畏懼和窘狀的心理，在這

種人的欺視下自然會產生一種卑小不自由的囚徒感覺。

晚間，我潛心於書本，大獲從未有過的讀書的樂趣。翌日上午，慇懃而可親的修士帶領我下樓，我跟隨著他再經過樓下外科的大病室走廊。敞開的門窗揭露出那些談笑的肢體殘斷的人們，婦人與小孩來往於病床之間，彷彿是一處快樂熙攘的大雜院。我走進一間內室，見習醫師站在桌前調整一部機器，一位男病人從中央的黑色台上起身，整理了一下衣服後走出去。修士吩咐我脫鞋躺在台上，他和見習醫師沉默地開始綁著我的腳頸和手腕。幾十秒之中，我聽見機器轉動的聲音。他們再解除我肢體上的電線，心電圖的測驗便算完成了。

回到病室，我躺下來頗為擾亂地開始又墜入於對自己病情的猜想。護士進來為我注射，也給水腫病的男人注射。護士把針刺進他的臀部的皮膚時，他痙攣般地震動了一下，同時哀叫一聲。我對一個男人害怕疼痛的皺曲表情在內心表示了最大的蔑視，我一向不給一個怕痛的膽小男人予以太高的評價，我相信他是懦夫。吃午飯的時候，他坐起來，手掌還不絕地按在臀部被刺的位置。我輕蔑地瞥望他一眼，就只顧吃著面前餐盤裡的食物。我一面思忖著：要是他不先說話，我是不會卑屈地先向他開口說話。意外地他在咀嚼的中途停頓下來問我是那裡的人，我猶疑地思索一下，便說是中部的小鎮出生的，隨繼而來的便是問我患什麼病，我也加以考慮之後說是心臟不好。總之，我和他算是開始打起交道來了，心中俱存著的陌生感覺頓時解除清淨。

事實上除了命令口吻的說話態度和傲慢表情使我產生厭惡外，他還是個十分安靜和懶惰的病人。他沒有帶什麼書籍來，只有每天報童為他送來一份日報。他大部份的時間都是閉眼

睡覺，以忘掉他有個水腫的笨重軀體。下午三點鐘，見習醫師約我到他的私人寢室做一次談話。談話的結果便是介紹我到北市找一位姓賈的精神病醫師。回到病室，我已經可以論斷我來聖母醫院就醫的結果了。正如所料，第四天的午睡醒來，修士有些怪異地單獨走進來，很謙遜地告訴我──他宣佈了這件事的結果時，已經收斂他先前給我的滑稽印象，他輕輕地說我所有的僅是一種精神鬱魔症而非心臟病。這件消息我心裡早有準備，一點兒沒有驚嚇，倒是這種被宣佈為鬱魔症的病名令我羞紅了起來。隨繼他審慎地通知我這種病不能再住在聖母醫院，我有一種急遽上漲的羞憤，我想抗辯同時極端地想衝動地要跳出窗外，我抑制一下，故裝鎮靜地問他：

「我要馬上辦理出院手續嗎？」

「不必要，」他再以本地的語言說，恢復了他原有的笑容──「你可以明天再辦。」

「那麼我明天再辦這件事了。」

「不要緊，賴先生不要緊的。」

我感覺他那舞動著的眉毛和咧開的闊嘴，實在有安鎮我的情緒的意圖，就像小丑這個角色所承負的使命一樣，擔憂人們會憂傷不快樂。修士完成他的任務後離去，同室的男人還未醒來，我起身到浴室去沐浴，準備吃晚餐後到街市去遊逛。

既然已經宣佈我不能再住下去，我便不必在最後的一夜，還守著院規細則的必要。我是順依著一股漸漸上升的衝動決定在一條運河沿邊走著，我的頭擺向彼岸的許多毗連著的招攬男人的妓院茶室。在綠色的燈盞的映照下，一個個盛裝的女子上上下下地坐在門前

椅上，宛如天生就是大聲地談笑和囂鬧的特殊族類。我在心頭決定著做那一件事。遙遠地我對她們一一審視著，以便找到一個合適我口味的女子，我舉步走過橋去，當我緩慢猶疑的腳步被她們知曉了我的意願後，她們遂前前後後交響地對我招手歡呼，於是我漸漸被這種坦露的迎迓儀式嚇阻了心頭的慾望。

我羞慚地轉進一條巷子，不料這條巷子逐戶依然有女子站在門口輕輕對男人招攬生意。

突然，我跨進一家門戶，一位十分漂亮的女人還在整理她的裙裾，站在客廳對我微笑。我與她議價，這時房門的布簾被掀開，走出一位女人，再走出一位高大男人。他的臉上露出像狼一般醜惡的門牙，一面還在調整他褲上皮帶。那位等候我決定的女人看看他又看看我。我再度為這猛烈襲擊我自己的人格的最大蔑視激醒了過來，撤身離去。

那一天，我在北市尋找那所聖母醫院見習醫師告訴我的精神病院時，在路邊的一間冰菓店意外地遇見了阿蓮小姐。幾年前我曾在通往古寺的公路汽車上見過她一面，那是自從我們都脫開了童年的故鄉的那段遊戲的時代之後，很感驚喜的一次邂逅。我發現那時她和幾位男人在一起，穿著非常華麗的服裝，像一位細小的土皇后一樣；現在反而變得異常樸素，身上穿的都是一些褪色的過時衣服，看起來要比車上的一次令我滿意和親切。這是春季午後，冰菓店還在賣熱飲，座位上僅有稀少的幾位客人。她和幾位服務生模樣的都顯得無聊。我走進去和她寒暄一番。我不加思索地叫一碗紅豆湯。她坐在我對面，態度很自若，但二次所見的差異使我很感興趣（我唯一能忘掉我自己的痛苦，就是去猜想別人的痛苦），我注視她時，她對我笑笑，這時我才真正辨識到她是個很端莊的女人。年紀推算有二十四歲了。我還是把

想問她的話中止，因為第一次見面不便詢問太多私事。我們只談些有關家鄉的事。我坦白告訴她，我正在病假期中，正要去找一位醫生。我為了故意驚嚇她，我說我要去找的是一位精神病醫師。她笑笑不相信，我極力說這是真情的（反使她更加不可置信，她還是不相信），我說我明天再來看她。

我後來在北市河邊的一條堤壩車道找到了精神病院的所在。正面望過去它像是一所隱置於許多樹木的優美住宅，不料裡面卻非常開闊，除了診病室病房和候診室外，有一扇大門通到一座寬闊的院子。一羣樣子呆癡或過份活潑的男女交雜在一起遊玩。有些則蹣跚的徘徊，有些坐在石凳上。預先有的意識使我審視他們時，自身感覺到一陣陣冷澈的寒顫；我不能容忍我可能是他們類族中之一，這比起做一個為環境包迫害的普通人更難以忍受。我寧可選擇我是極危險的心臟病者而不要被指為是個精神病患者。一位護士移近一位興高采烈地和同伴奪籃球的病人，輕拍他的肩膀，對他溫和地說：「阿賓，你要去洗澡休息了。」那位男人抗辯道：「再等一會兒，再等一會兒。」她疑問道：「真的嗎？我真的疲乏了嗎？」她拖拉著他，其他護士都走向他們的病人。「今天你已經太累了。」他頓時垂頭喪氣，彷彿萬分的疲倦，「我知道了，我知道了。」遊玩全部停止，護士都領著他們陸續地經過迴廊走進病室。我苦惱地否認精神病者是處在自己幻想的快樂天地中的說法，同樣地，這也是一個被束縛和支配的領域，為憐憫所圈限的一個更窄小的世界。這種天地將更不能尋索些什麼價值，顯然脫離了真實和自由，最後只有窒息而亡的

「你很疲乏了嗎？」他疑問道：「真的嗎？我真的疲乏了嗎？」

「是的，你沒有注意到

結果。賈醫生召見了我，他坐在能隨意轉動的圈背椅裡，仰著頭審查著我。他簡單地問了幾個在任何場所都免不了被詢問的問題。最後我說出我是聖母醫院的陳見習醫師介紹來的。他吩咐我明天早上聯合門診中心再見。

在聯合門診中心精神病科的門診室裡，賈醫生手中的小鐵鎚敲打我的膝蓋骨，使我的腳顫躍起來。他照射我的眼睛，以及再問我一些我感到難以啟齒的繁瑣的問題，然後他安排我下星期同樣在此會見另一位劉醫師。

我把看醫生的經過當做一種談話資料告訴了阿蓮，她還是半信半疑。她坦白對我說出她對我的觀感：她說我喜歡說出足以使人驚異的事，由我說出的事情中難以分辨真偽。她又說，從前童年時在一起遊玩就是如此，現在還是一樣。可是她相信也好不信也好，總有一天她會相信的。我坦白說，真實事仍是做一個真實的人要說的。她不甚瞭解我所說的，我也不生氣。到此為止，我能再遇見一位出身相同的人，已經使我感到幸運了，由此我們也能比較和諧相處，而不互相懷疑對方有不可測的欺騙行為。當我那天早晨走出聖母醫院，搭火車抵達北市時，已經是午後一點鐘，我去尋找我的同窗朋友，但看到他們的住所異常窄小且有不悅的表示，我便漫步到三十七路租了一間破舊四蓆的小閣樓。我再遇見她，像命運使然，我像回到了童年，也認為童年遊伴的她才是我一生真正的朋友和遊伴。

星期天，我幾近於強迫她向她的老闆請假一個下午，她以一種溫情允諾，卻未對我的提議顯露一絲熱烈的興奮。我猜想她對我提議的遊玩並不想作是童年遊戲的延續（我心裡事實上懷抱著童年），而想作是她往日常為男人們邀請出遊的相同動機。我甚至連和丘時梅女教

師都不曾做過這樣的遊玩，我不曾學習如何誘惑對方的遊玩形式，我約她一點鐘在冰菓店附近的一所大學校園相見。不料這一次出遊竟延續到星期二晚上才疲倦的從遙遠的海濱回來。

從這一次的遊玩遭遇，我整個人生都改變了，同時瞭解她（我永恆的愛人）是怎樣的一個我相同命運的不幸女人。

她稍稍打扮，穿著天藍色的春裝，手中提外套和皮包。從開始我便感覺她沒有遊玩的喜躍表情，事實上，後來我才知道她的外表永不會告訴別人她內心在想些什麼。我憶起她在童年為後母責打後的那番靜默呆癡的樣子，我呼叫她時她總不會答應的，直到後來我不注意她時，她才慢慢的靠近來。我攜著她走出校門，到北市中心一家戲院看了一場下午的電影。在影院中她讓我靜靜地握著她的手。從影院出來，她還是那種緘默態度。

「妳不喜歡這部電影嗎，阿蓮？」

她搖搖頭，勉強投給我一個致歉的笑容。

「我知道了，我們內心都不快樂。」

從她繼續給我的那種淺笑中，我知道這種心境是確實的；她與我都有一個共同的因素，雖然誕生下來的這塊土地是屬於我們的，但和她都過著流離顛沛的生活，得不到溫暖。

「假如妳不馬上回到店裡……」

「我正是想如此。」她堅決地打斷了我說。

「為何我們不到遠一點的地方去，離開這個城市。」

「好的，越遠越好。」

「去那裡？」

「我不知道。」

「一個地方：：海濱。」

對我這個提議，她稍稍表露她的歡愉。我們趕到火車站搭火車到瑞鎮，在瑞鎮再搭汽車到海邊，黃昏的時候，我們已經到達海濱。雖是四月初旬，晚上的天氣依然寒風徹骨。海風有些狂烈，我帶阿蓮投宿在附近浴場的一家簡陋的旅館。因為未至夏季，海濱沒有旅客，於是乎也沒有什麼好飲食可吃。晚餐就在一家零亂的兼賣餐食的冰店吃了當地捕捉的魚，同時我們共飲了一瓶啤酒。這樣要比在城市吃了一頓昂貴的大餐有趣得多。四周天然環境秀麗美好，情興大增，阿蓮十分快樂，臉頰都因少量的啤酒緋紅了起來。

飯後我和她散步到岩石灘邊。海濤沖擊岸沿，浴場沙灘，一片寂寞。我們站住不動，頑勁地吐出胸中的鬱氣，我手臂環護她。除了海濤的響聲，我們保持靜默和凝注。在這個夜的漆黑和廣漠之中，隱蓄在心中的憂煩衝塞在鼻喉之間，眼睛湧出淚水。我們互擁著在岩石漫步，心胸已因嚮往與這環境為伍的願望而漸漸地在熱淚滿盈之下清醒開朗起來。我內心愧憤，使我在滿臉狼狽之下許久不敢去注視她，只讓風濤吹襲著沒有目的行走的兩個連靠在一起的軀體。後來躺臥在旅舍的床上，她羞怯地坦白告訴我，她剛剛在岩石散步時流了許多淚水，我愛憐地緊緊摟抱著她，故意嘲笑她的愚傻。

感覺上和她來海濱，第一夜就有許多本地人站在門口疑惑地窺查著我們，我們交觸到的都是猜疑的目光。我對她警告說他們可能以為我們來此地了結生命的。事事上，我有這樣的

感覺當然是自己心理上先有了這種自殺的意識。

第二天，陽光普照，我們像新生似地跑到沙灘。我們決定午後徒步沿海岸到據說中的美麗之鄉的山城中。吃午飯時，加點了些較貴的菜餚，然後開口向店東借雙布鞋，聲明沿岩石海岸遊歷一番。店東笑臉一口答應。由於我們的這一種好興致的表示，店東首先撤除了對我們怪異行徑的猜疑。飯後回到旅舍躺在床上歇息一下，她急急催促我登程。

步出旅店門口，眼前展現著無比遼闊的藍色海洋和晴空。海潮的聲音像對我倆歌頌。依然有許多人站在門口或停止工作望著我們，不過現在他們的面孔都有些歡喜的顏色。

開始旅程踏上岸石的第一步，她就在我的前面奔躍起來，像一隻大的跳鼠，我警告著她這個行程是不能太早感到得意忘形的。

經過第一個小村落時，她和我暫時離開岩岸，順著一條車道經過小村的中心，這是一個與外界隔絕的漁人和礦夫的簡陋小村莊。石子的道路灑落著乾的殘枝和紙屑，污面的小孩們蹲踞在門口遊玩，沿路所見的婦女都缺乏裝飾，面目呈露著十分無知的庸俗，和她們背後的嬰兒十分相像。廟是這個小村的中心，有較寬闊的地面，那裡聚集著捕魚的漁夫，坐在小木凳上雙手編補著漁網。他們毫無隱晦地大聲說著男女間的事，對我和她好奇地抬起他們的頭顯，然後在我們的背後零散地爆出一些笑聲。

這是僅花幾分鐘便走完的小村。當我們經過時，所見的那些事物都引起我內心的感觸。這些景象清晰地使我憶起童年的家鄉，簡陋、紊亂、骯髒都遭到內心的卑視，這就是我們。再跳上了岩岸，接近海潮的聲音，有一陣，我和她都傷心得不願

講話。然後才慢慢地忘懷了它們。

我對她宣佈，繞過眼前這座大山腳下的岩石後，真正的漫長的途程才開始。我們所看到的除了動盪的海水，腳踏著的崎嶇岩石，右邊便是大山的一面陡斜的土壁擋著我們。土壁漫生著修長的淡綠野草。她說，除了前進，便是後退，否則就是攀山和跳海。我們唯一的希望就是朝盡頭凸立的岩石走去，以外便不再有何希望。人跡渺茫。

這時她才領會旅途中必要沉著地放慢腳步。她把她的身體緊偎著我，對著海和高低不平的岩石若有所思地移注。陽光溫和地在身背照耀，我們身上早已僅剩一件單衣，我斜側瞥望她胸前衣服的弧線，同時感到皮膚發熱。我們約定非走到那個岩石，眺望那一面的景物絕不休息。但是到達那裡，只見另一段相似的曝曬在陽光中的光凸岩岸外，並沒有什麼新奇的發現。

我鼓勵心疲的阿蓮。再走完那一處彎角，便可以眺望山坡上山城的煉銅場，那是一個很美麗的所在。總之，那個地方是我們意識設置的目的地，阿蓮自己也提高了勇氣，發誓一定走完這段岩石海岸。

抵達後我們坐在石頭上休息。脫掉了布鞋。腳板浸入水裡。海水的冰涼使我的心頭都震顫了一下。隨浪潮忽厚忽薄的水鏡裡，舒展著腳趾。她細長秀麗的腳趾在我的不停注視下，不安地撩亂著那池清水意圖掩羞，我疑問著她為何經過赤足的童年還保有那雙纖美的腳呢？她說她十歲後住在姑母家庭中便一直穿著鞋子。後來腳板擱在岩石上曬乾，她提醒我太陽已近遲暮。

「怎麼辦?」她說。

我望望那顆紅球,默思一下,望著顯露焦急的阿蓮。

「我們到達了那裡再說吧。」

「到了那裡怎麼辦?」

「我們不是出來旅行的嗎?」

「是的又怎麼辦?」

「那麼就沒有一定行止了。」

我們開始穿上布鞋,她也變得坦然了些。當我們站起來眺望山坡處,那座宏偉的大工廠延建築以及密集的民舍正浴在黃昏的夕陽紫光中。玻璃窗投出閃光,一片靜穆和諧籠罩在它的空際。腳步逐漸地移近,心中除了喜悅不再存有任何憂懼;我牽著她的手,她的眼睛充滿夢境的驚喜。

抵達山城腳下,我們跟隨許多工人、職員和服飾整齊的婦女一同搭著鐵索車上坡。走到街道上,反而感到我倆顯得襤褸。在飯館裡她對我表示無論如何不能冒險徹夜趕回去,事實上,我已經疲憊不堪,不容做這樣愚蠢的想法。我們走出餐館便投宿一間清潔的旅舍,沐浴和睡眠。

第二天早晨,我們又回到岩石海岸,對著山坡上那不可思議的(因為這條海岸十分荒涼)城鎮頻頻回眸,她表示著不能常久居住的遺憾,我說:

「阿蓮,不要冥想,那也是一個可觀覽而不可居住的城啊。」

她開始對我爭辯，她說這裡居山臨海，是人類樂園，我表示適者生存，不適者同樣是地獄。

走過彎角，我叫她回頭，除了擋阻的石壁，那山城已經隱沒。

「人的一生就是這種現象，阿蓮。」我說。

她大為悵亂，沿路上一直偎在我的身邊。回到海濱已經接近中午，許多人都莫名其妙地跑出來觀看我倆拖著疲倦的腳步回來。我牽她走進飯店，詢問著店東，他才笑著說，昨夜我們的不歸曾引起大多數人的悲觀猜測，早晨還曾有人要沿途追找我們。我將兩雙布鞋還給店東，又在那裡吃一頓豐美的午飯。我有一個感覺：就是這個小村落好像已經和我倆熟絡了起來，來時和去時的感覺已經截然不同。可是我不能相信長住會如何？總之，我和阿蓮是旅客。

當夜我們趕回北市，我要求她住在三十七路我租來的狹小閣樓上。翌日她去冰店工作，我到聯合門診中心找劉醫師。

憑良心說，我對精神科醫師心存畏懼：第一面，我不想把自己也當為一個精神病患，我十分清楚我所有的症狀的原因，所以我決不會向醫師說出真話，我在他們的面前只有假裝對我自己感到多麼不可思議和煩亂。我甚至說我根本沒有發生什麼事。真的，在這種情形之下，劉醫師根本也不能為我做些什麼。他唯一對我的勸告是，要我長期的跟隨一位和我同籍的醫師，才能解決問題。於是他便為我介紹在下星期會見一位他的同事陳醫師。

我對以上的幾位精神病醫師所做的不坦率的行為認為根本就是在拖延時間。第二面，我的確太羞於把自己的事公佈出來。面對著他們，像面對著我們生活十分接近的鄰居一樣，

由於大家太坦率太瞭解反而沒有一絲安全和獨立感，這是我沒有正確的觀念建立起醫師（尤其精神病醫師）的神聖高尚的地位，也懷疑這些人在現世中是否真正能積極地解決病人的問題。自始至終，我總太過於自信地以為自己能夠護衛著自己，反正，這個社會呈露著一片自私，社會缺乏公正的維護，在如此潰散之下，個人只有依照著自己的想法活下去，任何人都是不可信任的。

由醫院回來，看見本來去工作而現在躲在樓上等我的阿蓮時感到無比驚異，當我再看到原來什麼東西都沒有的房間，現在推疊了兩隻陌生的皮箱時，我整個都瞭解了。我跪下來把差坐在牆角的她摟在懷裡，她在飲泣中想解釋些什麼話，我阻止她。「什麼都不必說，阿蓮，我異常清楚，我倆命定要永遠綁在一起了。」

一生之中，再沒有比這一刻更衝動著要想以一件事實行動來安慰一個軟弱的女人，我和她討論後的結論是馬上結婚。雖然結婚的形式早在我的心中已經喪失了意義——這緣於和丘時梅女教師的戀情在最後時突發的邪念。可是既已脫離那個環境和時間，現在與阿蓮的相愛在心理上不免在做完互獻的儀式後，猶存在著一種孤獨的寂寞，所以為了把兩顆心綁在一起，當然就得託藉一個外在的形式。

翌日，阿蓮留在樓上，我獨自跑到司法大樓買了幾張結婚證書，然後到公證處去登記。門外有幾個人向我招攬，推薦他們要當我的介紹人。我想，這個人類世界真是安排得良好，只要付出少許金錢，做什麼事都十分簡便。於是我把這一切不熟習的填表工作，都交給了那兩個纏著我的男人。

我穿著白襯衫和一條白長褲，她穿著銀色旗袍，下午三點鐘，公證處門口的那兩個臨時介紹人立在那裡等著我們。整個樓廊和休息室充滿了衣著光耀，香氣芬芳的男女。我和阿蓮以及兩個陌生的介紹人插在他們之中，順序地走進另一個房間，把身份證和印章繳出檢驗和蓋章，做完了這件事，我們便擁入一間四方形，有一個大講台，壁上亮著霓紅燈的大囍字的禮堂。這座禮堂兩旁插著整齊的一排國旗。我和阿蓮坐在後排的板凳上等候。四點鐘時候，整個禮堂都坐定了今天結婚的男女和各色人等的介紹人和親友。司儀進來，把一大疊證書放置在講桌的左端。當一位老態而頹喪，穿著黑色大法袍的公證人出現在門口時，司儀喚起立。那位頰肉垂墜的公證人帶著倦怠，一生中唯有不斷重複的腳步冷默地走上台，對全體很輕蔑的掃視一眼。他戴上眼鏡，司儀喚坐下，開始逐一的把結婚人喚到台前。我和她是第一對，我挽著她上前走去時，背後響起輕微的評議聲。我倆立在右首端。二十多對的結婚人整齊地排滿後，司儀再喚拜禮的各情節，最後公證人用他那模糊而低沉的聲音，快速而草率地唸著證書裡的文字。我再度被喚到那不高興的公證人講桌前面代表領取那些證書。然後在一陣熱烈的鼓掌聲中結束了這一個法定的儀式。

我付了錢給伸手過來的那兩個當介紹人的男人。我摟著她奔出公證處，那個司法大廈門前的廣場突然滾捲著一陣一陣帶沙的風，太陽被飛奔的亂雲遮去，整個街市灰暗了下來。她的頭紗幾乎為捲風帶去，我的眼睛含滿刺痛的沙粒。我擁她避進一部計程車，吩咐朝三十七路駛去。在車廂裡，我再度擁她入懷，在我因沙粒沾眼而淚珠外滾的模糊眼視中，發現整個下午都十分沉默的阿蓮，竟然在此刻淚流滿頰。回到孤樓，隨著當夜便來了一場暴風雨，幾

乎要把整個如鴿屋的樓閣捲去。第二天暴風停止，但雨沒有停歇，限於經濟的薄弱，我和她也只好躲在孤樓上，而不做因這喜事而來的遐想。

每天早晨，十點左右，我的頭上蓋著雨衣，從樓上出來，走下露天樓梯，手中提著茶壺，越過十字路口，在一間館子買了半壺的豆漿，十個饅頭和幾塊錢的乾菜，再回到樓上，這便是我和她一天的食糧。

在那個溫暖的小天地裡，聽著雨聲在窗外，屋頂和路上淅瀝地下著。她沒有想到外面去，所以沒有打扮，我似乎不洗臉和留長髮已經習慣了。我們讀故事書（我一生之中感到此刻的時間最充足），聽音樂和做愛。我們如此親密，如此赤裸，以致我漸漸探測到她的內心深埋著昔日的創傷，所給她的不良影響（我也洩露了我的一份）。她在做愛時，總會哭泣，我要她忘掉過去，面對現實，她才停止了這種傷泣。如此一星期為雨水所困，我倆都變成瘦骨如柴，面孔蒼白，怠倦和軟弱的人鬼了。

我與陳醫師面對面時，他首先為我乾枯的形容所驚，以為我已經病況嚴重，面臨瘋狂的階段。他不斷地詢問我，但我除了依然如法炮製地誇張我的痛苦外，我一點兒真情都沒有洩漏出來。他顯露失望之色。可是我自己內心的焦慮也顯露給他了。他知道我頗具狡慧，便坦率地說出治療精神病的程序和要領，以求得我的赤誠合作。至此，我顯然無法再遁形逃竄，我便把所有埋藏在心底的事（那兩年在小鎮所發生的事）向陳醫生做了一次坦率的陳述。

第二卷

抵達之日，正好逢到新舊校長交接歡宴的時刻，我看到那位矮小的舊校長，年輕漂亮，最後飲醉了。新校長梁啟川先生高大英俊，服侍這位被貶的人慇懃得有如奴僕。打聽之下，才知道他借酒發作是為了平時不管校務，和地方黨派勾結花天酒地，虧空了公款被彈劾調職。他說（很狂傲的），他決定不去理睬教育科把他調到一個偏僻荒涼的小學校去的命令；他已經在港城找到了個教導的職位，一年以後便能晉升校長。他無疑是個既狂傲又懦弱的人，在旅舍的休息室裡，我看見他內心顯露出來的敗喪之色。他不能使我產生絲毫的憐惜之情。

在餐宴的時候（在那時飲酒的另一個意義，就是歡迎新的校長和教師），我的身旁端坐著一位高大豐美的女教師，約三十多歲，名叫丘時梅，她注意到我，非常好意地邀請我暫宿在她的家的空樓上。那場不甚興奮的餐會之後，她便領我走進市街一間紅磚砌成的兩層矮樓。屋裡充滿著一股淡淡的海鹽的氣味，客廳的牆壁掛著漁網和竹竿。她介紹她的丈夫陳蓋文先生。他是碩壯中等身材、帶著學養氣味的男人。但他給我的印象是冷漠和傲矜。我見了丘時梅有一種為我熟識的風姿；她的模樣彷彿我童年時代母親的象徵，和溫柔而又堅毅的愛神典型。從她的舉動我想她一定把我看成一個不懂事，要人指導一些生活事務的兄弟這樣地待我，所以她坦落的善意自他就感到陌生和不自然，好像我是一隻綁縛的天鵝舉足艱難。

然地消除了陌生的距離。

陳蓋文先生披著漁網提著電筒外出。丘時梅領我到樓上的房間，那裡簡直是個空洞而低矮的樓閣，牆角同樣堆置著棕黑色的漁網，有一張板床空洞地橫置臨街的窗邊。她一面鋪床，一面向我表示歉意。我說這樣十分合乎我的口味。放下了行李，隨即沐浴和換衣服。那個晚上，她等候她的丈夫的時候，我禮貌地陪伴她坐在客廳。在簡樸的客廳，她講起學校的事，以及約略談到她的丈夫所給人的印象的種種解釋。

第一次的晤談，她並沒有表示出對丈夫的不滿。她讚美和憐惜她的丈夫的才學。她說他早年是小鎮之中最優秀的學生，受過嚴格的日本教育，他娶她的時候，正在城市的港務局當職員。她停頓了一下，她說他喜歡自己做自己喜愛的事，小鎮沒有任何捕魚的男人能匹敵他刺魚的技術，他的父親自校長的職位退休後轉入銀行界，還是城市裡鼎鼎有名的銀行協理。但她說，她和她的丈夫來馬束也只有一年罷了。她再度停頓下來，顯然在她的內心裡藏有隱衷，新調來的校長過去是她丈夫的同學，與現在的鎮長方火井先生十分熟識。她說她有一個大的家族在二十里外的藍山，祖父母還健在，並且皈依基督教，她自己一直對基督教十分地瞭解和虔誠，且對教義有頗長時間的潛心研究。

不幸我顯露出對她的陳述沒有多大興趣的睏倦被她發覺了，這也使她這一番表面隱藏一個真情的前詞感悟到幾分的羞悔，不過，我的眼睛有一度（在未瞌睡之前）毫不客氣地專注賞識她美麗的姿容，當她迴避的時候，在她明媚的臉上總有一種慌亂羞赧的措舉。她轉為請求我上樓休息，我沒有再推辭和掩飾我實在的疲倦，遵照她的意思上樓睡覺。半夜我醒來

時，樓下有一片熙攘的聲音。注意諦聽才分辨出她的丈夫由海上回來了，鄰居圍攏過來觀看那些被剌回來的奇異的魚類，發出讚嘆之聲。我聽到陳蓋文低沉冷酷的聲音，吩咐丘時梅為他準備洗澡熱水。我只是疑問著她是否一夜都在等候中沒有睡眠。在不著邊際與曖昧的關懷以及那些傳來的斷斷續續的音響中，我再度墜入夢鄉。

第二天早晨，我和丘時梅一同吃早飯。她解釋她的丈夫昨夜歸還在睡覺。一位女傭蹲在廚房的水泥地板洗衣服。我和她偕同上班。開早會時，便目睹著幾位驕傲的年輕教師吵吵鬧鬧的，彷彿向新校長示威，我一點也不知道那是屬於什麼事，甚至一點兒引不起我的興趣。

我步出辦公室，沿著走廊對整個校舍觀覽了一遍。一個三角形的操場高低不平，散佈著一堆堆的海沙。有一面背著山坡，一面是一排簡陋不堪，地板的水泥破裂和充滿細沙的教室，另一面的一座方形禮堂已經為颱風掃刮得只剩石泥的空殼架，舊式的教室牆壁已經龜裂，與並排的一列低矮教室，同樣被列為危險教室整個圍繞著鐵絲網，禁止學生闖進。

我對丘時梅表示我必須去找一間自己的住所。一位學生帶著我到街上去詢問。這一個馬束的小鎮只有一條彎曲的馬路。我從頭到尾觀覽了一遍：

　　郵局代辦所

　　布店

　　飲食店

　　冰店

餅店
理髮廳
照相館
西藥房
一座灰色的老廟
中藥房
布店兼車站
菜市場
裁縫店
小兒科醫院
雜貨店
衛生所
警察局
鎮公所
農會
文具店
內科醫院
機器修理店

洗衣店

基督教浸信會會堂

這個最後一間的建築十分優雅，色彩鮮明，與其他的屋宇有著很不調諧的氣氛。住屋和店鋪雜混著。我折回古廟的前面，步下那裡的幾級石階，在巷口旁邊，不屬於那馬路的，那裡聳立著一家碧海旅舍，進入巷口，有一間鐘表店，一位身體結實棕色皮膚、長有一張突出的老鼠面孔的女主人十分歡迎我租賃這座小屋子上面的那間閣樓樓房。她帶我走進屋裡，裡面十分黑暗，經過廚房時有一股豬糞與海鹽的混合味道衝刺鼻腔。聽到人聲，廚房隔壁的豬發出求食的鳴聲。我所見到的那裡面的人都是長得與這位女主人一模一樣，長長的嘴巴好像隨時都會逼近我，嗅聞我的身體。走上樓梯，她把一扇扣住的門打開，一間十尺見方的房間裡擺著一張古式的雕花床，一張圓桌和一張靠背椅子。通向陽台有一扇兩摺的玻璃門，右方一口窗戶。這個很簡陋的房間的一面牆壁是用木板隔置起來的。她開了一個很公道的價錢，我就答應搬來居住。

學校很混亂，我退避了校長與教員間顯著的不和諧。可是，每天晚上我走進丘時梅的家裡，總會遇到校長梁啟川先生也在客廳裡。陳蓋文先生並不每天晚上外出刺魚。我喜歡在他（她）們三個人的談話中順便聆聽一些唱片，我靠近放唱機的角落默默坐著，時時站起來調換唱片。

白天，我不在學校的時候，為了逃避由廚房飄來房間的刺鼻味，我沿著屋後的那條河到海灘，對海做一番的注視和沉思。我並不好學，星期六午後便搭車離開那裡，到城市看電

影。

有一天早晨，沉鬱的面孔上掛著近視鏡的鎮長方火井先生偕一位高顴骨、薄胸大臀部的中年女子來校，經過校長對全體教師介紹後，才知道顯露得有些傲慢的這個女子是鎮長本人的妻子，她的名字叫高斐，由本鎮山區的一個學校調到本校。校長同時宣佈由高斐和丘時梅兩位女教師擔任學童營養午餐的監督。當晚，在丘時梅家中，校長便把這位剛來的鎮長的妻子臨時調校的事情洩漏了出來。他說，鎮長方火井先生未當選鎮長前是這個小鎮的幾所國校中之一的校長，高斐正是他掌校的一位女教師。高家是當地的富農，十分趾高氣揚。高斐和方火井結婚後，她便掌權的拉攏年輕的教師組織俱樂部，和時與校長不和睦的外籍教師敵對。去年高家的人支持方火井競選鎮長，以便排擠高家的敵人。這位沒有主見，沉默而死氣沉沉的方火井先生便慢慢地交際起來，燃燒起政治野心的火焰。競選的時候，眾所皆知高家拿出巨款，購買日用品由競選運動員贈送鎮民，要求鎮民投票給方火井。當選後，他辭去了校長職務，縣府另派一校長到校。不料這位已經掌慣權力和籠絡教師的高斐女教師，意圖支配新的校長，終於和新校長衝突起來。她對於教職工作我行我素，並操縱她的那羣俱樂部的朋友挑釁校長，經校長的再三呈報縣府，終於將她調校。可是又經過鎮長對縣府的請求，不但不處罰倒反調到鎮上的國校。梁啟川先生說，當初他當教導時，曾經受到方火井的提拔，所以對於高斐的來臨他便只有承諾了。

高斐來校不久，我便聽聞她在她那所漂亮的鎮長公館裡晚上聚集了一批教師，準備再組織俱樂部，平常在校內，三五成羣會聚在教室門口竊竊私語。她介紹了她的妹妹，漂亮而

稚氣的高花小姐到校當一名臨時的營養教師。幾個年輕的教師以高花小姐為中心，常常纏繞在營養廚房嬉鬧和奉承。當校長把整個營養午餐的設計工作，交給曾受過正式的營養講習教育，取得縣府合格證的丘時梅女教師時，高斐女教師表示十分不高興，她表示這種主權的工作應當交給鎮長夫人才對。第一個謠言便出來了：教師之間互相輪傳著丘時梅在縣城受營養講習的兩個星期裡，校長曾經屢次公差外出，有人目睹校長和丘時梅走進旅館。

第二年春天，雨霧消逝，陽光照耀著綠色山頭，灑落在金色的沙地上。浪潮均與地捲滾著，一波一波打擊著岩石。黃昏時，漁舟出海，晚間，黑色的港灣佈滿著移動的藍鑽石的光芒。冬天裡，這個小鎮唯一有趣的新聞便是西藥房的女老闆與一位城市騎摩托車來的藥品推銷員的姦情觸怒了那位沉默的贅夫。那時是星期日的晌午時分，我和丘時梅由浸信會的禮拜堂出來經過那裡，那位平時沉默，工作賣力的男人把他驕傲美麗的妻子從藥店裡拖到走廊上來，拍打她的臉頰，憤怒地撕裂她的胸衣，漲紅著面孔咆哮著要圍堵的人們注視這個賤婦。那張平日花粉的誘人面孔，從朱唇濺流出口沫，與淚水混塗在脖子上，這個情景給人一個非常深刻的印象。關於這位風流的女人在白天公開地和推銷員的姦情，鄰里間早已傳聞多時。

人們站在走廊看，反而十分同情那位白天在礦場工作的蒙羞的男人。與丘時梅回到家裡，陳蓋文先生坐在客廳的矮凳上，默默地握著一隻鐵器磨擦掘了一個冬天生鏽了的刺魚鏢。鋒尖由陽光映著白光閃刺我的眼睛，突然我有一陣的驚懼附著在心底；要是傳聞丘時梅和校長梁啟川真有著戀情怎麼辦？陳蓋文先生抬頭用著銳利而冷峻的眼光注視我們走進來，像平時一樣沒有笑容。星期天我總是在陳家吃午飯。在飯間，陳蓋文先生破例地笑臉對我說，明天他

便可以請我吃今年第一次他刺殺的魚了。

我對陳蓋文總抱持著敬畏的心理，他從不在談話中扯拉到他過去的事，他的嚴肅和冷默的態度是一道與他交通時的隔離之牆。他不批評別人，只談刺魚的伎倆。自從晌午看到他蹲伏在地板上磨擦刺魚鏢的鋒尖，當夜我因過度的幻想和恐懼而失眠。我還沒有想到它的鋒芒會刺進我的胸膛，當我把它與早晨親睹的西藥房的事件連想在一起時，不禁為丘時梅擔心起來。雖然很明顯的，梁啟川校長對待丘時梅要比別人慇懃，但我只把他看成是對待朋友之妻合理而應有的那種較多的親善的禮貌罷了。從陳蓋文先生與梁啟川校長之間的態度，我沒有發覺有怪異的顯示。晚上梁啟川照常來閒談，有時和他妻子兒一起來。他的妻子是個很矮小的平庸女人，與他高大英俊的外表成為很明顯的對比。但是他們兩個男人沒有公開赤誠地談論這件謠傳（僅限於校內的謠言），我心裡也始終不能拂去這點疑惑。

我唯一看見陳蓋文表露內心的激動是一個炎熱的午後，我坐在客廳閉眼聽音樂，他在角落安置電池，為晚上出海準備。這是吃了他今年第一次刺的魚之後三個月。門口出現了一位匆促的童子喚著陳蓋文先生，告訴他到郵局代辦所接電話，我張開眼睛看到他放下了工作跟隨小孩出去。一會兒，我目睹他面色蒼白，悲傷地回來，我站起來問他什麼事？他聲音微弱地回答我說他的父親死了。隨即他的眼睛迅速地落下兩顆晶瑩的淚球，劃過蒼白的面頰。他蹲回角落，雙手顫抖地小心拆去電線，同時細細地發出哭聲，他再站起來時，用手肘擦去臉孔的淚痕，轉告我，他即刻要奔到港城父親的身旁去，請我通知傍晚由學校回來的丘時梅。

我將這件事轉告了丘時梅，她聽到了這個不幸消息悲傷地哭泣起來。她坐在臥室的床

邊，心情像有極大的苦衷，我坐在她的對面握住她的手，安慰她勿過份為這件不可避免的事傷悲。不料，她卻憤憤不平說，翁家之死倒非引起她什麼悲傷，是家裡經濟不好，如何安排這一次葬禮費用，要非早年陳蓋文放浪揮霍，今天斷不會如此丟臉。她說，現在蓋文的幾個兄弟之中，唯有他敗落隱居。她說她與他艱苦廝守一起全是為一點人生尊嚴，誰能夠體諒同情她呢？就是說校長梁啟川對她極好，她並不否認，可是他連碰她的手都不曾（我警覺地緩緩縮回我的手）。她表明她對他也不是頂好印象，否則年輕時他的求婚已經下嫁給他了。

我答應候守候她的家，當夜丘時梅也搭車趕去港城。第二天中午，他們夫婦相偕回來，兩個人都因一整夜的哭喪蒼白了很多。她臉上尖細筆直的鼻下現出一雙蒼白的唇片，眼睛繞著黑圈，額頭蒼白黯淡，引起我萬分的憐惜。下葬還要擇日，到時候會異常鋪張熱鬧。蓋文必須在父親身旁守靈，他帶了一包換穿的衣服又搭夜車趕去港城。丘時梅在她的丈夫陳蓋文先生在城市守候守靈時，我陪著她守候在家裡，在數次夜談之中她傾吐了她往日的故事。

她是開雜貨店的父親的大女兒，從小聰明伶俐，是祖父的掌上明珠。十八歲那年，畢業於城市的中學，受聘在本鄉的國校當一名學童教師。她年輕美麗，善於歌唱和口才，在諸多追求者之中，有當地駐防海灘的砲兵軍官，有教師（梁啟川是當中一位），有商人。當時她無憂無慮，充滿了青春快樂，在眾人的襯托之中無比的榮耀和滿足。她的臥室堆滿追求者贈送的禮物。在這許多男人之中，她與誠樸、搬到港城的陳家第二孩子陳蓋文始終沒有較好的往來，屢次他從城市跑到鄉下都抱著失望的心情歸去。可是，他從不曾不在下一星期假日再出現在鄉下。他給她的印象是他根本不懂交際。她年紀太輕，無法瞭解一個追求者的心情。

後來，她為何開始對他注意皆緣於那位英俊魁梧的砲兵軍官的魯莽行為之後。

有一天黃昏，她照例在學校逗留到很晚才步行回家，歸途必須通過海灘的木麻黃樹林。當她獨自快樂地在柔軟的沙地上邁步前進時，那位軍官站在樹幹旁邊靜靜地等候著她。這一次，砲兵軍官不像往例一樣馬上伴在她身邊送她回家；他微笑地告訴她有一件東西要贈送給她。他拉著她走向茂密的樹叢，將身上的夾克脫下鋪在落葉上，請求她坐下。他伴坐在她的身旁，面孔轉過來朝對著她，且從衣袋裡掏出一條閃閃的鍊條，一個精緻可愛的黃金十字架由兩邊鍊條之間垂吊下來。他捉住她的手，把那隻十字架和鍊條放在她的掌心。她的心充滿了驚訝和愉悅，眼睛細細地考察著那隻金的十字架，而且在她的指間揉撫著。這時，那位軍官的身體緩緩地壓過來，兩隻巨掌緊捉著她的肩膀。她的身體突然失掉了重心仰倒在夾克上面。她的視線遺失了十字架，替代一張赤紅而喘息的面孔，出現在她的面孔上面，它漸漸地擴大，那些帶著朦朧水氣的孔洞逐漸地巨大，整個成為模糊而且粗糙的肉塊逼近著她，由於一個驚嚇的意識，她像反射般閃避了那張面孔，翻轉身體站起來，砲兵軍官整個撲俯在那件煙味濃厚的夾克上。她迅速將緊握在手中的十字架項鍊拋下，拔腿逃開。在她驚慌的感覺中，好像後面尾追著那位羞怒的砲兵軍官。她看見小徑上模糊的有一位挑擔的人影，她喚叫那個撿拾乾柴枝的老人等候著她，於是她和那位晚歸的老人一同走出樹林。她連回頭都缺乏勇氣，害怕那位可能躲藏在樹幹背後，一步步尾隨的軍官的窺伺的銳眼把她整個身體再度攫去。

第二天，她領悟了，把臥室裡的所有饋贈物清理了一下，送還給每天在她周圍的男人，

謝絕了除普通朋友外的往來。那位永恆而充滿耐心的陳蓋文終於以文雅誠樸的個性在兩年以後贏取了她。

陳家根深蒂固的日本式的家庭風範，使她在第一年之中都懾服於家翁兩撇短鬚的威嚴之下，成了一位不平等的服侍男人們的奴婢。這是一個大家庭，家翁只喜歡善交際做生意賺大錢的老大，對以下的子女就不甚關懷。蓋文在港務局上班，整日在外面，新婚夫妻只有在晚上見面，甚至在那所漂亮的日式房屋裡，睡眠都不安寧。她整日價地洗衣服、擦地板、端男人的洗臉水、洗澡水、做三餐，卻連一個傭人幫忙都沒有。這一切在當年只是一種麻木的工作。第二年，自小得不到父親注意的老二蓋文開始轉變，他偷偷地辭去了死板的工作，對她說他要開始做生意，將來才能出人頭地。她發覺她的金器和珠寶漸漸的減少，當她追問他時，他推託是拿去做投資生意。他不再每天回家，有時一連整個星期都找不到人影。家翁見狀不妙，開始對她呵責。他相信蓋文這樣的男人是不會欺瞞她。所有的珍貴的嫁妝終於被拿走一空後，有一天，他喪氣地說投資已經失敗，最好一起脫離家庭。結婚一年又八個月，家翁在盛怒之下趕走他們。他們脫開了嚴肅的家庭，租賃在一間小房子裡。她在獨處和冷落之中漸漸醒悟起來，注意觀察他的行為，她驚訝地發現他出入賭場，睡在旅舍裡，與流氓往來，找尋妓女玩樂。有一天，他歸來聲明要與朋友南下做生意，歸期不一定。她第一次對他暴怒起來，罵他是個騙子。他沉靜地說，他是被環境所迫，都是為了不被父親看不起，才走錯路。現在，只有孤注一擲，冒險南下，他說對她的愛永遠不變，不過，他請求她能忍耐等候最好，不能忍耐也不強求她一定遵守夫婦的約言。

她挽留蓋文無效後，忍辱地回到鄉下的老家。那一年未完的最後幾個月裡，她都因自責和怨憤把自己囚禁在臥室裡。翌年，她勇敢地再到學校去請求復職，學童非常愛戴她，家族中的人更加愛護她。星期天，她對教會的事十分認真，開始潛心研究教理。昔時的那些追求者有的已經離去，有的已經變異高升，現在她傷心的回來，依然有新的一批對她傾慕。

首先，她由於對蓋文心灰意冷，心旌有些搖動。但她不比年輕的處女們，心裡總有些矜持和羞愧，長時間一直不能下決心決定自己的新的幸福前途。那些焦渴的男人失去了耐心，用著激烈和傷害她的言詞對她進攻，這使她在加倍的羞怒中堅決拒絕那些嘲笑和誘惑她的追求者。她卑視他們的人格，賭咒一心等候蓋文的歸來，否則，永生不再接近男人。

蓋文很少有信寄給她，只有在年節時寄來簡單慰問的賀卡。他沒有談到自己的狀況，那些信都來自不相同的地址，使她不能對他有點兒捉摸。她與他之間的聯絡都歸無效。他在賀卡上的文字十分禮貌而沒有夫婦間的親密意味，他是標準的硬漢，她的感覺是他一定以為她已經有其他的男人了。一年又一年的過去，她忘掉了他也像忘掉了自己一樣地度日，而陸陸續續像戲弄一般的可惡的求婚者都不能引起她的興趣。突然在第七個年頭的中秋節之前，她接到他打來的一張緊急的電報，要求她來南市，她突然直覺到他一定在非常的不幸之中，於是當她決定啟程的時候，把自己所有的積蓄帶在身上。在南市的一家旅舍她找到蓋文，發現原來蓋文的身旁有許多男人監視他。那些男人對她說要不要這個男人，她說他是她的丈夫為什麼不要？他們說，要他的話拿錢來贖。她詢問什麼原因，回答說賭博欠了他們許多錢。蓋文坐在榻榻米上，垂肩低頭。她拿出五千塊錢交給他們，他們便放了蓋文走掉了。

當夜，他們夫婦相偕另投一家旅舍，兩個人百感交集。她要求他回來，從頭做起，投機和冒險不會贏得代價。這是他們結婚以來經過重重波折後感覺最恩愛的一夜。第二天黎明，他請求她先回去，他必須單獨清清楚楚地思考一下。

她一旦又離開他，便感到要永遠失去他了。不料，再經過一星期，他偷偷地潛回來。他雖然敗喪的回來，可是對她來說像拾獲了一個曾斷絕的新生命。她鼓勵他做工作，他固執地堅持不為這個世界再做任何事情，他唯一生存的辦法就是像原始人一樣自食其力刺魚為活。他變成一個十分沉默和嚴肅的男人，雖和她的家族同在一個屋蓋之下，卻難有歡笑和愉悅。他整夜在海上，沿岩石海岸刺魚蝦。再經過兩年，她和他將所有的積蓄到馬束買了一棟房子，當為永久的定居。她以多年來服務國校的優異成績獲准調校。在這兩年多移居馬束之間，蓋文從不忘懷把最好的魚蝦託人送到港城給他的老父親。可是他們依然經濟不好，這個葬禮便足使她感到十分的傷悲了。

約半個月時間，葬禮的事終於過去。蓋文的長兄表現的很開明，聲言各兄弟能拿出多少算多少，其餘一切都由他負責。這位完全習慣日式作風的老人終於因腦溢血倒下死亡，像一片楓葉的墜落，成為過去。

站在男性的立場，我不但不歧視蓋文，反而由衷地對他加一層的敬重。一位遺世嚴肅地選擇著自己的表現形式的人，多少帶給我一種敬重的崇拜。我和他之間好像距離縮短了。有一次，他自動帶我在一個黑夜裡沿岩石淺灘刺魚。整個晚上，我都得不到要領刺殺一條魚，後來我不再有耐心了，站在岩石上，注視著他像報仇般地舉鏢向水中猛刺，在孤燈照耀範圍

中，從水裡提出那個頭尾擺動掙扎的魚。黎明前回來後，我自忖這種工作除非興趣和苦練，否則不是一個意志力薄弱的人能勝任的。

學校掀起了一陣風潮，因為不能整齊地向學童們收繳營養午餐每月三十塊的菜錢，學校被迫暫時停辦，請示縣府的指示。縣府延擱幾個月沒有正確的下文答覆，校長無法決定完全停辦或續辦。一部份繳錢的學童家長來校詢問，一部份懷惡意的教師私地告訴不能明辦是非的無知農民、礦夫和漁夫，說這是校長想從中營利的企圖。但據知情人士竊竊揭露，那些年輕教師整日價地找校長敵對，第一，沒有照他們的要求分配他們喜歡的班級，第二，他們不滿意這個沒有文化的窮鄉，學生繳不起補習費，第三，懷恨縣府沒有公平分發教職工作，第四，經高斐女教師對他們祕密的唆使，只要他們天天跟校長搗亂，不合作，校長就會因不堪騷擾請求縣府調走他們。她舉了她自己的例子，她甚至誇言她的丈夫，過去的國校校長現在的鎮長，縣長科長都是他的好朋友，調校的事只要她的丈夫走一趟縣府，就容易解決。她說一切聽從她，儘量使學校動亂起來，那麼像這種偏心不公平的校長，縣府自然會懷疑校長的能力。最主要的因素，還是校長梁啟川是高家的對敵林家的女婿。校長獲得這些消息後，曾經私地表示，他一有機會是會採報復手段的。

每天早晨，辦公室總會無故地掀起一場吵鬧和辯論，當校長不願理會他們時，他們就上前捉著他的衣襟，指責他為什麼不答覆。我坐在那裡，一生之中再沒有遇到如此窮凶惡極的教師，出言魯莽，言詞拙劣，強詞奪理，且高聲叫罵。我心中漸漸地積壓著這種情況的不滿和心靈受騷擾的痛苦。每當我和丘時梅談到此事時，她勸告我獨身無援最好忍耐下去。這個

馬束的小鎮，如此破落不修的校舍，和擁擠不堪的學童，以及只關心自己利益，製造動盪的教師，我唯一在一天之中找到安寧的是接近海洋，漫步在沙灘，或與丘時梅傾談的時刻才獲得補償。

正月的一個晴美的星期日上午，我和丘時梅照例到浸信會堂去禮拜，午後，我提議去爬山，她雀躍地表示贊同。我們緩慢地走著，她突然對我談起警察局裡一位冷待妻子的警察。

這一對結婚二十載，已有三個孩子，年輕時曾由戀愛結婚的警察夫婦，目前的情況是這樣的：

旅舍裡有一位妖豔的女侍，在馬束是個重要而人人知曉的角色。她的行為是向迷戀她的警察索取每月五百至八百的與她媾合的渡夜資。據我們所知，她在城市的那個年輕好賭的男人便會按時來向她要錢，這位無業流氓，是這一位女侍早些時在城市當妓女的時候，他們性情相投而定的契約。所以這位可憐而愚迷的警察在家庭中冷待妻子，責打子女，二十年來，每月把薪水全部交給妻子的溫良習慣也中止了。有時，他的同事見憐那位在家忍氣吞聲的妻子，把他從旅舍勸回來。他回到家裡，脫下了上衣，等候他的同事告退了，他再穿起衣服，一面責罵妻子，一面再踏出門去。上星期，他的妻子已不堪忍受如此虐待，攜了最年幼的小孩出走而不知去向了。

市街上日夜傳遞著類似的事情，聽來總令人感到搖頭沮喪。丘時梅把這種晚間閒聊的題材，單獨地再對我談起，當時我是猜不透她心理的因素的。

她在爬山時是那麼容易疲倦，汗汁潤濕著她的前額，臉頰紅潤，呈露蘋果一般的美麗，

在爬登小小陡坡時，我都必須跑上前去拖拉著她上來。最後我們依靠在一棵樹下，坐在山的頂端，俯視馬束一帶彎曲優美的海灣，覽視全鎮，有一種孤絕的感慨，閉目沉思，彷彿有著滿腔心事和通繞周身的疲乏。我的手插入那擱置她的手的外衣口袋，突然兩隻手怯懼而迅速地緊握在一起。一股電流迅速由手傳到心靈。她依然閉目緘默，我審視她那張在眼尾佈有細細皺紋的面孔。許久，我的內心十分騷亂不安，遂抽出手站起來，深吸一口新鮮空氣。她跟著站起來，對我說最好回去，依今天的潮水，蓋文會早出刺魚。我們都有點阻不住像孩童一般跳躍著下山，但我一點也不知道她已經懷孕三個月，這時正是孕婦最危險的時期。

第二天我們已經在開往港城的車上，她談到她的不舒服是昨天過份跳躍震動的緣故。公立醫院婦產科醫師檢查的結論是十分危險，可能帶來流產的結果。回到小鎮她將檢查的情形告知蓋文，蓋文表示的很淡漠，好像有沒有孩子，或危險不危險均不在乎。我正在理髮廳洗頭髮，倒著頭由背後的一塊鏡子看到她很憂煩地向我走來。她的手指敲打著玻璃窗，我抬頭時髮上的水滴滴滿臉，她簡單地說她在等著我陪她到港城去。我叫理髮師迅速地為我吹乾頭髮。她當天晚上就住進了醫院。我回來小鎮將一切情形告訴蓋文，他的神色很鎮靜。他照常到海上去。第二天早晨他親自到港城的醫院去探望她。黃昏，我由學校下班，就搭車趕到港城的醫院去。她看到我走進病室，她說一切情形都還好，醫師似乎還在做青蛙試驗，她的丈夫午後才走，我只逗留了二、三鐘頭陪伴她，然後離開醫院到車站搭末班車回來小鎮。

她極力地想留住腹中的胎兒，事實上情況日漸悲觀。第五天黃昏我趕到醫院時，流產的

手術已在午後四點鐘時分完成了。她躺在病床上形容很憔悴。她看到我就流淚，告訴我她的丈夫在她手術順利完成後就離開。

我對她說我從來就沒有看過蓋文有一天快樂，她點頭稱是。他的內心也可能很沉痛，他對任何事都可能顯露麻木，他逃避著，甚至掩飾著，只關注到他自己堅持的生活方式。她說他就是如此。她露出躺臥在病床上休養的每個時辰都在祈望一個瞭解她的人降臨的心事。她祈望黃昏這個時辰成為永遠，以便和我傾談。白天，她的父親以及祖父或家族的人輪流地來看望她。

蓋文再來過一次。她對我說，她以為挽救他的歸來可以重建家庭，她滿心以為她終於在這一次可以捉牢幸福。她可以忍受生活的艱苦，不料他已不再是過去那個內心熱誠和溫柔的男人，寧可說他是為了避去晚上的熱情才選擇了刺魚。他的身體恢復了堅實，彷彿他在為復仇做準備。有時整整一個月，她得不到一次滿意的愛撫。甚至他假意和強忍不看自己，在做那一件事時，他草草了事。他為何要選擇這種虐待自己的苦刑呢？她請求他，他躲避在一旁表露出一種無情的沉默和僵硬。我在這種情況之下感到恐懼，我不自覺地告訴她，我可能在不久要離開馬束。我這種預先的宣言觸怒了她，她坦率地說，我走了她要怎麼辦？我告訴她我早已愛上她，也是因為如此我必得非走不可。她請求我無論如何要為她而留在馬束。那麼我們遠走高飛，拋開一切既往，她說不，她不能在這樣的社會以那種理由和她的丈夫離婚，況且是她要他回來的，無論如何在道義上沒有人能諒解她。既然如此，讓我選擇我清醒的決定，從明天起我便不再來探看她了。我旋即離開病室，走出醫院，淚水奪眶而出，寂寞和愛

與恨包圍著我，我的心已經夾碎滴血。在灰黑的街道，意識之中我對自己哀憐地喚叫著自己名字，彷彿模糊不清地叫著——「哲森，哲森，哲森，」夾雜著邁前的腳步聲——「哲森，哲森」地喚著。突然我像漸漸聽到另一種拖拉的腳步聲，響自背後，我一直往前，在碼頭邊上已經淚沾胸襟。叫聲越來越大——「哲森，」我開始徹悟那再不是我自己的叫喚，是來自哲森，」頃間，一個龐大的軀體傾斜地撞向我的懷裡來，我驚異同時敏捷地接住她，我看到她的臉孔像死亡一般蒼白，在我的扶持之下癱軟和喘息。我呼叫一部過路的車，送她回到醫院。

我扶著她推開病室，校長高大的身體從椅上站起來。他帶來許多水果，他不斷地為著他因公務繁忙以致現在才有空暇前來探望表示歉意。他已來等候多時，問我們到哪裡去。我說醫生吩咐她起來散步，我們剛剛在後院試走了一圈。躺在床上的時梅開始喚著頭暈和發熱，身體十分不舒服。醫生來看了一下，斷定是著了涼和過激的運動所致。她漸漸昏迷了過去，最後我表示今夜在病室看護她，託校長回到小鎮轉告蓋文。校長離開後，我感到躊躇不決，最後跑到電話間和蓋文通了一次電話。蓋文在電話中表示感謝她。她吃藥和打針後醒來，她說她現在已經顧不了什麼道義和宗教了，她必須依照著她的願望去做才免受苦。

一星期之後，她康復地回到小鎮。當天黃昏，一件風流鬧劇振奮了這個沒有消遣和怠倦在夏季的小鎮的人們。一位矮胖獨眼的婦人，脫下了她腳下的木屐，高舉著它，把她當農會總幹事的瘦丈夫，由婦女會主席的家中連打帶踢地罵出來。她自己的臉頰上印著那位碩壯時髦的婦女會主席的巴掌痕跡。這件為時已久的淫蕩之事，終於演成一幕憤怒的戲劇高潮。那

位如猴子一般模樣的人，在被捉姦之後在街道上鼠竄著，赤著腳，未穿上衣。傳聞那是一件有趣的真實的交換條件：農會的金庫缺乏鎮民儲蓄的現金，幾乎要撐不下去，他請求有錢的婦女會主席把錢放存在農會，這個有名的蕩婦（她和她的丈夫的鎮公所同事，也有許多糾纏不清的事實）說出只要他答應她，她便答應他。不僅如此，據說這位瘦皮猴十分精於那一件床笫的事，她在興奮的驅策下無私地介紹給她同樣身材，同樣有錢，同樣好色的結拜姐妹。

許多人總會在這幾家的後院巧遇他紅著不自然的臉躲躲藏藏。

我躲在那間有豬糞和海鹽氣味的鐘錶店的樓上，注視著書頁，強行鎮靜這顆憂懼和充滿愛慾的心。我能猜想她同樣在家裡焦慮地等候著我。現在我不能像往昔躲在這個屋子裡清靜地消磨晚上的時間；經過我們互許的允諾後，我變得不自然和害怕。只要我踏上那個門檻，我便是為了要實行偷情的企圖，不管她的丈夫在不在，即使他或校長在那裡，我的心情也是在等候機會，或偷偷地與她眉目傳情。我總是害怕。我不自覺地幻想她的丈夫手中的魚鏢像他刺魚時的憤懣刺進我的胸膛。凡是像這樣的事都會有一天洩漏出來，沒有喜樂的結局。白天我繞路到學校去，晚上深閉在閣樓之中。我喪失了睡眠。我驚跳了起來，我不再像往常一樣地坐在那個有音樂的客廳，我如何相信我自己不被她稱為懦夫呢？她的丈夫不是同樣會懷疑起來嗎？我彷彿聽到她或她的丈夫上樓梯的腳步聲，前來邀請我去吃魚。第三天，我阻不住自己才穿著整齊的衣服坐在她的客廳，因為，清晨我在沙灘散步時遇到蓋文，他問我為何這兩個晚上沒有到他家去，家裡有許多魚的確吃不完。我推說學童有許多作業，不能不在晚上趕夜班。坐在那裡，並沒有什麼事發生，我極力提防著自己不可太衝動露了馬腳。而且，

237 ／精神病患

我內心祈望我不要有什麼事情真的發生。我看出她也裝扮的像忘掉在醫院許下的諾言。整個冬天都十分和諧，年節時，我成了他們夫婦最親密的朋友，彷彿一家人一樣圍坐在餐桌旁邊，舉酒互祝。

春天來了，梁啟川校長終於找到一個向高斐報復的機會。縣府最後終於下令小鎮國校的營養午餐停辦，命令中對於校長呈請的事也批准照辦。校長依照縣令，停辦營養午餐，發還學童的菜錢，派丘時梅接本校的一個班級（縣令中合格營養教師留校），派高斐到五哩遠的分校去報到。這一張字條握在高斐女教師的手中，她便像石油點火一樣地爆燃了起來。她揚言她是何等身份的人，她要拒絕這張派令，而且抗命到底。她的爪牙開始攻擊校長不公平，憤怒地把公佈的命令撕掉，在質詢時又堅決否認自己的錯誤。高斐繼續來學校，表示不理睬這件事，也不教課，要校長收回成命。校長第二次再給她一張條子，她索性不來校上班，躲在鎮長的公館裡。校長下令停高斐的薪水。這件事引起鎮民代表出來開一次會議，指責校長獨斷獨行，沒有顧慮到上級的禮貌做出這件魯莽的事。校長回辯這是縣府的指示。我們想，梁啟川的確是捉到了一個合理的機會報復了心中的私怨。本是好朋友的方火井和梁啟川就因高斐女教師的事意氣地鬧翻了。學校因為這件事好比一隻遇到風暴的小舟，在浪潮越來越大的時候，船長和水手們有了對峙的意見。最後，這位女人（在校拉攏教師，在家欺壓丈夫）配合著那羣喪失道理的教師竟在辦公廳扮演著一幕哭泣呼冤的鬧劇。這時，我心中壓積已久的憤怒使我第一次在眾人之前站了起來，我指責她不應該以這樣的年紀和身份埋沒天良帶來壞的模範。我的話未講完，玻璃杯在我的耳邊飛過，打碎在牆壁上，拍桌叫罵之聲阻止了我

的講話。三五個爪牙陸續站起來指罵我欺侮女性，且侮辱我為校長的一名走狗。這樣的聲勢確實是嚇壞了我，不過我心中的怒氣已吐，漸漸抑制自己已平靜下來。其中一位教師公開邀我到外面的操場決鬥，身旁的丘時梅以及其他沉默的教師緊捉著我的手臂。中午，那幾個爪牙陪著鎮長方火井先生降臨我的閣樓，要求我解釋早晨的事。我看鎮長應該是明理的人，我便把心跡和實際情形戰戰兢兢地說了出來。他聽完我的話知道無理可辯，臨走時與那幾位爪牙揚言，假如我要在小鎮住下去就要加倍小心謹慎。

這一個波濤終於沉靜下來：默視著學校混亂縣府因為涉慮到人情，遲遲地才解決了這件事；顯然雙方都沒有失敗，高斐在抗命期間曠課半個月一筆勾消，校長的命令終於實行到底，關於那一部份教師的暴亂不予追究。自此以後，學校有著顯著的改變。校長妻子的妹妹突然來校代課，她成為這幾個年輕教師追求的新對象。往日他們對待校長窮凶惡極，現在我無時無刻不看到校長與他們之間親如兄弟一般，互相握手，拍肩說笑，在校長室進進出出，任何事的解決辦法是口中掛著都是自己的人的招牌。我平時沉默孤獨，無課便不在學校，與教師之間十分的疏遠，現在反而遭到他們在背後的誹謗和譏笑。目睹如此變化，我開始精神潰散，晚上不能安眠，惡夢成為我最大的苦痛。

我顯著地露出緘默和憂鬱的時候，回想起來，我的行為在一般人看來一定十分的怪異。晚上我不再常到丘時梅的家中聽音樂，我整夜地在沙灘散步，甚至整夜地寫著一些亂語。我開始對教學怠倦，而羞於和我卑視的人為伍。與這極端不同是，一度平息下來的心中的情燄，現在熾烈地復燃起來，高漲著沒淹整個心身。我渴望著有一個可以取到手的愛的對象。

但是，這個小鎮除了丘時梅以外，再找不到其他滿意的女人。兩年來，我習慣在清晨蹲伏在

豬舍僅隔一面短牆的窄小廁所裡，我冷靜地思考，當那隻豬的前蹄搭在短牆，沾滿黃色渣汁

的龐大嘴巴在我的耳邊鳴唔，與糞便落入於流著一股湍急的水流的暗溝之時，我不禁掀起一

股賭咒我身處此境的憤怒。後來一定是我表面顯著地迴避見到她，使她發覺到我的異變，也

除了她，其他人不具備著這份警覺。她以一個好朋友的身份自動在晚飯後來敲我的房門。當

聽到她在樓下與鐘表店的女主人寒暄時，我的神經驚跳起來，馬上收拾桌上的一切，在房裡

的有限空間踱步。她的腳步聲隨即從樓梯傳來，而且她未走到門口，便聽到她故意裝得坦磊

的溫柔叫聲：「哲森，賴哲森，在家嗎？」這種情勢逼迫我開了那扇門，迎著她走進來。

「你單獨在屋裡做什麼？」

她皺著眉頭詢問我。我們互相對視著，她可以看清楚在黃紅的燈光下我的憂悶面孔，我

避開她審查我的臉部的溫柔的母性的光芒。我微笑起來…

「沒什麼，我正在看一本新書。」

她轉頭到桌上，把桌上我預先翻開的書小心地端起來，她怕弄失了頁次，再小心地用手

掌托著翻過來看書名，她小聲緩慢而有點驚異地唸著…

「貝多芬研究。」

她對我投出滿意而帶著疑問的一瞥。是的，事實上，我在偽裝我自己的行為，床褥下

面壓著一本我怕她看見的《男女性行為》的盜印本。不可諱言地我是以這本精印著美妙的照

片的書籍在排遣晚上這段窒悶的時光，分散我對這個充滿淫亂、粗暴、不神聖和失掉真理的

小鎮的憎惡。我甚至不能逃避一個幻覺：好像我走在那一個角落，都會有突向我攻擊的恐怖的埋伏。她把書再翻回來，放在原來的桌上。於是她的目光無事地對整個斗室巡視一周。我站立在通向陽台的門檻上保持緘默，我對她向我屋子裡的東西注視感到羞慚；到處散亂著書籍和衣物。我從來不曾注意過我屋子裡的灰塵，現在這些塵埃在這一刻反而對我起了譴責。

她的目光終於停在那個久經不洗而變色的棉被。我的神經再度警覺震跳。她走近古床旁邊，注意地看那些污漬，我湧起一個衝動想向前阻止她。可是我這種舉動，她要對我的怪癖如何解釋呢？從來，我在她的面前沒有表露過這種魯莽行為。她竟然像我擔心的一樣把它翻開，移動了位置，像要尋找總共有多少污點，口裡不斷地指責我還一直處在不可寬恕的懶惰和忽疏之中的生活。我啞口無言，我正關注到被褥底下的那本在床移動被褥時跟著拖拉了過去的書。它沒有暴露出來。她又把棉被以她習慣的方式摺好，把它提起來放在床頭，這時，她的眼睛注意到床中央無法黏帶起來的那本書。這本書毫不羞愧地靜靜朝著我們，使她有半分鐘的驚疑。然後她嘆息般地咧嘴笑一聲，若無其事地拿起它，轉頭再投給我一絲微笑。我低頭沉默，感到無比的羞恥。我抬眼警視到她翻開後很注意地看著裡面的照片和說明。漸漸地，她的面孔羞紅起來，直到感悟到不能再看下去，同時她也無法從手中丟下那本書。她表示要回去才把書丟在床上。我跳躍起來阻擋著她。

「不要那麼快走，」我焦急地說。

「為什麼？」她迅速反問我，且在我的臉孔尋找著解答。

「妳不是才來了片刻？」

「蓋文馬上要出去，我得回家。」她狡猾地回答。

「再待一會兒。」我央求她說。

「我覺得你並不想和我說話，而且，我本來是想邀請你到我的家裡⋯⋯」

她自己中斷了說話，她看我不能回答，就從我的身旁走到門邊準備離去。我突然衝向她，再想阻止她的離去。我的雙手從她的身後抱住她，手指正好落在她前胸的胸乳上。經過這一觸動，彷彿我平日渴望的幻想實現了，由手心傳來一股從未有過的狂潮。她驚嚇起來，在我的牢抱之中旋轉掙扎，緊張而焦急地發出一串抑低的聲音⋯

「不要，不要⋯⋯」

我不可思議地瘋狂地把面孔埋在她赤裸的頸背，貪婪地吻著那一帶的肌膚，我甚至憤怒而暴亂地說⋯

「為什麼？」

她奮力掙開了我，迅速轉身靠在門邊，她的聲音依然抑低著，避免溢流屋外，她搖著頭帶著恐懼⋯

「不要，起碼不能在這裡⋯⋯」

她開門走出去，把我遺留在羞憤而荒涼的屋中。我不能動彈，我凝聽到她下樓的腳步聲由急亂而鎮定，然後是她和樓下的人的招呼聲，一直到靜止。我奔到陽台，看她的背影在巷口消失。

一會兒，我穿衣外出，走向真正屬於我的沙灘。那天晚上，月亮為陰雲掩沒，大地十

分黑暗。當我由暈明的路燈照耀下的彎曲巷路經過時，感覺到背後尾隨著一羣躲躲藏藏的人影。走到住宅區背後的曠地時，我已經相信那些人影的確是不懷好意的跟蹤者。我繼續前進，心裡充滿著狐疑，腳步迴避著雨後地上的積水，神經感覺到雜亂而匆促的腳步聲越來越近。一瞬之間，有一個人快速超越了我，我被迫止步，他們已經包圍我在他們的中央。我充滿了疑惑和恐懼，這一刻，我突然有著遇難時的驚醒。他們在黑漆中的形體，使我辨別出是鎮上那羣為利所誘，不再進學校的遊蕩青年。我大聲詢問這是做什麼，他們不願正面回答我，在那些黑色的臉上掛著凶惡的獰笑。我開始受到背後的一記猛擊，我意識到不能停在那裡抵抗，奮力衝出暴力的圓圈，腳步踩踏在水窪裡，面孔濺滿了泥濘。陸續地又在背後受到打擊，但我已經衝下沙灘，他們在背後喚著「殺死他」，我不停地奔跑，避免跌倒重落暴力的掌握之中，而且奔入前面響徹著潮聲的海洋，把身體整個撲倒在冰冷的水裡，開始游向茫茫之中。我漂浮在水面休息時，他們斷定我已經淹死了，才開始離去沙灘。

第三卷

醫師到此已經完全知道我的遭遇，我不顧羞恥坦率地對他說：

「你能幫助我嗎，醫生？」

他搖搖頭。

「你只有面對現實。」他說。

「我就是請求你在現實中幫助我。」

他又搖搖頭。

「這個社會沒有賦給我醫治病痛以外的權柄。」他說。

「那麼我對你說了有什麼用處呢？」

「你說完你已經獲得了平靜。」

「是的，過去已經過去，將來呢，醫生？」

他再度搖搖頭。

「我無能為力。」他說。

當他開始在桌上拿起鋼筆寫藥方的時候，我站起來，悲憤地拋下了那一切，推門出來。

我聽到他在屋子裡悶著聲叫喚我，我繼續朝門口走去，且聽到護士刺耳的高音再叫下一個病人的名字。

有一次，我陪阿蓮去找一位可以信賴的婦產科醫師，他是個胖碩的中年男人，外貌充滿了果斷。這間診所座落於三十六路，距離我們的住屋僅一條街，產房、病室、手術設備十分完善，他有一位十分漂亮苗條的妻子當他的助手。

第一次找他，檢查阿蓮已經懷孕兩個月，胎兒十分正常，沒有不良異狀。她的懷孕我早已清楚。我和阿蓮預先已經商量好，可是檢查以後，面對著醫師，我有點難於啟齒說出要把胎兒取出這件事。我坦白說出我和她的經濟情形，讓他相信我。所以第一次去，我的確便想把她腹中的胎兒墮落下來。醫師坐在我和阿蓮的斜對面，時時轉動他的座椅正視我們。他表

現出做為一位婦產科醫師應有的精神，談到道德以及保全胎兒使其自然降生的自然法則，母體健康……等等事情。他問及這是否我們的第一胎，我說是的。對她來說這並不是。可是為了阿蓮的自尊，我不便向醫師坦白說及過去的事。因為他相信我的話，認為第一胎，於是他似乎更加有理由勸說我們夫婦保留胎兒，他說為了經濟上的問題可以在第一胎孩子降生後，不想再有孩子時，可以循醫術和藥物的幫助斷絕生育。

坐在醫生的面前，我覺得越來越慚愧，於是我對她說，無論如何要信賴醫師的勸告，第一個孩子對我們來說是十分寶貴和具意義。她只有服從和相信我。我當時對醫師十分感激，且言明今後胎兒在母體的各階段生長完全請他特別照料。

她繼續在幾個月前應徵的特產店做店員，我則在各大學裡旁聽哲學課程和戲劇課程。一個月過去，她的身體開始感到特別的不舒服，她清晨起床，我還躺在床上時總聽到她在盥洗室裡的嘔吐聲音。我早已經注意到她的面色蒼白，對許多事情不再發生興趣。我陪她步行到三十六路醫師的診所，他毫不驚疑地說這是孕婦常有的現象。她接受注射，身體就恢復了舒暢。在這一個月中，依醫師的指示，每星期注射一次。

這一個月過去，她的身體恢復正常，飯量也稍為增加一些。但是，談到孩子降生以後的種種艱苦時，憂患常佈滿整個黯淡狹小的樓上：第一，阿蓮不能放棄現在的職業，這是我們經濟的總來源。第二，我必須對學識一事持續著恆心，要是我呆在家裡養育小孩，一定會把我弄得混亂和暴躁。要是由阿蓮在家餵養，她要辭去工作，如此，我便得去找一份薪水很高的工作，但是什麼工作是我能勝任的呢？即使在北市的學校找一份代課的工作，也是一件

很不容易的事。以外我便沒有一項特別技能。我開始異想天開地注意可以賣腦子的職業。認識我的人都勸我把高傲的骨氣消除一些，不難承當和做好目前一種新興的廣告意念的企劃工作。

有一個星期天，她休假，提議要我和她去訪謁她的嬸母阿葉。她說：她的嬸母的三個孩子都已經長大上學校，不再纏擾她，和擾煩她的特別看顧，要是嬸母阿葉答應能夠替我們暫時撫養誕生的嬰兒一年或兩年，整個盤纏在我們心中的難題便可以解決。這個意見真使我感到無比的欣喜，我歡呼得把阿蓮和五個月大的胎兒緊緊合抱在懷裡提起來。

我們整裝到街上去買一點見面禮物，搭公路車抵達天母。這是一個晴美的日子的晌午，步下汽車，由她帶領著，向一條未修的泥土路走去，首先路的兩旁是一些華美的外國人住宅，漸漸地就像來到了鄉村一樣，兩旁是稻田。我們轉了一個彎，她指著前面不遠處的一座小山坡的大廟，「那裡就是。」她說。我有些驚疑，廟的四周都圍著高高的鐵條柵欄，小道的盡頭是一道半敞開的鐵門，她繼續解釋，我著實感到疑惑。

「這座廟不是神廟，是一座宗廟。嬸母的丈夫就是宗廟的看守人，一家人住在廂房裡。」

我們從那個半敞開的鐵門進去，頓時一種幽寂佈滿周身，她走在前面直往一扇洞開的廂房門口，我停留在廟前的草地上好奇地觀覽著這座由精細的雕工構成的黃褐色廟堂。踏上台階，在前廊徘徊，更加感到此的一股幽寂。我充滿了多樣複雜的幻想，當目睹堂內排滿著死去的祖宗的鑲著金字的黑牌時，它們整整齊齊像滿山遍野地聳立著，這掀起我一陣恐懼的嚴

肅。我一時之間變得十分不快樂。我轉移觀察廊道中央的一口巨大銅鼎時，她帶著一位四十歲左右的樸實婦人出來找我，她說她就是阿葉嬸母。我是不慣隨她稱呼的，所以僅僅點微笑。她在我的眼中是個高大而有點愚鈍的鄉下婦人。我離開廟廊跟隨她們走進住宅。阿葉嬸母盛情熱意地說，綠台舅舅有事外出，要我們隨便在那裡吃午飯。桌上擺的是一餐標準的農村式的沒有多大營養的簡陋午飯。她一直再三再四地向我和阿蓮道歉，因為我們來得突然，以致令她沒有時間去買辦。阿蓮笑嘻嘻地和阿葉嬸母談論孩子降生後撫養的問題和條件，阿葉嬸一口答應下來。於是，雖然是一頓草率的飯菜，她都吃得十分有味道。這一天真是她幾個月來最快樂的一天。約午後二點鐘，我和阿蓮回北市，她趁興一定要我再陪她走進戲院看一場電影。

事實上，為了隱藏我內心的沉鬱，整個下午我都小心謹慎地觀察她的舉措而陪以微笑。

第二天，她照常去特產店上班後，我由樓上溜到街道旁的攤子吃早餐，手上撈著筆記準備到大學去。我喝豆漿的時候，破例看了那面刊登人事欄的報紙，注意到某廣告製作公司徵考企劃人才，這一個消息使我心裡有點悸動。昨天步出電影院後，我曾和她商討我找工作的問題，原則是：一個我能力能勝任的幹得很起勁的工作。我以為我可以為這件工作去試試考驗自己。

我折回樓上取了一張照片，再到郵局寄了我的履歷表和自傳報名。在大學校園裡，我路過樹蔭時，聽到一羣大學生在爭辯沙特拒絕諾貝爾獎金的事，他們再談到他的哲學主張時，我像在一個中心的外緣繞著圈子，以致面紅耳赤，像一羣頑童在果樹下爭搶一隻不熟的果子。

我跑去等候教哲學的桑教授，請教他下面的幾個問題：沙特的時代，歐洲法國的地理背景，當時的世界局勢，法國一貫的思想傳統，沙特的性格，法蘭西的滅亡因素，法國的知識份子的抗敵地下工作，和古希臘犬儒學派的因緣關係。我沒有遇到桑教授，在不適快的歸途中，我心中想著這些問題：我的抱負是什麼？我要扮成一個什麼角色？我有國家民族的觀念嗎？還是一個純粹的個人主義者？現在的社會制度潰敗的因素是什麼？死是開始還是終結？死是勝利還是失敗？死的本質是什麼？晚上她回來，我告訴她報名的事。我突然問她關於死有何意見？沒有料想到她對死有一個特殊的看法：她說，死是個人的事，與眾人的關係是法律問題。

一個星期在一種混沌的狀態中過去，廣告公司的回信來了，通知我去考試。第二天早晨應約前往，那間廣告製作公司的三層樓已經擠滿了應考各部門工作的男女。一個負責人來告訴我說我的學歷資格不夠，是否可以轉到繪畫部門，我請求和經理談這一件事。我奔進經理室向經理談到不應太卑視我的學歷，而應該考慮興趣能力的問題，他勉強答應我參加大專組企劃部的應考。不料正如我所料想，題目上的廣告詞的編寫，如何連接三個不同的畫片為一段有意義的電影故事，一個廣告電視片的意念產生，四方形減去一角等於什麼？都是我得心應手的簡易問題。考完後口試，我認識了文雄。他是對我口試的年輕男人，由於我們談到電影和戲劇的基本觀念時獲得一個滿意的投合，我們都像遇到了知己，十分快樂。

但是，三個月之中，我能掩藏住困惑和惱怒順利地度過這段日子，完全是文雄的從旁勸慰。每晚，我的手按在阿蓮隆高的腹部，觸聽胎兒的踢動，我心中隱伏著理想和責任的衝

突。終於有一天，我告訴她我想去新縣拜晤一位久已敬仰的作家。我欺騙她我已經向公司請假，當天晚上即能趕回。可是我一離開，第三天才回來。我與她會見，她對我說的第一句話便是說她腹中的嬰兒自我不歸的當夜至今三天都沒有踢動過。我迅速陪她到三十六路找醫師。結論是：不再聽到腹中有什麼胎動的聲音。他請我們都要鎮靜，他抽了阿蓮的血以便從血液方面檢查，吩咐第二天再來覆查。從這個時候開始我充滿狐疑的痛苦，我不能瞭解這是怎樣地對我和她所施的責罰，我甚至沉默無法面對她施以安慰，她靜靜地，臉部蒼白而沒有一絲表情；她完全僵化了，除了水，沒有飯食能夠進她的口。

總之，我們都在等待著，等待宣判。第二天醫師說著同樣的結論，第三天也是如此。他要阿蓮照一張腹部的Ｘ光照片，以便確定胎兒是否死亡。第四天，醫師綜合著各項檢查的結果，宣佈要儘快把胎兒取出母體。當天黃昏，我和她都住進醫院。一切手續都辦妥後，我便一直守候在她的身邊。護士和我牽她走進手術間，她被指定臥在一張黑色的手術台上。護士遞一杯白色的泡沫要她飲下，且從肛門通進一條橡皮管，鐵架上吊掛的一罐倒置的泡沫水十分緩慢地流進她的腹內。從這一刻開始，她驚怖的眼睛完全落在我的臉上，像捉攫著我，要求平均分配苦痛。

之後，我扶她在廁所裡瀉下了她腸內的任何東西。我再挽她回到病床上躺下後，護士進來打針，一個煎熬不眠的夜晚開始降臨。

午夜前她來了第一次腹痛。從此，隔一段很長時間便有同樣的腹痛來臨。每一次，她的呻吟聲都招喚著我從沙發椅起身，依伴在她的旁邊握著她緊張的手。

清晨的時候，她的腹痛次數顯著的增加。一夜之間，當太陽的亮光替代著燈光，能夠看出她已經枯瘦了很多。她的眉頭之間刻出一道痛苦的痕跡，瞳孔張大著望著我。我在她的請求下走出醫院到街旁攤上吃早餐。

陽光照射著我的面孔，使我感覺暈旋，從來沒有像這個早晨我會那樣害怕陽光。我充滿著疲憊、頹喪、惱怒的意識。回來正處在疼痛之中，我向前讓她握著我的手。疼痛過去了，她喘著氣告訴我，醫生來過，告訴她一定要再等候。

整個早上，她疼痛時不再握我的手了，她的雙手伸到頭髮後面緊緊捉住床頭的鐵條。我看著她的身體整個在床上扭曲旋轉，哀吟的聲音如利矛刺進我的心坎。她請求我在她疼痛時走開去，但每一次我都來不及避開，所以只有留在病室內。後來我想，我不能為了她在痛苦時離開，她緩和平靜時再走回來。這個時候是每三分到五分鐘便疼痛一次。

總之，現在隱隱約約知道失敗已經在未來迎接著我們，我們也無法逃避躲藏；一生之中再沒有比這一個時辰更勇敢地忍受這種自然的痛擊，而且勇敢地讓它慢慢地逐步打敗我們。這一個時辰沒有半點詭詐隱藏怯懦，而且也沒有半點要拒絕真理的理由。我看到我們在命運之前低頭臣服，再沒有半點驕傲之色。

中午的時候，她示意我她感覺到它流出來了，我翻開被單，看見女陰有些滋潤的痕跡。

醫師走進來檢查，吩咐她耐心再等候，他說下一次看到女陰自然的張開時，時候便到了。

我害怕她抵禦不過頻頻接連而來的腹痛，我能看出那是一次比一次更甚的痛苦，我十分害怕她的意志在這長期的抵禦中磨損耗盡。我拉了一張椅子靠近她的頭顱的旁邊坐下，握她

震顫疲憊的手。我望著她那雙頰下陷而異常張大的圓圓的瞳孔。

「我愛妳，阿蓮。」

我哀愁的說。疼痛來了，她的手自我手中抽出，捉住腦後的鐵條。它過去了，手癱軟下來，額上冒著汗。

「不要說。」

同時她對我搖搖頭。

「妳知道嗎？愛不是一次會整個撲向我們，它是逐漸的加起來，一分一寸地疊積起來，就像採集花朵，一株一株地。」

她不耐煩的皺曲面孔。

「妳懂嗎，阿蓮？」

「不要說，痛又來了。」

她整個神經再被痛苦攪去，軀體翻騰嘴裡哀鳴起來。

「叫醫生來，快……」

她對我喚著，我奔出去粗魯地把醫師拉進病室來。

「現在怎麼樣？」醫師表情鎮定地問著她。

「一定可以了，她不能忍受。」

我說。經過醫師的檢查後，他說再一二小時後便差不多了。我又到街道的攤位去吃飯。

已經下午二點半，只有我一個人坐在位置上，瞪視著車輛來往的炎熱道路。我預感著，認為

她會死去而懼怖顫抖起來。我低下頭，好像覺得剛剛我的意識並不清醒。我沒有感覺口中咬嚼的是什麼食物。腦中一直很迅速地掠過許多令我不寒而顫的念頭。我頓時傷心起來，啊，我要怎麼辦？假如她死去我便也什麼都失去了。總之，這一切朝著我身上發生的都是什麼事物？為什麼那麼令人傷心？為什麼這一次我不能逃避？好像昔日如法懦弱地躲避那些可厭的人物一樣的去做。我現在能夠迎著它真是太奇異了，但畢竟會失敗，假如她能夠度過這一關，我實在太感謝上帝了，我會有一點兒勝利的傲氣。但到目前為止，我們的勝利的希望十分的微小。我放棄了吃那個盤上油膩膩的食物，站起來橫過馬路，走進醫院。我推開病室，她的頭垂倒在一邊，我奔到床頭，喚叫著她。

「現在怎麼樣，阿蓮？」

我用雙手搬回她的頭顱，雙手所觸到的整個散亂的髮叢都是潮濕的，她的眼角還掛著淚水的漬痕。

「妳覺得如何？」

就在我的雙眼的凝注下疼痛掩沒了她，過去之後我用毛巾擦拭她潮濕的面孔。

「我有理由哭的。」

「當然，阿蓮，誰都如此，妳看我，我不是也含著淚嗎？」

她彎彎曲曲地抬起她顫抖的手，它不能準確地觸到我的眼睛，我的面孔移動跟隨那隻不能鎮定的手指，使它觸撫到眼睛，它一觸到了，就迅然跌落。

「不要離開我。」

「我剛剛去得太久了嗎？」

「你出去後我又痛了幾次。」

「對不起，阿蓮。」

我坐下來，握著她再度伸過來的手。

「醫師可以信賴嗎？」她說。

「為什麼不？」

「我有點懷疑。」

「醫師是醫師，他的任務與妳不同，信賴妳自己，阿蓮。」

「我恐怕……又來了……」

現在我看見她的疼痛自己都會痙攣起來。醫師又來檢查一次，護士推著輪床進來，再把她送進手術間。手術間的器皿在一盞巨大的照明燈光下閃亮著銀的光芒，那個黑色手術台在屋子中央，她躺在上面，赤裸著下體，雙腿分開綁縛在腿墊上。我坐在她頭部旁邊的一隻腳梯上面，她的手讓我緊緊地握住。醫師和他的妻子助手推門進來，對護士的準備工作檢查了一遍。醫師全身白色，戴著口罩，戴著橡皮手套，在她兩腿分開的中央坐下來。一次又一次，她咬緊牙齒面孔漲紅，雙眼發射出他吩咐她像拉屎時一樣用勁把胎兒擠出來。護士交給他一隻鉗子，我瞥視到他無比逼人的痛苦的光芒。醫師說胎兒的頭已經露出來了，他巨大的手中改拿著一隻銳利的巨大勾叉，然後用力拖拉，有髮絲被抽出來。他巨大的手中改拿著一隻銳利的巨大勾叉，它刺進了頭顱，像碼頭工人握緊勾把拖著沉重的物品。我們的雙眼從此刻緊緊地牢攫著

對方。她在一次一次的鼓舞之下，付出她生命的剩餘力量。醫師的雙手把一個通紅的小身體拖出來，與一些潮濕的血水堆積在平台上。

約有半個小時，那連著胎兒和母體的臍帶還不能脫掉。痛苦已經過去了，她顯露軟弱和平靜，她的呼吸微弱，不再感覺她的下體人們到底在搞些什麼。血液一直汨汨地流出來。醫師站起來，發出從未有過的疑難的目光。助手移近她的旁邊，把一隻準備好的注射筒刺進手臂，那隻針在她的手彎處找了很久才找到血管，十分緩慢地推進注射液到血脈中。醫師滿面汗珠，他的手指壓著她的腹部的臍眼，另一隻手盤繞著滑膩的粉紅色的臍帶。他使勁拖拉，好像在明亮的天空下一個雪人在做拉力運動，一次又一次，滑脫了重新再來，每一次都使他發出疑惑和惱怒的悶聲。醫生的面孔因恐懼變色，雙手震顫。她平靜地慢慢遜息下去，她的面孔轉變成像有一次我在什麼地方目睹的土壤一樣的白和癱軟，我感覺我在此守候著的彷彿一向我內心裡告訴我的那個渺茫的希望，冒著暴亂的舉動，我感覺我們勝利十分渺茫。再從他面孔沒有半點憂煩，彷彿隨時會綻浮一絲潛意識的顫動的笑影，連她自己都不知道。再從他一個歷程，讓我們慢慢受到折磨，讓我們付出連我們都不瞭解為何付出的代價。那一具舞動著的白色光影就在她的雙腿間代表著一種武力在那裡爭鬥著，除非是他巨大的耐性守候，像一個歷程，讓我們慢慢受到折磨，讓我們付出連我們都不瞭解為何付出的代價。那一具舞動著的白色光影就在她的雙腿間代表著一種武力在那裡爭鬥著，除非是他幸運，他才會在這一次混沌的戰爭中獨得勝利。我想成功與失敗都來自一個意外。那個醫師在他的意識中賭咒，整個手術間都在賭咒，外面的整個城市都在賭咒，全世界都在賭咒，為著未來而精神錯亂。我們處在現在，但現在是不可捉摸的，而對我們來說唯一存在的是未來和過去。他盡他的力量終於把它強硬拖拉出來，他終於讓一個生命舒舒地喘息一口空氣，他

結束了他扮著我們的命運的一個戰鬥者，一個解釋者。他片刻的任務完成了，他不常常如此冒險的，他和助手都很懊喪地推門出去。

護士把她的臀部抬高半寸，迅速地墊進一疊厚厚的棉紙。照明的燈熄滅，整個手術間垂下寧靜。我依然伴在她旁邊，餵她飲些開水，我把一張毛氈摺疊後蓋在她的身體上面。她的腳瘓麻不適，央求我為她解開皮帶。我把那淤積血水的手術台的一端擦拭乾淨，她的腳板便靜靜地放在上面。那裡，雙腿之間，像永不停息的流泉之口，沿著一條皺紋的山澗往下滲流。一個用塑膠布包綁的東西，靜靜地擱置在牆角一旁，我對它畏懼而哀憐地投視一瞥。一隻電熱器從一隻鐵架台上朝她的方向發出紅紅的熱流。每當臀下的棉紙完全潮濕，染成紅色，我便做著替換的工作。在我扶抬的手掌中，那個臀部現在不再溫熱。不知經過多少時候，血漸漸稀少。助手進來為她打針。她逐漸沉靜昏迷，護士把她移到輪床上，送進病房。等她完全睡去，我穿著外衣離開醫院。

外面的街市已經進入深夜的靜息狀態，我在街道漫步到很遠，在一個攤位桌邊坐下來。我回憶在醫院發生的事情，不覺寒顫起來，她靜息睡去的模樣出現在我眼前，我一面啜飲，一面流淚。

終於通過去了，我這樣告訴我自己，但為何沒有半點勝利的興奮？那種類似投降者的疲憊、厭惡的感覺充滿心胸。這一次，我像隨著一個隊伍出發，而我沒有參加戰鬥，只在一旁看著，目睹那種悲慘的戰爭，以及靜息下來目睹殘局，而我同樣感到喘息，就像我的一個同伴被整得十分慘烈。為何這一次不是由我，或者可以說，有些事情都由於我是個狡猾的男性

而避開了，天生佔了很大的便宜而逃脫去。總之，我要抗辯不公，為什麼我的肢體完整而精神已崩潰？人們將如何相信這個世界隱含在其軀殼內的真實呢？後來我醉倒在桌上，雙臂貼扶在桌面，我的意識清晰地讓一隻酒瓶滾過桌面墜落在地下，且聽到他們說：「他飲醉了，讓他睡去。」後來我因寒冷醒來，睜開眼睛已是晨曦時分，我的腳下就踩踏那些玻璃碎片，付帳後步行回到醫院。病室裡床上的她正在嘔吐，她用那疲倦軟弱的目光譴責我，疑問我一夜在那裡，我說我去飲了一點酒，但很快便天亮了。後來我厭煩地抵抗不住疲倦，臥倒在沙發上睡覺。

有一天早晨，我走進廣告製作公司，發現一個陌生的稚氣青年已經替代了我原來剪輯工作。我未見到文雄之前，有人喚我到經理室去。我覺得這一次必要費一番工夫解釋我一個星期沒來上班的理由，況且，我心裡不願將我發生的事坦白的告訴其他人，自從對精神病科陳醫師告白了在馬束的真實往事以後，我感到無比厭煩，所以我本著已經喪失了做這份工作的意義（當初是為了這個憐惜他的父母而犧牲的嬰兒應徵的）的心情，沒有走進經理室，直往門外，搭公共汽車回到三十七路的樓上。

我不幹這個工作總得向躺在榻榻米上休養的阿蓮陳述一番理由：可悲的是她是最能瞭解我批評各種事物的聽眾——她就是根據這個理由而指認我為高傲，我說出一些常見的事物情形歸納了幾點結論：（同時也是我在廣告製作公司三個月的工作感想）第一，做任何一種事業必須從頭開始時就堅守這項事業的精神。廣告雖然為顧客所委託製作，但本身是一項藝術工作，必要顧慮到藝術的水準。第二，低估觀眾的愛好，無疑為本身的低能找尋藉口，觀眾抗

拒廣告，原因是廣告的內容和形式干擾了他的娛樂心理。第三，無法說服僱主的愚蠢無知，就寧可不做一件生意。第四，循賄賂的途徑等於破壞了社會的公平競爭。第五，犧牲的精神是工作的靈魂，不可因為已經虧本太多而停止繼續做好，而草草交件。第六，依據水準索求高價是合理的，同業競爭不能削價賤賣。第七，所得的利潤應做合理的分配，實際工作人員往往獲得十分微薄的薪水，等於大部份都被董事老闆奪去。這些牢騷終於獲得她的讚美和諒解，也為我找到再度賦閒的藉口。

我雖然是個男人，可是能在我們的窩巢做著家庭工作感到十分愉快。自從醫院回到孤樓，她的身體必要一段長長時間的調養。我清早到菜市場買些她要吃的營養食物，然後回來做飯，十點鐘吃一頓飯，午後五點再吃一頓，她體弱，晚上睡覺前再吃一小碗的粥食。每天晚上，我洗完身體，就把她和我的衣服洗滌清潔，晾掛在木梯的底下。除了送去房租錢，我們很少和屋主，那位做海參生意的老闆交往或寒喧。這一次進醫院，幾乎把她少數的積蓄用盡，我已經賦閒，她不能去特產店工作，很快的我們就囊空如洗了。

我想再去應徵一些什麼工作，但檢討起來，斷定自己不能長久做下去；我的性格已經過份堅持我所規劃的做事原則而與整個社會對抗起來了。

第一個星期，我拿她穿的一件黑色毛料女衣到當鋪去，這是她堅持說她的身份已經不能合適穿這種衣服，才做了這件事。

第二個星期，她能夠起來散步，她提議要去旅行，這使我嚇異了一下。事實上她很認真，她把計劃告訴我，我認為可以實行，我們的目的是南市，到了那裡，能在她的朋友茱莉

家中住多久算多久，只要花去旅車費，即可省去一筆吃飯錢又可遊覽解悶。我們只得再去當掉一部份東西當車資。總之，當去年我們結婚時，沒有想到要去旅行度蜜月，現在出去遊覽，也算彌補了這件事。於是我們便雙雙啟程了。

一踏入南市，她昔日在南市想試做舞女時的朋友茉莉，的確待我們很友善。茉莉的丈夫黃先生是高大個子的工廠技師，薪水很高，夫婦住在一所公寓的四樓。我們一降臨，茉莉便佈置一間臥室給我們。我們的堂皇理由是我陪她出來調養心身。當然她必得將生產的事全部告訴沒生育過的茉莉，這獲得她女性式的憐惜，而加倍地與她親熱，對我則表示連帶的歡迎。世間凡是說出了心底事的人無不獨得親密的知己。事實上，我們骨子裡是隱藏著貧窮。

當天吃晚餐時（幾個星期以來我所逢到的最富營養的一餐），茉莉特別向她有點土氣的高大丈夫介紹我是個有名的作家。事實上，我多年習慣的言談以及隨便的衣著（給局外人對這種人產生更多的猜想），都顯示給不明瞭我的人往這個方面承認的想法，撒謊我幹著其他的工作似乎依他們的眼光一定看出破綻，必定否認合適我這種模樣的男人。

我不得不裝模作樣，假戲真做，把平時賦閒在家的零碎筆記搬出來整理。每天，我和她以及茉莉坐在南市海浴沙灘的太陽傘陰影裡，說故事給這兩個懷著不同感想的女人聽。後來，我漸漸發現茉莉有點懷疑我說的故事為何和時下的文藝小說有著一段很明顯的距離。我只得說，我對她們所說的故事完全和現在所對您說的我自己的故事類似，那是因為我發現此事已不再稀罕，正充滿了整個社會，所以我只配談談我懂的事，而且是真實的經歷。

星期天，茉莉的丈夫也和我們在一起。我發覺他是個很不善水上運動的男人，不像我特

別酷愛海水和陽光，阿蓮只能施行有限的仰游。大部份的時間阿蓮、茱莉和她的丈夫都在淺水灘的地方嬉水。我一下水就游到警戒浮標的地方，在危險區與安全區之間，由一隻旗游向一隻旗，來來回回的游著。這些日子，真像是我一生的黃金時代，充滿了做為一個人時的快樂和閒適，與造物主賦與生物的本義沒有二致。

在這些迅速過去的快樂日子，我實在很感激世界上還有如此友誼存在。茱莉和阿蓮都是受教育很少的女人，可是這類的人反而有著單純高尚的情操，真正視友誼為珍貴之物，相處以愉快為主。倒是阿蓮身體恢復的很順利，這大概是無憂無慮和海水陽光的所賜。我們在那裡長住漸漸顯得不安，如此寄生我們偷偷再去賣一件衣物，充當旅費回來。去時正是夏末，回來時已經是入秋多時，三十七路的樓上依舊存在著。

有一天黎明我從一場惱人的惡夢中醒來，她赤裸地暴露在榻榻米上，零亂的頭髮掩蓋她一半的面孔，雙乳柔軟地向兩旁垂吊著，牽拉著胸窩的皮膚，臍眼黑黑深深，裡層沾黏些粒粒的污垢，腹部光滑而隆起，就像一個懷胎的母體所應該有的那樣，撫摸著它，使人感到欣慰，那一處我永遠不能忘懷的地方，從女陰開始長著一脈的綣毛，它有別於其他她身上各處的毛髮，為我特別鍾愛，那些黏滿陰唇以及滴積在蓆面乳白色液體是我常見的，是昨夜我再度注入給她的精液。我微笑，但我馬上陷入苦惱，當我的手行經她潔白渾圓的大腿時，我疑惑起這是怎麼一回事？她僵硬了。她靜靜地沒有理睬我，那一隻被頭髮遮掩的眼睛張大直瞪著天花板，我俯在她的上面，姿態像我們做愛時一樣。但是與一具無生命的肉體行交媾，使我自己顯得無味，我開始感覺我很久以來對被剝奪的東西，終於被完全奪去……

不要激動起來，哲森，歇息一下靜下來後再說。好的，我終於無望後起身，我不知道去那裡，但茫茫意識中我想到回到森林，草原、山谷或河岸那樣的地方，回到幾萬年前我的原身的環境中去。我恢復冷靜，完全由一場惡夢中醒來，我環視這一間與她在最繁榮的世紀維持最簡單的生活斗室，幾乎看不到有什麼珍貴的器物。然後我從牆上吊掛的她的上衣口袋裡掏出這一個月在特產店服務的薪水塞進我的衣袋中。我走到門邊，蹲下提起我的鞋子，打開門，向外窺視，街道。漫著濃厚的霧靄，我像往常在她未起床梳洗之前，先躡到街上飲食早餐般溜出了屋子，再把門關上。我走下露天的樓梯，對房主人的住屋窺探一眼，還沒有聽到他們起床後的聲響。我來到街道，依然到熟絡的路邊攤子飲豆漿，然後我朝三十七路的街道行走，搭上公共汽車，來到火車站。我買了一張南下的火車票，中午的時候，我在一個不知名的小站下車。我看到兩名警察站在出口的木柵旁邊，對旅客注視，眼光觸到我的面孔時，兩個人馬上緊張而蒼白起來，我想我無論到那裡都不是為了做什麼事而圖行逃避，唯一在我心中意存恐懼的莫不是其他人想藉故加罪於我罷了。我裝做的很鎮靜，我走出口，他們馬上前後圍著我，要我出示身份證，我說我疲倦了不想再囉嗦，便跟隨他們走了。

警察局的一位警官再押我乘一部吉普車於黃昏前回抵北市，他們問我神志清醒嗎？我說是的，他們再問我知道不知道逮捕我的原因，我說我不知道，他們再問我為什麼離開北市，我說我的阿蓮死了，現在我到那裡去都是一樣。怎麼死的你知道嗎？他們再問，我說必定昨夜有人殺了她。他們再問我為什麼不悲傷不報警？我說現在悲傷已經為時已晚，至於為何不報

警，我說警察有更重要的事要做，既然她已經死了就不必大驚小怪。現在只剩下我一個人，既無能力埋葬她也扛不動她，唯一的辦法就是我自己換個巢居。

當他們以為我故意狡辯或冒充精神失常時，便開始用他們的老辦法私刑了我，我阻止了他們那種缺乏審問方法時所喜歡搬弄的粗暴，我說我雖親自扼死了她（他們這樣告訴我這件事實）那也是暗中他們假借了我的雙手。由於他們之中無能完成一篇較好的供詞，而且顯然一篇親自說的供詞要真實的多，他們答應要禮待我，這也是我的要求，我說我的動機都是出於忠實地報告了我的生活和感覺，我大概這樣繼續說著：

我們在南市的假日結束回來後，她回到特產店工作，我的生活也起了變化。那位我敬佩的作家開始和我通信起來，他鼓勵我寫作，我於是寫一些雜的散文發表於報章上，然後他在信上說為何不嘗試寫寫短篇小說，事實上我已經寫出來。我告訴她說我畢竟也能做一些只有少數人能做的事了，有機會我們再到南市茉莉家度假，再也不必瞞騙他們了。不料她乘機要求我，既然我能寫作賺錢，那麼她實在很想有一個自己的孩子在身邊。對於這個意見，我即刻阻止她，我有些惱怒，我漸漸生氣起來；為什麼連她都不瞭解我呢？我必須好好告訴她，把我的感覺，把我的計劃都告訴她。我對她那種懦弱性的母性的眼淚，沒有像初期我們相愛時那麼重視了，我對她的愛情起自一種憐憫而漸漸擴大為積極地消除她的痛苦，我們初期只滿足於求生和縱慾，那是一種絕望的愛慾，現在我卻發現了更遠的生命和思想來規避災難。

我不知道她是否瞭解，我漸漸發覺她對我有些多疑了起來。她是個單純的女人，我有些為她不能開脫她內心埋葬的只有家，愛人，孩子的愛的心懷而惋惜。

四月初，那位作家突然失蹤，正巧我前往訪晤，他的夫人含著憂懼悲傷和憤懣的淚水對我說，這是起於一種社會恩怨的陷害，由於她的先生在文壇的地位（猶如某些人在政壇或商場的地位），而引起另一部份人的妒嫉而誣告。我安慰她，既然他沒有任何對國家不忠的行為，我想賢明的裁判者決不會有意為難他，這種誤會，也會馬上澄清的，他不久即能完全回來，要是他回來請轉告我的來訪。終於他親寫的信我在第五天接到，出乎意料的使我萬分驚異；他的這一次遭遇使他懷著極大的恐懼勸告我不要去開罪那些有權勢的人，不要用我們的坦誠去交換懼怕，除了管理自己的利益外不必太關心世事，他說以他這樣年老的年紀，實在無法承當這種無端的騷擾。他的信件全部被沒收，他被對方（對方卑鄙地採用匿名信）誣告許多莫須有的罪名而憤怒顫抖。他的恐懼心使我很覺迷亂，同時我的指謫醜惡的一面的小說全部退稿回來，我為我又不能為人服務的一份義務的受阻和他的晚年的懦弱，有著深沉的悲憤。我要永遠被摒斥做個外表頹廢的個人主義的悲觀者，無法同享人間的所有樂趣的這個命運感到極大的不平。正當這個時候，我因發覺她偷偷瞞著我懷孕一事而暴怒起來，我幾乎將所有壓積在內心的憂悶殘暴地對她傾洩，在這一刻她的反抗同樣是驚人的，她將她幾年來對我的容忍以及一個現世的女性對男人的容忍全部揭露了出來，我發覺她對男性所抱的痛恨之深不亞於男人對一個不當的社會的痛恨，我面對她這種的哭號彷彿空前看見了她的心在流血，這種狀況反而使我漸漸地平靜下來。我沒有想到一個不體面如我的頹敗男子所加給一向依恃男人的女性竟會如此地深沉悲痛和羞恥，我不知那些不惜犯罪掠奪權力和金錢的男人，是不僅為了使他們的愛人感到榮耀？以及男女同流謀計不惜犧牲別人而收攬財物築起城牆是

否為了貪圖榮華？假如沒有互相的諒解和體察，愛情如何存在？當我悔愧時，為時已晚，我這一次不謹慎且無端的殘暴激發了她對我的卑視；當我步出閣樓稍為躲避再回去的時候，她已經走了，留下了字條，囑我不必去尋找。

我轉回屋子準備對她懺悔和安慰而卻看不到我，我整個瘋狂地奔投在茫茫街道。我先奔到火車站，在那些待開的車廂巡邏追找，然後我到她平時的女友處詢問與交代，我疲乏敗喪的歸來，這時正是初夏滿天紅色的黃昏，孤樓寂靜得令我害怕和悲哭。

我在絕望時跪下向上帝祈禱，我請求祂帶她回來，我許願我不再將內心的憤怒之情轉移酷待女性，我請求上帝傳達我的懺悔給她，我對她的愛將持續永遠。我不敢離開樓上一步，以恐她回來時見不到我，我一直等待和保持清醒，假如我不見她回來，我對國家民族以及全人類的愛都歸於空洞，沒有她，我的生命不再有任何意義，因為有她我才能愛萬物，否則我只有咒詛這個人間。

第二天黃昏，我在疲敗和軟弱的少量清醒中，凝聽到樓梯的幾聲猶疑的腳步，僅僅只夠我察覺隨即停止。我在躺臥中抬起頭顱，聲音靜止了，我不敢輕微移動，我害怕任何驚擾再度嚇走了她。我緩慢地站起來，以等候腳步聲再度響起，她一步一步怯怯地上來，然後緩慢地移到門口，我終於熱淚滿盈地再迎著她。她多麼疲倦且滿身塵污，她的形容憔悴，靜靜立著，讓我摟抱著以及吻遍她的面孔和頸脖。她僵直而無動於我的激情，她的面孔帶著不再被任何情感激動的冷默模樣，與她童年被後母苛責病哭後喪失般的冷靜一模一樣。後來我請

求她坐下來，她才移動坐下，且對我向她誦讀的悔詞報以一絲笑容，她舉起手臂粗暴地勾拉著我的脖子，吻我的嘴唇。

我們再度攜手走進婦產科醫院，那位醫生看到我們十分高興，而且恭賀我們又已懷孕，他這次看到我們興奮的樣子，早已猜到我們的意思。我們為慎重起見問起上次流產的真正原因，他說，檢驗的血極好，顯然那一次是因為意外的關係。他還說梅毒也可能造成那樣的結果。我突然憶起在聖母院那位意籍修女對我抽血時，我對我的血液疑惑的印象，但是他們沒有告訴我檢驗的結果，便把我驅趕出來了。我請求醫師對我做一次的檢驗，他抽了我的血時，我再度看到血液容納在玻璃管中的污黑色澤而憂懼起來，醫師解釋每個人的血液色澤都是不同的，他說他曾見過比這更黑的血液。顯然血液的濃稀決定了色澤，我才放心的攜她走出醫院。

第三天我獨自到醫院去，醫師坦白的告訴了我，我的血液充滿梅毒的病菌，他還說她腹中的胎兒可能會遭到同前的厄運。我告辭出來後，這一刻，任何事都離開了我的思緒，什麼都像自行退隱，一切理想和愛慾都完全遁跡，我成為一個空洞且悲哀的人。我是個充滿血毒的男人，我以前所發表的憤怒之詞全屬空言，我唯一想做的就是去死。我開始疑問我的血液中的病毒從何而來？我未曾與任何和我戀愛的女人交媾，包括丘時梅女教師，我曾衝動地步入妓院，但被嚇退了出來，她是清白的，唯一可尋的就是遺傳。我曾聽許多人描述我那位風流的祖父，在我童年時候。我去死時，她怎麼辦？我坦白地告訴她時，她如何能寬諒我？我何忍再令她遭受那手術台的經歷？以後都不可能有孩子，她將如何地絕望？我要如何補救

呢？

我沒有告訴她我心裡隱懷的可怕事實，她工作回來已經疲乏不堪，她一向疏於追問我的事物，連我前日表示再去謀職一事她都緘默得好似忘掉一樣。晚上，當我想起我是如何虧待她，以及感謝她給我如此光華且充滿愛情的許多日子，我由衷地愛惜著她，不堪再加任何病苦給她。在這個時候，我能對她表示的就是慇懃地令她多嘗肉體的交合之樂，我現在生為一個男人可供給她的也唯有這一件事去欺侮女人。交合是靈魂溝通的契機，高尚而痛快，動人而神聖。這一件事有效地令雙方沉醉而平靜地睡去，醫治了我們，使我們感到生命活著多麼溫暖。我白日時心瘁潰裂，晚上卻獲得了慰安。我開始夢著一個酷肖我的年輕男人上戰場，而且目睹不知來自何方的子彈穿透了他的胸膛，倒臥死去。這是昨夜，黎明醒來，她赤裸裸地僵硬了。這是全部的事實。

我愛黑眼珠

李龍第沒告訴他的伯母，手臂掛著一件女用的綠色雨衣，撐著一支黑色雨傘出門，靜靜地走出眷屬區。他站在大馬路旁的一座公路汽車亭等候汽車準備到城裡去。這個時候是一天中的黃昏，但冬季裡的雨天尤其看不到黃昏光燦的色澤，只感覺四周圍在不知不覺之中漸層地黑暗下去。他約有三十以上的年歲，猜不準他屬於何種職業的男人，卻可以由他那種隨時採著思考的姿態所給人的印象斷定他絕對不是很樂觀的人。眷屬區居住的人看見他的時候，他都在散步；人們都到城市去工作，為什麼他單獨閒散在這裡呢？他從來沒有因為相遇而和人點頭寒暄。有時他的身旁會有一位漂亮的小女人和他在一起，但人們也不知道他們是夫婦或兄妹。唯一的真實是他寄居在這個眷屬區裡的一間房子裡，和五年前失去丈夫的寡婦邱氏住在一起。李龍第看到汽車彷彿一隻衝斷無數密佈的白亮鋼條的怪獸急駛過來，輪聲響徹著。人們在汽車廂裡嘆喟著這場不停的雨。李龍第沉默地縮著肩胛眼睛的視線投出窗外，雨

水劈拍地敲打玻璃窗像他那張貼近玻璃窗沉思的臉孔。李龍第想著晴子黑色的眼睛，便由內心裡的一種感激勾起一陣絞心的哀愁。隔著一層模糊的玻璃望出窗外的他，彷彿看見晴子站在特產店櫥窗後面，她的眼睛不斷地抬起來瞥望壁上掛鐘的指針，心裡迫切地祈望回家吃晚飯的老闆能準時地轉回來接她的班，然後離開那裡。他這樣悶悶地想著她，想著她在兩個人的共同生活中勇敢地負起維持活命的責任的事。汽車雖然像橫掃萬軍一般地直衝前進，他的心還是處在相見是否就會快樂的疑問的境地。

他又轉一次市區的公共汽車，才抵達像山連綿座立的戲院區。李龍第站在戲院廊下的人叢前面守望著晴子約定前來的方向。他的口袋裡已經預備著兩張戲票。他就要在那些陸續搖盪過來的雨傘中去辨認一支金柄而有紅色茉莉花的尼龍傘。突然他想到一件事。他打開雨傘衝到對面商店的走廊，在一間麵包店的玻璃櫥窗外面觀察著那些一盆一盆盛著的各種類型的麵包。他終於走進麵包店裡面要求買兩個有葡萄乾的麵包。他把盛麵包的紙袋一起塞進他左手臂始終掛吊著的那件綠色雨衣的口袋裡。他又用雨傘抵著那萬斤的雨水衝奔回到戲院的廊下，仍然站在人叢前面。都市在夜晚中的奇幻景象是早已呈露在眼前。戲院打開鐵柵門的聲音使李龍第轉動了頭顱，要看這場戲的人們開始朝著一定的方向蠕動，而且廊下剛剛那麼多的人一會兒竟像水流流去一樣都消失了，只剩下糾纏著人兜售橘子的婦人和賣香花的小女孩。那位賣香花的小女孩再度站在李龍第的面前發出一種令人心惻的音調央求著李龍第搖動他那隻掛著雨衣的手臂。他早先是這樣想著：買花不像買麵包那麼重要。可是這時候七時剛過，他相信晴子就要出現了，他憑著一股衝動掏出一個鎳幣買了一朵香花，把那朵小花輕

輕塞進上衣胸前的小口袋裡。

李龍第聽到鐵柵門關閉的吱喳聲。回頭看見那些服務員的背影一個一個消失在推開時現出裡面黑霧霧的自動門。他的右掌緊握傘柄，羞熱地站在街道中央，眼睛疑惑地直視街道雨茫茫的遠處，然後他垂下了他的頭，沉痛地走開了。

他沉靜地坐在市區的公共汽車，汽車的車輪在街道上刮水前進，幾個年輕的小伙子轉身爬在窗邊，聽到車輪刮水的聲音竟興奮地歡呼起來。車廂裡面的乘客的笑語聲掩著了小許的嘆息聲音。李龍第的眼睛投注在對面那個赤足襤褸的蒼白工人身上；這個工人有著一張長滿黑鬱鬱的鬍髭和一雙呈露空漠的眼睛的英俊面孔，中央那隻瘦直的鼻子的兩個孔洞像正在瀉出疲倦苦慮的氣流，他的手臂看起來堅硬而削瘦，像用刀削過的不均的木棒。幾個坐在一起穿著厚絨毛大衣模樣像狗熊的男人熱烈地談著雨天的消遣，這時，那幾個歡快的小伙子們的狂誑的語聲中始夾帶著異常難以聽聞的粗野的方言。李龍第下車後，那一個街道的積水淹沒了他的皮鞋，他迅速朝著晴子為生活日夜把守的特產店走去。李龍第舉目所見，街市的店鋪已經全都半掩了門戶打烊了。他怪異地看見特產店的老闆手持一支吸水用的碎布拖把困難地彎曲著他那肥胖的身軀，站在留空的小門中央擋著滾滾流竄的水流，李龍第走近他的身邊，對他說：

「請問老闆——」

「嗯，什麼事？」他輕蔑地瞥視李龍第。

「晴子小姐是不是還在這裡？」

他冷淡地搖搖頭說：

「她走開了。」

「什麼時候離開的？」

「約有半小時，我回家吃飯轉來，她好像很不高興，拿著她的東西搶著就走。」

「哦，沒有發生什麼事罷？」

「她和我吵了起來，就是為這樣的事——」

李龍第臉上掛著呆板的笑容，望著這位肥胖的中年男人挺著胸膛的述說：

「——她的脾氣，簡直沒把我看成是一個主人；要不是她長得像一隻可愛的鴿子吸引著些客人，否則——我說了她幾句，她暴跳了起來，賭咒走的。我不知道她為了什麼貴幹，因為這麼大的雨，我回家後緩慢了一點回來，她就那麼不高興，好像我侵佔了她的時間就是剝奪她的幸福一樣。老實說我有錢絕不會請不到比她漂亮的小姐——。」

李龍第思慮了一下，對他說：

「對不起，打擾你了。」

這位肥胖的人再度伸直了身軀，這時才正眼端詳著李龍第那書生氣派的外表。

「你是她的什麼人？」

「我是她的丈夫。」

「啊，對不起——」

「沒關係，謝謝你。」

李龍第重回到傾瀉著豪雨的街道來，天空彷彿決裂的堤奔騰出萬鈞的水量落在這個城市。那些汽車現在艱難地駛著，有的突然停止在路中央，交通便告阻塞。街道變成了河流，行走也已經困難。水深到達李龍第的膝蓋，他在這座沒有防備而突然降臨災禍的城市失掉了尋找的目標。他的手臂痠麻，已經感覺到撐握不住雨傘，雖然這支傘一直保護他，可是當他抱著萬分之一的希望掙扎到城市中心的時候，身體已經淋漓濕透了。他完全被那羣無主四處奔逃擁擠的人們的神色和喚叫感染到共同面臨災禍的恐懼。假如這個時候他還能看到他的妻子晴子，這是上天對他何等的恩惠啊。李龍第心焦憤慨地想著：即使面對不能避免的死亡，也得和所愛的人抱在一起啊。當他看到眼前這種空前的景象的時候，他是如此心存絕望；他任何時候都沒有像在這一樣憎惡人類是那麼眾多，除了愈加深急的水流外，眼前這些倉皇無主的人擾亂了他的眼睛辨別他的目標。李龍第看見此時的人們爭先恐後地攀上架設的梯子爬到屋頂上，以無比自私和粗野的動作排擠和踐踏著別人。他依附在一根巨大的石柱端息，我寧願站在這裡牢抱著這根巨柱與巨柱同亡。他的手的黑傘已經撐不住天空下來的雨，跌落在水流失掉了。他的面孔和身體接觸到冰冷的雨水，漸漸覺醒而冷靜下來。他暗自傷感著：在這個自然界，死亡一事是最不足道的。；人類的痛楚於這冷酷的自然界何所傷害呢？面對這不能抗力的自然界的破壞，人類自己堅信與依持的價值如何恆立在呢？他慶幸自己在往日所建立的曖昧的信念現在卻能夠具體地幫助他面對可怕的侵掠而不畏懼，要是他在那時力爭著霸佔一些權力和私慾，現在如何能忍受得住它們被自然的威力掃蕩而去呢？那些想搶回財物或看見平日忠順呼喚的人現

在為了逃命不再回來而悲喪的人們，現在不是都絕望地跌落在水中嗎？他們的雙睛絕望地看著他（它）們漂流和亡命而去，舉出他們的雙臂，好像傷心地與他（它）們告別。人的存在便是在現在中自己與環境的關係，在這樣的境況中，我能首先辨識自己，選擇自己和愛我自己嗎？這時與神同在嗎？水流已經升到李龍第的腰部以上，他還是高舉著掛雨衣的左臂，顯得更加平靜。這個人造的城市在這場大災禍中頓時失掉了它的光華。

在他的眼前，一切變得黑漆混沌，災難漸漸在加重。一臺人擁過來在他身旁，急忙架設了一座長梯，他們急忙搶著爬上去。他聽到沉重落水的聲音，呻咽的聲音，央求的聲音，他看見一個軟弱女子的影子趴在梯級的下面，仰著頭顱的掙扎著要上去但她太虛弱了，李龍第涉過去攙扶著她，然後背負著她（這樣的弱女子並不太重）一級一級地爬到屋頂上。李龍第到達屋頂放她下來時，她已經因為驚慌和軟弱而昏迷過去。他用著那件綠色雨衣包著她濕透和冰冷的身體，摟抱著她靜靜地坐在屋脊上。他垂著頭注視這位在他懷裡的陌生女子的蒼白面孔，她的雙唇無意識地抖動著，眼眶下陷呈著褐黑的眼圈，頭髮潮濕結黏在一起；他看出她原來在生著病。雨在黑夜的默禱等候中居然停止了它的狂瀉，屋頂下面是繼續在暴漲的泱泱水流，人們都憂慮地坐在高高的屋脊上面。

李龍第能夠看到對面屋脊上無數沉默坐在那裡的人們的影子，有時黑色的影子小心緩慢地移動到屋簷再回去，發出單調寂寞的聲音報告水量升降情形。從昨夜遠近都有斷續驚慌的哀號。東方漸漸微明的時候，李龍第也漸漸能夠看清周圍的人們；一夜的洗滌居然那麼成效地使他們顯露憔悴，容貌變得良善冷靜，友善地迎接投過來的注視。李龍第疑惑地接觸到隔

著像一條河對岸那屋脊上的一對十分熟識的眼睛，突然升上來的太陽光清楚地照明著她。李

龍第警告自己不要驚慌和喜悅。他感覺他身上摟抱著的女人正在動顫。當隔著對岸那個女人

猛然站起來喜悅地喚叫李龍第時，李龍第低下他的頭，正迎著一對他相似熟識的黑色眼睛。

他懷中的女人想掙脫他，可是他反而抱緊著她，他細聲嚴正地警告她：

「妳在生病，我們一起處在災難中，妳要聽我的話！」

然後李龍第俯視著她，對她微笑。

他內心這樣自語著：我但願妳已經死了…被水沖走或被人們踐踏死去，不要在這個時候

像這樣出現，晴子。現在，妳出現在彼岸，我在這裡，中間橫著一條不能跨越的鴻溝。我承

認或緘默我們所持的境遇依然不變，反而我呼應妳，我勢必拋開我現在的責任。我在我的信

念之下，只佇立著等待環境的變遷，要是像那些悲觀而靜靜像石頭坐立的人們一樣，或嘲笑

時事，喜悅整個世界都處在危難中，像那些無情的樂觀主義者一樣，我就喪失了我的存在。

他的耳朵繼續聽到對面晴子的呼喚，他卻俯著他的頭顱注視他懷中的女人。他的思想卻

像這樣地回答她：晴子，即使妳選擇了憤怒一途，那也是妳的事…；妳該看見現在這條巨大且凶

險的鴻溝擋在我們中間，妳不該想到過去我們的關係。

他的懷中的女人不舒適地移動她的身軀，眼睛移開他望著明亮的天空，沙啞地說：

李龍第問她…

「啊，雨停了——」

「妳現在感覺怎麼樣？」

「你抱著我，我感到羞赧。」

她掙扎著想要獨自坐起來，但她感到頭暈坐不穩，李龍第現在只讓她靠著，雙膝夾穩著

她。

「我想要回家——」

她流淚說道。

「在這場災難過去後，我們都能夠回家，但我們先不能逃脫這場災難。」

「我死也要回家去，」她倔強地表露了心願。「水退走了嗎？」

「我想它可能漸漸退去了，」李龍第安慰說：「但也可能還要高漲起來，把我們全都淹

沒。」

李龍第終於聽到對面晴子呼喚無效後的咒罵，除了李龍第外，所有聽到她的聲音的人

都以為她發瘋了。李龍第懷中的女人垂下了她又疲倦又軟弱的眼皮，發出無力的聲音自言自

語：

「即使水不來淹死我，我也會餓死。」

李龍第注意地聽著她說什麼話。他伸手從她身上披蓋的綠色雨衣口袋掏出麵包，麵包沾

濕了。當他翻轉雨衣掏出麵包的時候，對面的晴子掀起一陣狂烈的指叫：

「那是我的綠色雨衣，我的，那是我一慣愛吃的有葡萄的麵包，昨夜我們約定在戲院相

見，所有現在那個女人佔有的，全都是我的⋯⋯」

李龍第溫柔地對他懷中的女人說：

「這個麵包雖然沾濕了，但水份是經過雨衣過濾的。」

他用手撕剝一小片麵包塞在她迎著他張開的嘴裡，她一面咬嚼一面注意聽到對面屋頂上那位狂叫的女人的話語。她問李龍第：

「那個女人指的是我們嗎？」

他點點頭。

「她說你是她的丈夫是嗎？」

「不是。」

「雨衣是她的嗎？」

他搖頭。

「為什麼你會有一件女雨衣？」

「我扶起妳之前，我在水中撿到這件雨衣。」

「她所說的麵包為什麼相符？」

「巧合罷。」

「她真的不是你的妻子？」

「絕不是。」

「那麼你的妻子呢？」

「我沒有。」

她相信他了，認為對面的女人是瘋子。她滿意地說：

「麵包沾濕了反而容易下嚥。」

「天毀我們也助我們。」

他嚴正地再說。李龍第暗暗嚥著淚水，他現在看到對面的晴子停止怒罵，倒歇在屋頂上哭泣。有幾個人移到李龍第身邊來，問他這件事情，被李龍第否認揮退了。因為這場災禍而發瘋甚至跳水的人從昨夜起就有所見聞，凡是聽見晴子咒罵的人都深信她發瘋了，所以始終沒有人理會她。

妳說我背叛了我們的關係，但是在這樣的境況中，我們如何再接密我們的關係呢？唯一引起妳憤怒的不在我的反叛，而在妳內心的嫉妒；不甘往日的權益突然被另一個人取代。至於我，我必須選擇，在現況中選擇，我必須負起我做人的條件，我不是掛名來這個世上獲取利益的，我須負起一件使我感到存在的榮耀之責任。無論如何，這一條鴻溝使我感覺我不再是妳具體的丈夫，除非有一刻，這個鴻溝消除了，我才可能返回給妳。上帝憐憫妳，妳變得這樣狼狽襤褸的模樣⋯⋯

「你自己為什麼不吃呢？」

李龍第的臉被一隻冰冷的手撫摸的時候，像從睡夢中醒來。他看看懷中的女人，對她微笑。

「妳吃飽我再吃，我還沒有感到餓。」

李龍第繼續把麵包一片一片塞在她的口腔裡餵她。她一面吃一面問他⋯

「你叫什麼名字？」

275　　　／我愛黑眼珠

「亞茲別。」李龍第脫口說出。

「那個女人說你是李龍第。」

「李龍第是她丈夫的名字，可是我叫亞茲別，不是她的丈夫。」

「假如你是她的丈夫你將怎麼樣？」

「我會放下妳，冒死泅過去。」

李龍第抬頭注意對面的晴子在央求救生舟把她載到這邊來，可是有些人說她發瘋了，於是救生舟的人沒有理會她。李龍第低下頭問她：

「我要是拋下妳，妳會怎麼樣？」

「我會躺在屋頂上慢慢死去，我在這個大都市也原是一個人的，而且正在生病。」

「妳在城裡做什麼事？」

「我是這個城市裡的一名妓女。」

「在水災之前那一刻妳正要做什麼？」

「我要到車站乘火車回鄉下，但我沒想到來不及了。」

「為什麼妳想要回家？」

「我對我的生活感到心灰意冷，我感到絕望，所以我想要回家鄉去。」

李龍第沉默下來。對面的晴子坐在那裡自言自語地細說著往事，李龍第垂著頭靜靜傾聽著。

是的，每一個人都有往事，無論快樂或悲傷都有那一番遭遇。可是人常常把往事的境遇

拿來在現在中做為索求的藉口，當他（她）一點也沒有索求到時，他（她）便感到痛苦。人往往如此無恥，不斷地拿往事來欺詐現在。為什麼人在每一個現在中不能企求新的生活意義呢？生命像一根燃燒的木柴，那一端的灰燼雖還具有木柴的外形，可是已不堪撫觸，也不能重燃，唯有另一端是堅實和明亮的。

「我愛你，亞茲別。」

李龍第懷抱中的女人突然抬高她的胸部，雙手捧著李龍第的頭吻他。他靜靜地讓她熱烈地吻著。突然一片驚呼在兩邊的屋頂上掀起來，一聲落水的音響使李龍第和他懷中的女人的親吻分開來，李龍第看到晴子面露極大的痛恨在水裡想泅過來，卻被迅速退走的水流帶走了，一艘救生舟應召緊緊隨著她追過去，然後人與舟消失了。

那個女人伸出了手臂，手指溫柔地把劃過李龍第面頰而不曾破壞他那英俊面孔的眼淚擦掉。

「我對人會死亡憐憫。」

「你為什麼流淚？」

「妳現在不要理會我，我流淚和現在愛護妳同樣是我的本性。」

李龍第把最後的一片麵包給她，她用那隻撫摸他淚水的手夾住麵包送進嘴裡吃起來。她感覺到什麼，對李龍第說：

「我吃到了眼淚，有點鹹。」

「這表示衛生可吃。」

李龍第說。李龍第在被困的第二個夜晚中默默思想著：現在妳看不到我了，妳的心會獲得平靜。我希望妳還活著。

黑漆中，屋頂上的人們紛紛在蠢動，遠近到處喧嚷著聲音；原來水退走了。這場災禍來的快也去的快。天明的時候，只留下李龍第還在屋頂上緊緊地抱著那個女人。他們從屋頂上下來，一齊走到火車站。

在月台上，那個女子想把雨衣脫下來還給李龍第，他囑她這樣穿回家去。他想到還有一件東西，他的手指伸進胸前口袋裡面，把一朵香花拿出來。因為一直滋潤著水份，它依然新鮮地盛開著，沒有半點萎謝。他把它插在那個女人的頭髮上。火車開走了，他慢慢地走出火車站。

李龍第想念著他的妻子晴子，關心她的下落。他想：我必須回家將這一切的事告訴伯母，告訴她我疲倦不堪，我要好好休息幾天，躺在床上靜養體力；在這樣龐大和雜亂的城市，要尋回晴子不是一個倦乏的人能勝任的。

私奔

他和她潛逃了許久，攀爬到這座巨山的一處。他和她商議決定在這裡歇息一些時間，以便他可以用他的槍去獵取禽獸的肉來維持生活。他用他特有的智能去狩獵和掠奪，他就是以這些戰利品在這座山裡保障一種特殊的愛情生活。他們這樣東藏西逃，心理上一直懸念著潘番會突然降臨在面前，把她擄帶回去。這種恐懼並不因為他們已經逃離了多時或密藏在妥善之地而鬆懈忘懷；每一次，他那支只用來獵取生活而不能傷害潘番的槍一旦爆響時，都等於傳達給潘番他們現在的位置。這座林木叢生的巨山並無法藏匿需要生活的愛情；他和她不能例外不用他們的槍獵獲到生活。殉情是他和她曾經商定過而又怯懦地放棄了的想法，尤其他的意志相信他終久會打敗潘番；潘番會死的，；時間會先結束潘番的老軀骨的，而他正當年輕力壯。

當她依靠在樹幹睡眠，被遠處的槍聲驚醒，她那雙酸澀的眼皮艱苦地慢慢眨動著，讓光

線一片一片閃進來，潘番的影像就在她的視野逐漸放大。潘番在她還潮濕的淚眼看來，彷彿衝破了一層灰霧或陰雲而降。

她開始有形地顫慄和悲傷起來；她並非害怕潘番再在這裡把她帶回家去，而是惱怒起她的境況突然由昔日對這位她曾熱愛過的男人降至現在要憎恨他。有一次，她坐在法官的對面，訴請法官想辦法解除她和潘番的一切關係，讓她投在另一種生活中。潘番執意地要掌握住他對她冷酷的虐待的特權；假如這個世界他還有什麼值得珍惜的，就是恨。潘番並不要她死，他要和她保持這樣敵對的態度。法官無能的搖搖頭，她才感覺法定的婚姻是人生最深的陷阱。

當她在冷寂的家裡病倒在床上時，她這樣說：

「潘番墮落了，他附在一根繩索上滑溜到地獄……我們相愛的時候，他的思想行為總是溫暖我的心，我不明瞭他為什麼後來厭倦，他失去了自信，環境脅迫他，魔鬼帶引著他墮落。首先他剝奪我們共有的東西，把它們化為他的一種貪婪的娛樂。之後，他開始剝奪我的，使我漸漸喪失了所有。他剝奪我像剝掉我裹身的衣服，使我赤裸在眾人面前般羞恥。我

——一個女人——是不能忍受這種赤裸的羞恥的……」

潘番終於走到她的面前停住。她寫了一張字條釘在樹皮上溫馴地跟著潘番離去。

當他握著字條看不見她時，他獲得了片刻的清醒來思索這整個事情經過。一種類似悲天憫人的性格之驅迫下所幹的——一種來自心裡底層的聲音忠誠地告訴他的行為是瘋狂的——他並不真愛她。他的愛由何而來呢？他無疑只是想救助她，以及憎惡上一代人所建立的行為。

一切。他憶及他的母親晚年的情況有著類同的情形，他同樣看不起那懦夫般的父親。由那一輩人所建立的觀念應該打倒，他想。可是現在（他辨別出這是神的聲音）由英雄主義和戀母的心理組成了一種狼狽而污濁的現代愛情，這種愛情觀念現在被提升到一切行為的最高點。

所以他萬分悔恨由他自己的觀念自設的陷阱。可是他自己現在由於充滿了對潘番這樣的時代的人的憎惡，他自己是不能中止這項錯誤。他推演出她是無知的，他感覺她並不愛他，她僅是順從從愛情而和他在一起罷了。

以後的一段時間，他的槍聲頻繁地在各處鳴放，他盡力蒐集了足夠的米糧和肉類冷藏在各處，這一些作為都是配合著他要攜帶她再一次私逃的新計劃。於是他和她又相偕從潘番的家奔逃出來，這一次頗像來旅行爬山的伉儷一般地安逸；每來到一處都有他預先藏匿的食物挖出來充飢。可是這個遲暮的婦人和他越走越遠，越爬越高，她的夢遊的症狀卻越來越明顯。每行經一座橋或路過一處懸崖，她都會停下來摘得一片樹葉，丟在溪流飄去，上面寫著：親愛的孩子……

有一天，他們來到一處崖壁，她手中握著葉子，他阻止她說：

「停止罷——」

「我曾答應他們的。」

「妳並沒有孩子。」

「有，我有，我是母親為什麼沒有孩子。」

她沉默地注視她手掌裡的葉子，然後舉起手臂向前把它丟下懸崖，她懷想般憂鬱的眼睛

一直注視那片葉子翻滾著徐徐降落在底層的一片霧靄裡消失。

「也許這一次妳想要獨自轉回去？」

她搖搖頭，繼續跟著他前走。

他和她有時停步下來審視他們曾經到達在那裡宿食的殘跡：那些石頭的部份是燒黑的，有鳥禽的羽毛散插在地上，小獸皮掛在樹枝上，那些衣服已經腐爛和褪色了。

有一天，他們遇到一隻羽彩美麗的鳥，這隻鳥擋住他們的面前，對他們警告似地歌唱著：

潘番

在山頂上

潘番

在山頂上

潘番

在山頂上

他檢起一塊石頭向鳥擲去，鳥振翅飛走了，口中還是不停地重複那音調。她拒絕再前行，他激動地拉著她攀爬上去。

不久他和她遙見這座巨山的頂端。他們彷彿看見一座石像立在那頂端上當做標誌。可是當他們的肉眼能能辨清它時，才發現那是潘番站在那裡等著他們。

他奮勇上前，準備搏鬥，但是驚奇潘番為何靜靜地立著沒有動顫。潘番的眼睛格外瞪大

地注視他們。當他擺著姿態站立在潘番面前，用著一隻手指試探撞擊他的胸膛時，潘番僵硬地仰倒下去。

他歡呼起來，奔跑著在各處放槍。

她見狀跪在潘番屍前流淚──這個她始終愛戀的人終於倒下了。她把一張字條像往日要隨潘番離去時一樣釘在樹幹上留給他，然後這一次她抱著潘番一起跳下黑暗的懸崖。

慚愧

一

羣聚的學童的戲嘲日日侮蔑著這個女孩的心靈。這羣村童永遠知道別人的祕密；在山野牧牛的時候一直未曾見識過她，一定是沒有設防的大人們的會談，被他們靈敏的耳朵聽到了她是童養媳的身份。那位將來指定要與她匹配的男孩，卻羞於護衛她、敢於挺身反擊沿路的嘲笑；反而卑恭地和他們結成一大羣，插在他們的囂鬧之中，就像是一個宣誓過效忠的叛臣。

但是走過沙河橋，她便心暢了；穿過數層木麻黃樹後，她能夠見到那間瓦屋時，掏出手絹把臉上的淚水擦掉；會見了自己勇敢的哥哥，就自然卸下了心裡的懼怕。

在險惡叢生的校園裡，她的哥哥常常走到這個女孩的教室走廊上，巡守是否有人欺侮著她。她也時常跑到他的教室去，似乎他們之間共用著一些上學的用品，共飲著一只錫製的小茶杯。他會教她感到疑難的算術……。

中午放學，兄妹一起回到瓦屋裡吃午飯。冬天遇到風雨的日子，這個女孩便有理由自行決定在鎮上住下三天或五天。在這些屋外充滿著狂暴的晚上，他們在屋裡靜靜做完功課，把書本收拾在書包裡面，哥哥撐著油燈，她跟隨在後面，小心地爬上一張鋪著乾稻草的軟床上，在早睡的人身旁空下的位置躺下。到深夜，因為寒冷，他們不知不覺全都偎在一起。但夏天，沒有人敢留她，她就單獨回家。不許有人說出來留她，這是再三被大人警告過的；她表現出勇敢，小小的心胸懂得抑制情感；沒有人留她，時刻一到，她就自動回到那所山野中的農家。第二天來上學時，照樣由書包裡掏出她採摘帶來分贈的番石榴和熟葡萄，且為整個貧窮的家庭帶來些蔬菜……

他以單薄的體力奮勇為她復仇的結果也受到了傷痕；這一天，他們在黃昏中的分別顯現出異常的悲憤和痛苦，他忍不住安慰她說：

「阿子，我長大後賺錢一定再買妳回來……」

就為了這句話，手指像刺穿一層薄膜，終於算是把一切洩漏出來了。這個女孩長期心胸的抑制，感情也崩潰了；這不是留她住下的季節，她怎麼也不回農家去了；她變成一個十足的小孩，苦勸也不肯動搖，門前的竹籬被她小身體的倚靠轟然倒塌了；造禍的哥哥在屋裡遭

但這個哥哥卻再也不能抑止了。有一天，她告訴他在路上又遭受到極大的侮辱和攻擊，

受刑罰了⋯⋯

二

經過數年，他獲悉她與那位要匹配的男孩終於沒有結成正式夫婦的消息，與養父母也解掉了戶籍上的關係，而且據說已經離開農村，隻身在都市裡做事了⋯⋯

這位青年自己也在都市中呀，他心中狂躍地想要會見她，可是卻懷有一層久遠的記憶的戒意，就是能坦率磊磊地去找她，也不知道她現在居住何處。日子看來真是在操縱變化著人。

她在道路上的邁步被平交道的訊號阻擋著了，他站在欄外，意外地發現對面的欄外也站立著她。兩個人未看清對方的模樣之前，本能地臉容上顯出一陣親愛的驚喜。然後，他和她開始操作的清癯，衣服是舊貨，模樣像個女僕之類的角色。而他唯一的表相就是給人一種不配年齡的憂鬱和蒼老。巨獸般的火車頭突然衝進他們之間的視野，黑皮車廂連續而快速地閃飛著，及時遮掩了湧現在他們臉上的失望色彩。末節的車廂有如強拖過去的跟蹌而無奈的孩子。他和她終於不可避免的站在道上相逢著。他感覺她的眼睛像在對他質詢這樣的一句話：

你要如何把我買回來啊？表面上他和她正像一般過去相識的友人一樣寒暄幾句很平常的話

「現在你到那裡去？」

/我愛黑眼珠/   286

「沒有。」

「你到那裡去？」

「沒有。」

「你住在那裡？」

「南門。」

「你呢？」

「東門。」

這些地名所代表的位置等於是天涯海角。談到這裡為止都停頓了，互相間形成一種不安的窘狀；認清了對方的貧賤後，這種相見反而生怒了起來。來往的人們都對他們摩擦著。終於分開了，連道再見都不敢脫口，好像突然為了細故相惡不歡而散，或者像一對情侶內心中藏著祕密的愛情怕路人識破，帶著羞澀匆匆地拆開，分道而去。

三

再經過十數年，日子真是完全改變人了；他幾經奮鬥的結果，給他的靈肉帶來一種有形的傷殘。

據說，都市中那一條晚上有外國人出沒、做為飲酒作樂的街道，白天是行乞人最好的所在；他的雙腋挾著木製的拐杖，向那裡出發了。

果然，這條街白天呈現的是一種冷默，門戶都禁閉著，或著開著洞穴似的小門，裡面是一片漆黑，暴露著一條無人的荒街的印象。垃圾箱溢出昨夜拋下的殘穢在廊柱前面，紙盒和報紙的碎塊在街心隨風滾動著。

他耐心地挨戶叩門乞討，都無人應對。已經趨近中午，難道還太早嗎？一過了中午，這一帶不就是襤褸的台灣人不能和外國人比並而羞於進出的地帶嗎？他心裡突然明白那位指引他來的人只是一場無價的胡說，反正他是無能對他實行報復的。唉，就是現在這一拳的叩擊相信也是白費的了……

他轉過身慢慢地支配著拐杖的方向準備離去，在這幾秒鐘內，一扇像紙牌一樣方形而輕的中央小門拉開了，一位身上裹著透明藜衣，臉上還未洗去昨夜的濃厚脂粉、膠著眉睫、染著金髮的怪樣女人，手中握著鈔票伸出來遞給他。他回頭望她時，她看見是他，瞬間，那一張被斜射進來的日光照耀的彷彿淋了一臉油彩的臉孔急遽地變化扭曲起來。而他那撞擊的心胸，就像藏著一隻在體內馳騁的鹿，早經接住鈔票的手在顫抖。他意會她那雙睞閉成一條深縫直望他的眼睛，充滿了對他的驚訝和憐憫，不再含有質問的意思。

他害怕在這個時刻說出話語，可是她幾經掙扎像要開口對他喚出什麼的時候（不要認罷，他全心這樣地警告著她。），他搖搖頭暗示她不要說；任何多麼巧妙的語言在這一刻都會破壞著痛苦。他轉身默默走開；知命地永遠沒有再走這條已經不是台灣人的街道來。

AB夫婦

　　A回到家，打開門走進屋裡，B坐在一張用來固定她自己的身軀的靠背椅上。B看見A走進來，對A微笑（也許要酬得一吻）。A的心靈漠視著一切，他的眼睛沒有光，彷彿沒有眼珠。A當然知道B坐在屋子中央，已經不是短暫的時間坐在那裡；B的腿部已經殘缺才坐在那裡；她像一株恆定的樹罷。A進來的一刻，實在是被一隻靜靜駐足在潔白牆壁上的黑色蟹形物吸引了他的眼睛，黑白十分明顯，一隻俗稱有毒的八腳。牠的狀貌實在醜惡，A被牠的存在惹惱了起來。

　　「郵差已經來過了，必定在信箱放了一些信，我異常盼望外界的消息，也許有我的私信，請你再出去一趟把它們拿進來好嗎？」

　　A走近那面白壁，異常地接近那隻俗稱的八腳，他舉手作假的擊打狀威脅牠，但牠靜靜不走……牠大概知道他不敢用手碰到牠；因此，A更加羞憤了起來。他繞著圈子想在什麼地方

找到一根可以打擊牠的東西。Ａ咬著牙齒，充滿要把牠壓出液汁才干休的洩憤的衝動。但是他又有一個突來的念頭：可以借著弄死牠來娛樂自己一番；看牠殘傷掙扎的情形，不想太快完結這個偶發想及的好遊戲，一定有趣。Ａ終於選擇桌上的一隻竹筷，那隻俗稱的八腳像受到電訊的通知一樣，同時預先移行幾步。竹筷的價錢是便宜的，值得浪費那麼一隻。Ａ的臉上浮出獰笑，看到牠的移動，自己反而不敢太輕率行動，怕牠一下逃去藏匿。

「你從來沒有一次太陽升起就隨著起床，打掃屋外的落葉……嗯，倒是從你現在的生活習慣看出這是另一個新的時代……」

Ａ相信他只要開始行動衝過去，八腳便會開始逃逸的。所以他靜停幾分鐘，陰險地計算著，考慮要怎樣才不致讓牠逃掉。他環視四周的牆壁，抬頭看天花板，再俯下來望地板。他滿意地獰笑著；即使可以容牠擠身出去的孔洞都沒有一個；一間二十世紀建築的屋子，有許多玻璃，但沒有縫洞；一種很有特色和代表這個時代的建築設計。Ａ幾乎要歡呼起來了；第一次那麼滿意地感到這間當初起建時抱著懷疑的屋子竟然是他現在所最必須的。他不再需要怎麼樣的考慮了，只要衝過去便行了，任牠逃到那一個角落都能打到牠……

「吃過魚後，無論如何，連手都要洗的，但是你連手巾都不擦拭一下，一直留住那腥味……」

這隻俗稱的八腳太靈活了；四面八方無定地奔逃著。Ａ閃電般地連續追打了數次，竹筷的一端戳在白壁上，終於一下子把牠的一根尾腳壓住。他臉上有一種惡毒的欣快的表情，竹筷的一端戳在白壁上，終於一下子把牠的一根尾腳壓住。他臉上有一種惡毒的欣快的表情，看見其他自由的腳賣力地亂爬一陣，在那個醜惡的硬殼上刻有一張惡嘴形的塊狀身軀擺動了

幾下，把這根被壓住的腳遺留下來，迅速地逃去很遠，有一邊只剩下三根腳；但因為痛和驚慌，牠爬行的比原來的健全的八隻腳快。Ａ從白壁上拿開竹筷，讓那隻小小的長腳，像沒有重量似的滾落在地板上面。白壁上留下灰斑的濕濕的微小痕跡。Ａ抬頭，牠正在兩面牆壁和天花板的接合角上。像這一次是完全不能預料到對牠採取怎麼有把握的刑罰的，也許一下子戳中了那個身軀，那就整個沒趣地結束了；但結果算開始的很好。

「你自己曾說過要改換娛樂，保證要戒酒，戒賭，戒⋯⋯」

伸長手臂無論如何也打不到牠，Ａ從角落拿來一只掃帚竟然開心地笑出來；這也許是因為多少帶滑稽的因素罷。他從牠那種無比驚惶的逃亡中把牠掃落下來，而且很快地從牠的落地點開始、追戮牠，牠逃到牆壁的一半，已經一隻一隻地損失了三隻腳。Ａ的動作因為趣味的關係表現得很敏捷精確，一隻腳截斷，馬上再壓到另一隻腳，這般有趣和滿足地連續的砍殺，⋯⋯牠又逃到頂上去，讓Ａ打不到。Ａ又一次地拿起掃帚；有趣極了⋯⋯。

「我當然具有如你說的，老舊和愛嘮叨的，所謂台灣人的意識；但這不是沒有原因的，屋裡如此雜亂，竟然不能勞動到你⋯⋯」

俗稱的八腳再經過一次掃帚的拖拉，剩下四隻腳爬行已經很減速了，況且是不均地一邊三隻一邊一隻，那一邊簡直是被另一邊拖曳著走的。牠的體力顯然已經喪失了大半，對牠自己今天的遭遇也實在萬萬預料不到會這樣狼狽悲慘。Ａ不必再急亂，而可以從容如意地玩弄牠了。經過他別出心裁的手法，最後他觀看到牠剩下一隻單腳，像刀一樣砍在地面拖著那個笨重的軀塊。

但是還有生命力的牠，還是想要逃走。Ａ心裡想對牠說話，但不知用何種牠可以瞭解的語言來告訴牠：這間屋子是沒有孔洞的，牠應該早就摸索清楚，伺機守候在門邊，門打開時，便乘機逃出去。至於牠為何會在屋子裡被發現，誰也不知道；好像這個地球為什麼有人類，簡單地說是受精然後由母胎生下來，或是說生命之原是水是火，是不能令人滿意的童稚之言。生命的本原一定是意志這樣的東西的具現，就是說為了需要才被做成的。實在是個謎。

「你看我打的毛線衣好看嗎？我一直期待著你，回來預備晚餐，有時我睏頓極了，想躺在你的身邊，可是你……請你拾起那一團毛線球給我，我想握握它，我相信它會給我一種溫柔的感覺，我現在有依賴它的心情，可是，當我在打毛線的時候，不得不把它丟在地板上，因此，怎麼樣地也收不回來了，我一面拉著線，它一面滾得越遠……」

Ａ還幫助牠艱難地攀爬那堵白壁，他當然只是為了好玩的目的。為了不使牠的軀體墜落，為了不使這場遊戲太快結束，竹筷的一端輕輕壓著牠的硬殼貼在壁上，讓牠的獨腳可以伸出去。這隻俗稱的八腳到這個時候實在還猜不透Ａ是怎樣的一個人，這樣地突然的仁慈令牠感到疑惑。這樣的行程是艱苦而緩慢的，牠倒是一心一意要逃走，但還存著恐懼是無疑的。可是Ａ已經失掉了耐性；差不多到他身高的位置，他突然不把牠逃亡，像過去一樣戳住牠的腳。這隻俗稱的八腳，每一次一隻腳受到壓迫時，便借著其他自由的腳逃亡，這一次也一樣身軀晃動著，可以看見斷的關節在舞動，像牠完全健全時以軀身做原動中心，支配那些腳一樣。但這一次，牠掙扎的結果是：離開那隻腳（每一次都以這樣的犧牲來脫身）

呆呆板板地摔在地板上，發出一聲不大的，折斷脆餅一般的音響，一點都不能產生驚訝那樣的平凡。A蹲在牆壁邊注意地看牠有二十秒鐘（包括計劃下一步的行動），剩下的工作就是要壓碎牠，讓牠流出裡面黃色的漿汁。A這時有一個新的疑問：他不能十分明瞭，這種生物到底有沒有血？

「你自己說你在研究科學，各種的科學，關在有保護的屋子裡，可是你有沒有注意到自己的心靈呢？照生物學上說，人是屬於大軀體的動物，但是他自己走到大自然界中，還是害怕某一類的小蟲，譬如蛇……我不是沒有覺得一直都在觸犯你，這樣多的日子也像一場連續不斷的夢，連不起任何意義。實在，坦白一點說，我不明瞭你，不知道你在幹什麼有意義的事，心裡想些什麼，越相處越覺得不瞭解你。就是對一個完全無干的陌生人，我還能猜測一二分他的真實，從外表也能夠掌握幾分的正確性，唯獨對一個名譽上是夫婦的男人，簡直不能捉摸，使得我不得不隔一段時間，便要自行破壞自己苦心建立起來的判斷力（她哭泣起來）……我真悔恨我們的邂逅……」

A猛然起立，轉頭回望他叨絮的妻子，屋子裡靜悄悄地，什麼也沒有，一張空洞的靠背椅放在屋子中央，這張椅子和他一樣頗受震蕩般地聳著瘦瘦的肩胛，永遠也不停地前後搖晃著。確實有一件未打完的毛線衣放在椅座裡，從缺截的一處，一條延續到地板上的毛線通到角落的一團紅色毛線球。有五秒鐘A靜靜地傾聽著剛才發出的聲音，他突然敏悟：妻子已經死去了整三年了；今天他踏進門回來，是因為妻子的逝世三週年紀念日。他悲傷起來，為自己無聊而殘酷的一生悔痛著。他的淚眼注視地板上的方塊之軀，它的沉默似乎有無窮的抗

議，它的靜態同樣是一種輕蔑。他四處去尋回那些斷落的腳，但無論如何也不能齊全……。

某夜在鹿鎮

我沒有確切的理由要去鹿鎮，形成啟程的理由似乎是臨時的興趣，事實上這是我在雜亂的城市無目的勞波了十年之後所生的企慕；成行的決定終於趨落於今日，我絲毫未被這種具體的思想惑亂。雖則離去這座城池猶如堅強地訣別了婦人，但我沒有這樣憤慨的決心：從此不再折回來重新居住。世界既然我不能支配它，顯明地我一直受它的支配。所以對事物不能預先肯定下承諾的因由，因為隨時會遭到不如意的事的阻擾。悲傷哀嘆的心竟是這樣形成的。在這座日漸文明和擴展範圍的城市裡，不再因為謀求不到一個糊生的職位感到痛苦，目前絕少哀嘆貧窮的聲音，失業的人寥寥可數，貧窮已經成為過去的特徵，和被災害死亡的雙親一起歸入歷史。生活在這個土地上的人們大都享有豐富的魚米，但是一種無秩序或稱為不合理的秩序替代著貧窮而引發著煩躁。人為的迫害，傾軋的現象造成精神蹂躪；純良的品格被一種交際上的狡點掩沒。越去接受所謂文明的薰陶，越感覺自己像個被餵養和被訓練的可

憐的動物。

我的行李雖是縮減為一個模樣輕盈的小皮箱（彷彿裡面放著一件樂器），卻不就肯定我不會在鹿鎮長遠住下；總之：不能經由外表的形貌下一肯定不移的結論。我天生有一種驕傲自尊的氣質，隨時會對不稱意的事物採取一種不妥協的行為；即使早經對某事表示承諾的決心，也可能數小時後就做了違言的背叛。我的意志指定鹿鎮而非其他的小鎮，客觀的辨識：鹿鎮絕非最美麗的鄉下，當然我的行為極其容易被誤解為有計劃的逃避去實行怯懦式的隱居。坦白的招認：我是為著我私有的感情而去的。那裡或許不外是曾經使我享有尊嚴存在和適快生活的地方；那裡的一切是不需經過煩瑣的辯論，人們似乎早經宣誓過效忠的儀式，有一種互相信賴的感情默契在心中；那裡生活的酣美寧靜就像恆定在那裡的自然景物。我的身軀自從離開那裡，心便開始懷念那裡。是的，最優美的地方在這個世界四處可尋，可是總沒有比故鄉更可愛的。

但是鹿鎮不是我的出生地，可是它的存在對我個人具有故鄉的涵義。我至今回憶起來，對我實在出生的故鄉的感覺是一無所存，就是對長大到七歲的另一個大城的感情，也十分的曖昧；這是實在的，因為那時我的慾望並沒有那麼早形成；而鹿鎮是唯一成就我的慾望和品格的所在。

我終於抵達了鹿鎮。我在一條約一百公尺才有一盞路燈的寧靜街道走向記憶中的那幢房屋，我走近它，它在我的面前穩固地站立。經過一扇敞開的窗戶，瞥見阿代垂頭輕鬆地編織著毛線。我轉回來站在幽暗的窗側窺視著她，突然詫異阿代有一種容易蒙騙觀感的恬靜外

表。這一刻，我是第一次能夠冷靜地察看這個女人。他們在那個燈盞輝明的客廳進行著不激昂的緩和談話，我所觀測的位置不能看到阿代的丈夫錫琛，但他的聲音發自另一處角落卻十分的晰明，傾聽之下，居然巧合地討論到一個人──我。

回頭查看街道並沒有任何行人走近，我身側的一株矮松還為我做掩護；於是我繼續在夜下站立，窺聽屋內的討論。是不是他們經常這般議論到我，以排遣頗為難耐的黃昏後的光陰？這種情形彷彿在遣散他們心底的雜念，或者也像在遣發遺憾的憂慮。經過這樣長久的時日難道還有什麼論說不盡的事？況且當時是我自願告別的，於他們內心並沒有什麼抱疚之處。無非碰巧是第一次偶然的觸發，也許他們（尤其阿代）早有預料我將折回重臨；她對我的瞭解其實不僅止於官能的接合。我正需要一點有關他們當我不在場時的一些坦白的批評資料，以作我新行動的憑據。阿代對我的讚美倒令我有點失望；我竊聽的目的希望阿代會坦衷地對我大加砍伐；她不應該那麼言詞優美，使我大為心慰和微笑。由他們的話語的表情，我感覺他們之間依然還保持以往的那種規避個人的真實露給對方的狡點。我懷疑還有誰（何樣的人物）繼我之後被阿代摟進她的狂熱的生命中，因為她和她的丈夫之間的和平，從久遠以來就完全建立在自私的不同慾望之上。世界沒有比不同的意旨的和平更和平。他們組成一對標準的貌合神離的伴侶。兩相比較之下，我嘆憾錫琛是一個聰明有限的傻子，由於他在順帆的事業坦途中，遺落了心理成熟的訓練，是個完全不懂女性的男人。至於阿代，這位臨近暮年的婦人，有著鬼谷子般的智慧和經驗，她瞭解她擁有的法律保護下的男人以及法律擯棄不顧的男人。一對能保持友善狀態相處二十多年歲月的夫妻，絕非具有主權的男性的威嚴嚇囚

著女人，而是女人為了維顧女性的一切本質做了寬恕的妥協。

他們迎接我的感情是我意料到的極其受嚇的驚訝，因為他們剛剛正在議論著我加強了他們的異喜，但對於他們這年齡的人，那種惑衝很迅速的平息了。錫琛表現了他一貫擁有的單純的喜悅的方式，沒有內心底的懼慮。在這個富裕而簡單的家庭，他的立場是多一個他喜歡的人比沒有這個人要喜悅得多，他總喜歡表現他對別人慷慨容納的個性。但做為一個曾是他的往日的食客的我，總懷著不能對他傾表悔意的慚疚，我是在暗地裡大大地吞噬了他的利益，現在我又打算做他的客人——預計更為長久的，便對他懷著極深的敬意。阿代和我四目交視一下，今天這種感覺十分令我詫異，像電極的接觸，她報以一個浮綻的笑容，一種機械的恬靜外表，但在瞬息間，惟我能直覺她從內在底操縱的複雜的善變。那些輕微躍變的表情，她的丈夫幾乎統視為一種，我比他更懂得這些變幻的表情所具的真實意義。我在鹿鎮的去留完全決定在阿代對我顯露的感情的結論；我很難有自決的意志，惟有反映著阿代的意志表情罷了。短暫他們還猜不透我突然蒞臨的意義，我想我也不會真實的吐露出來，像平常的人一般我有另一個偽造的理由，當他們一經開始問詢我時，我便要把它宣佈。我坐在阿代身旁的單張沙發椅裡，腳旁就是我的小皮箱，像一隻馴服於主人的狗。接近阿代的感覺，便是我與昔日在這個家庭中的地位銜接起來了——這份感覺使我闖入時的曲窘變成了開朗。錫琛剛剛閱覽的是一本日本雜誌，現在只得攤擺在桌面上，整個坐姿為了便於談話朝著我和阿代的方向。一連串的問答開始了，這是重新瞭解的前奏，錫琛所要知道我的一些事，都只限於一些我外表的生活情形；侮蔑地批評他，這是不會鑽研別人的內在思想的。阿代只做旁聽便

能夠擒獲對方的一切。當呆板乏味的問答正在進行著的時候，我感到陌生的危機，現在變得如此陌生，令我悔悟先前以亢奮的心情冒然離開這裡的那番行為，我感到一種要回復互信的艱難的痛苦，我們都同時受到了時間的改變。

我輪目巡視的這個客廳也顯示著歲月留下的痕跡。我感慨這間客廳的狹小和頹舊，這種老式的磚屋內室的白壁，容易留下濕氣滲透的綠斑，那些龜裂的縫痕，使我嘆感有限生命的敗跡。不過，假如它彌補一些畫幅……我的注意力早已注意在這一點上了；無疑我不外是在尋找我離去前佈置上去的我自己親繪的一幅油畫。它吊掛的位置我記得很清楚，可是那面白壁上明顯地替補著今年度五彩的美女月曆。我的眼睛瞥勾著那隻大書櫃的底洞，畫框和小利的所有玩具均堆塞在那暗濕的角落，已經纏綁著許多令人害怕接觸的污穢的蛛絲。這是誰的主意？這間客廳居然掃去了那麼一點優雅的古典氣息。當然擺花可以增加點自然活潑的情調；一隻闊嘴的瓷盆設在書櫃頂面中央，雖然插著幾朵黃白兩色的菊花，和配置的石竹看來頓富況味，我卻感覺整個屋宇內的俗味。這一座盆花引起我的猜疑，我的神經遽然敏銳了起來。我稍露的妒意被阿代察覺了——她不可能不會察覺到我這份內在的刺激，當我側轉過去注視她手中的編織物時，她手中的鈎針錯刺了原來的秩序；在我的面前她不能蒙騙那件編織物的形式的意義，這是一件年輕的男人所穿的套頭的毛衣，她很容易藉口蒙騙錫琛，對我卻不能逃過。我面前這位看來豪爽偉大的男主人，卻是最容易為人欺騙的可憐人物；我不禁暗暗地洞嘆著生物間內在與外在的偌大的差異。我漸漸嗅得出充滿在這間屋子裡的其他的異狀，由此我心中喚起感傷的情緒，我感覺許多事物已經在現今不存在了。

「那隻……貓呢？小利的……」

錫琛頓時收斂了笑容，閃亮地看我一眼後把頭擺開；阿代繼續編織毛線。這句話我是不專對錫琛說的，但顯明地我說了這句話便中止了剛剛的喜樂的氣氛。但這實在是我最關切的一件事。昔日，我與小利之間最投契的情況是去逗戲那隻母貓；要不是我們同樣對這隻母貓做了我們快樂的介物，我與小利是不能單獨平等在一處的；要不是我與小利的關係上；小利當時是我的相處的介物，我與他們夫婦的感情是建築在我與小利的關係，總需要依憑一件中間的無趣是可以想見的。而我與他們夫婦的感情是建築在我與小利的關係，總需要依憑一件中間物才能溝通起來。有一次，因為我去撫摸一隻拳獅狗的美麗的毛，而竟和牠的主人談到現今的政治。

「小利死了。」阿代簡潔地說。

小利已經死了，無用再說那隻貓的命運，我這樣感想著。阿代的雙手加速地工作著，藉努力編織以圖緩衝她自己的心境。我開始感覺坐立不安；小利之死使我難堪。他的死何其不幸啊。現在這個有關小利逝世的話題在他們夫婦間掀起了像政治一樣熱烈的討論。我沒有資格參加這類的辯論，那是他們夫婦間專有的題目。小利的死亡並不如想像般的震盪著我，他的生與死都不是我所能關心的，更非我前來鹿鎮的目標。可是我的外表卻不得不表現我對他的無比關切；我自知掀起了這個問題的無聊，可是現在小利不存在，我與他們間的感情已經斷絕了介中物，只能依靠一種卑鄙的獻媚。

「小利死於那一年？」

「一九五九年——」

「五月黃昏的辰時……」

那些無辜的小孩都死於黑暗來臨的時候，總是那麼巧合，像經過了安排一樣。停頓片刻後，顯然感傷漸漸褪去。

「怎麼樣死的？」

我自己被我這個問題嚇了，我萬分痛惡自陷寂寞無聊之境。

「腦炎。」

可憐的小孩，他們皆死於腦有問題。在這塊土地上為何腦炎如此猖獗？始終不能解決的還是空氣污染的問題，天氣太炎熱，稚弱的天真小孩便容易罹患這個流行病症。

「本來是有救的。」阿代抬起頭來說，她的模樣表露著抗議的激昂之色。

「怎麼會有救呢，阿代？」

阿代不加以理睬地低垂著頭，快速地編織起來。她大概想到這個客廳，她的身旁還有另一個人存在，遂轉頭來對我微笑一下，表示她的慚疚。這一顯示使我感覺阿代內心的不平靜。但她的表情的另一意義則是表示他們夫婦同居常有的僵情，好像她暗背的不貞是居於此項好理由。對於曾做過不貞的同謀者的我而言，我是如此地瞭解她的整個情形的因素。但是至今回來遇到這種情況的我感到無比的窘迫：首先是小利的死，現在是面臨主人間的不和諧。聰明的阿代是不願馬上反駁這項爭執的，她自己要怎樣對付他都是非常有計算的。我目前內心的躊躇不安是想緩和他們間的對立情勢的無能為力，中斷下來會使各人心中記恨這件

301 ／某夜在鹿鎮

發生的事。

「到底怎麼樣？」

我靠近她的耳朵冒險地輕聲問著，阿代照樣低頭工作，沒有即刻回答我。可是那位誤以為我是站在和他同一性立場的人，竟然得到附勢的幫助而擴大了討伐。

「到底怎麼樣，阿代？」

因為這一句問話，我多麼厭惡這位無知而殘暴的男人。是的，這種情形，他一定要使她屈服認罪才肯罷休。阿代面對著我說：

「他以為小利的死，罪過都在我身上……」

「妳還不承認嗎？」

「我是永遠不承認有罪過。你是一個自私的人，從未看到事情的全貌……女人有罪過的話也並非一定要把男人的罪過一起承擔……」

「我的罪過在那裡呢？」

「在你驕傲堂皇的魁軀上，驕傲皇堂的肉身等於不外是愚蠢和盲目的表象。」

「這是一句多麼錯誤的語句，阿代，今天我才知道妳尖刻、無情……」

他咬著牙齒，全身發出一種不能抑制的顫慄。他旋轉他的那張大靠背椅，縮起腳板，轉到桌面那一邊，他的眼睛釘著日文雜誌，手拿起它再丟下，他像醫生一樣把身軀旋轉回來，經過一番操作，他抑制了片刻前的憤怒，轉變了一張冷靜苦惱的表情。

「我盲目過什麼，阿代？」

他故意裝成溫柔和耐性的語調。

「你對一切都盲目。」

這句少女式的無理性的倔強話語，喚起我和她在床第的一切記憶，我預感這一場爭執將會有一個極其無味的結果。

「一切是指何物，阿代？」

「一切是什麼意義你不知道嗎？」

「我但願知道具體的事實，一二項⋯⋯」

「但你的無知是概括了一切。」

「這是什麼意思？我明白了，我相信這只不過是一句故意⋯⋯」

我為錫琛的懦弱暗暗的嘆息。首先他自己發笑，然後是我（以他的立場陪伴他），阿代也跟著笑起來。阿代的笑聲則是一種異帶毒辣的詭獪。這場爭論，我看出阿代是真心尖刻的刺激他，慶幸錫琛並不明瞭那些字句的真正的確實性，結果一場可能異常狂飆的風暴，卻像氣球一樣滑稽的洩氣了。這樣的結果，我曾謹慎注意錫琛可能藏有極其智慧的寬恕的意義，但也似乎沒有，或者我沒有真正的察覺。我是等待他可能給我類如擠眼的暗示，但他笑得把身體又旋轉到桌子那一面去。我和阿代繼續不停地笑，相視而笑，突然我掩嘴抑止，心中猛悟到一個驚詫：我這樣放肆的舉動不啻自喻與阿代有著同謀者的意味嗎？我多麼不謹慎啊！隔了十幾年才洩漏自己昔日的姦情不是很愚傻嗎？而且長久時日的斷隔，自己的內在不是已恢復了純真高潔的境地了嗎？即使現在有人指謫我昔日的錯誤意圖污蔑我的人格，我將

冒生命危險起來維護。既然與罪惡斷絕來往，靈魂一樣是高貴的。回來鹿鎮我沒有意思再與罪惡連結，我祈望在二三者之間立一種純潔的友誼生活，可是這裡繼續存在的狀況，顯然已經宣佈了我理想上的絕望；總之，我沒有料到阿代已經有了遞補我的位置的人物，這個情形喚起我最深的妒意，我的意旨漸漸轉向於把阿代搶奪回來。對於錫琛這樣一個典型的舊時代人物，我在尖刻的嘲笑之中，不是沒有一點憐憫他的成份。打倒他是我願意的，可是畢竟還是可憐他。阿代的觀點就不相同，她是不計他的死活的，當她真正有所行動時。我想在鹿鎮棲息還須有依憑錫琛樂意的允諾，還必須他外表威嚴的保護，我必須與他保持相當親善的友誼。他是什麼罪惡都未察覺出來，剛剛他還異常滿意於那場滑稽的爭吵，從這一點可以斷定這個男人居然未把設防的心放在他已經統轄的家庭。他的生命的一切似乎是那個堂皇壯偉的外殼的瞬息的價值，他相信由別人奉讚給他的名譽的真價（假如他活著而沒有名銜的話，他便以為是莫大恥辱）。錫琛是鹿鎮數一的富豪，同時又是一個頗具勢力的國民代表；財富和權力就是他的一切，以外正如阿代所說的完全盲目。我想小利的早折是一種幸運，否則我不堪想像他將成為一個怎樣的人物。他們夫婦愛他只是愛他們各人所喜愛的那一部份，我由小利身上也感覺出他的父母親兩相差異的相剋的氣質。錫琛對小利的教育惟希望他像自己一樣，當他高興的時候常問小利說：

「兒子，你將來要做什麼樣的人呢？」

「像爸爸一模一樣呀。」

「兒子，不止是，你還要做更大的人物。」

這種陶醉滿志的氣氛是令我作嘔的，我總候立一旁微笑。可是小利的母親，一個教會大學文學系畢業的女人，完全有她不相同的祈望，她希望小利發展一個完全健全的人格，不希望俗世的一頂暫短的皇冠壓蓋了他優良的天性。小利是個異常聰慧伶俐的孩子，令他的母親決心做了這種高尚的許願；要是他本是一個平庸的小孩，阿代一定會放棄與錫琛爭執的。我便是在這種情況的當時被傭聘進這個家庭裡。為了爭奪，阿代不計她的手段是如何的險惡；是的，她使用誘惑來使我站在她的一邊，我當時卻僅看到了我的慾望——我的不可寬赦的肉慾。

「我不希望小利學他的父親。」

阿代私地對我說。

「我們兩個人一起管教他，怎樣？」

錫琛卻有這樣公開的表示，當他也決定同意我是小利的教師的時候說出的：

「好罷，專家教育他是應該的，但是這一點僅止於學術，我沒有時間來參與這種傳授，但是我的小利將來會成為什麼樣的人我是很清楚的。」

「小利是不會像你一樣的。」

阿代插嘴進來。

「像我有什麼不對，我是什麼？」

「豬。」

「乃弟，你說我像豬嗎？」

當時是在一種和樂的氣氛，他們還為了請到一位家庭教師而自滿。我是善於迎合眼前環境的：

「這是無庸再說的，羅先生。」

這就是我當時所站的危險的立場，我對錫琛微笑，表示迎合了趣味阿代一眼以作訊號。小利終於像什麼都不是，一個未成長而早折的人是完全像他自己的。

壁上掛鐘宏亮敲響十點半，這是這一個家庭應該吃宵夜然後睡眠結束一天的時候，錫琛命令阿代把廚房的食物搬到客廳來，阿代把編織物放在一隻藤籃裡，站起來。這一瞬間她一定感覺我在關注她的身材，背向錫琛的臉孔羞紅的慍怒著，她的眼睛斜掃過來，在那幾秒間迅速地譴責了我的不禮貌的審視。在阿代站起來走開之間，錫琛一點也察覺不出我和阿代正在進行內心間的談話，她那幾十年相同的姿態與，錫琛並沒有懷疑有何異樣的涵義。我的身體感到溫熱，阿代居然猜想到我還有對她的企慕之意，我心的幻想逐漸蓬勃起來。要是她以為我是為了她回到鹿鎮，正與我的起程動機相差遙遠。但是啟程後迅速地聯想到我與阿代的往事，並且那些事佔滿我的心思，我一點也不加以否認，到她離開客廳走進廚房為止，我又已經完全被她那未曾改變的外貌身姿攝囚了。十年前她是如此，她看起來永遠是如此。她原本瘦削的體型未曾改變，她的模樣在世俗人的看法是絕對有點性冷感的結論，也許瘦胸平臀引不起別人的衝動，錫琛也表示阿代不是漂亮動人的女人。但我的看法卻完全相反，女人的狡慧的本質同樣會引起我的性衝動。根據一種真實的報告：女人的肚腹和雙腿是永遠保持她童貞年代的本質的色澤。阿代與我，現在要比往昔更令我感到難耐焦渴。一個人心理上的需求總要

比器官的需求求更強烈百倍。

「小利死了，我惋惜得很。」錫琛乘阿代走開坦懷對我說。我感到自慚的是他依然把我看成知己。

「我亦同感，實在太不幸了。」

「乃弟，我發誓未曾做過害人的事，上天這樣懲罰我，那可能是家庭裡有一個不敬拜祖宗的異教徒，這是我想到的要絕代的原因。」

聽到在背後懷著偏見誣控阿代令我驚慄起來。既是如此，他們兩人的相惡已算根深蒂固了。阿代端著錫盤進來，錫盤上的鍋和碗擺在茶几上面，她的動作的柔順充分表現她另一面的賢淑和教養，恭敬地把碗端給我和錫琛。

「我聽到你在批評著我，錫琛。」

「是的，我正在對乃弟說著妳。」

每個人手中都有一碗，客廳發出慢慢飲嚼的細碎的聲音，就在這種外表溫和的氣氛中，進行著另一場他們夫婦的爭論。

「阿代以基督教的理智做了這樣的一件事：小利的屍體入棺的時候一定那隻死貓也一同放進去；阿代說，小利和貓的精神是相通的。人和動物的精神會相通是我第一次聽她胡言，而且是發生在我孩子身上，她說這種形式有一種安魂的作用，她就這樣堅持著。我敢說，受教育越高表現的越迷信……至於台灣人拜偶像，她反認為毫無一點意義……」

「但是錫琛，」阿代溫和地打斷了他……「你剛剛只是說到羅家絕代的事。」

「是的。」

「你說了這樣的話不能說具有很健全的理性。」

「關於人和動物……妳的理性在那裡？」

「你還能記住小利昏迷時的囈語嗎？」

「這要怪妳，阿代，妳把貓推給了小利做伴侶。」

「不管和何物作伴侶都是一樣，既然產生感情，何物都可以。」

「何物都可以……這不是西方思想的特徵嗎？自古以來，女人曾經產下小狗、小象，還有各式各樣的怪胎……」

「你今天要慶幸，感激我，錫琛，我到目前為止未為你羅家產下蛇。」

「假如妳這樣，我可以公然扼死妳。」

「小利死了，」阿代對我傾說：「貓同時死了，做為小利的母親的最後一次給兒子一點恩惠，他們生時總是在一起，死後也總要他們同樣結伴；寂寞是可能做出任何壞事的……」

「街頭巷尾皆恥笑著這一件事……」

「你一生的準則就是避免被人恥笑，你一生都想做眾人的王，甚至不計使用殘酷的手段。你倡導供奉偶像，其實是想愚昧大眾，其實你何曾相信那種類繁多的神呢？」

「難道妳沒有看見勞苦的大眾需要心靈的慰藉嗎？」

「但是從政的人卻必須從實際生活中去改善他們。」

「妳不以為我們年年都在努力嗎？」

「當然你們年年都在努力，大部份為己，小部份為大眾；你們謀得今日的地位，無疑只是想為自己爭取權力。在這個世界中，我沒有看過比你們這批人在立行方面更無能的。」

阿代站起來要領我上樓，他們的爭論給我很大的紛擾的影響，我憂心忡忡地跟隨著她。

「他總是對別人說他是如何信神的。」

「妳不也是表示妳對妳的上帝虔誠嗎？阿代？」

這就是尾聲了，仍分不出勝負。我的難堪是不能做抉擇去幫助一邊，昔日我在這裡迷失了，只要有一邊能滿足我的慾望我便投於它，現在我依然只有這一條路可行。他們的爭端是異常複雜久遠的，凡是一種堅持己見的方式下辯論是永遠沒有和平可言的，真理不可能在極端的一方。由狹窄的觀念和勢利因素統治的世界必定紛擾不堪。可是這個家庭從外表看來是異常美滿，由此推演，每一個家庭是一個空的美的形式，這個社會是由許多這樣的空殼組成，那麼這個社會不就是等於一個大的空的式形嗎？就是這個世界亦然；整個地球畢竟是一個大蛋，這個大蛋終有一天會被統治它的人粉碎的。

房門推開，我和阿代走進去，一種久無住人的霉味衝向著我們，但我並不顧及這個，放下了皮箱，迅速反身摟抱著阿代，她甚為堅決地推開我，然後走了出去，我凝聽著她下樓，隔了片刻的時間，我伸頭往下探看，客廳的燈光已經熄滅了，整所屋子靜寂如深淵，我把自己關在這一間昔日生活過的臥室。

第二天清早，我被一種嘶嘶的灑水聲吵醒，我起床站在窗邊看出後院的花園，一個穿短褲的結實青年握著塑膠管的一端，正對著整排的菊花灑水。我思想著：這個後院昔日是一

片柔美的草坪，只有數盆的花擺在牆根，那時一切為了小利，他總是和那隻貓在那裡追逐遊戲。突然那位青年握著的一端的水停止了，他顯出莫名其妙的樣子回轉著頭，但我馬上又看見他的臉上掛著微笑，阿代的身影截然由我的窗子下方出現，我謹慎地躲在窗帷後面，阿代走近那位青年，對他私語著，然後半推半勸地把他送到後門，最後我看清她一把推他於門外，阿代隨手關閉了那扇後門，當她舉頭對我的窗扉看望時，我迅速縮回我的頭，然後退身回到床上躺下。

對於昨夜的拒絕，阿代由行動中改變了主意。我思判著，竟自微笑了起來。那麼我回來晌午時分，我們攜帶食物步往海濱。那年在鹿鎮，阿代是無匹敵的游泳好手，我和她常偕同游向我們所謂的窩巢地點。我再以輕佻的眼光——自從昨夜以來——瞥望阿代。

鹿鎮，從今天開始已經又和昔日的生活整個連綴起來了。

「如今，那窩巢地點如何？」

「你走後我未曾單獨游去。」

「為什麼？」

「寂寞。」

「為什麼？」

「害怕。」

「為什麼？」

「現在還能游去？」

「可以試一試。」

我向海洋眺望著，心裡竊喜阿代已再屬於我。阿代是完全的屬於我，但這種感想越推想越令人憂傷起來。昔時，我屬於她時，我是多麼地迷戀於她，但現在她倒反屬於我，卻使我感到棘手。幸福已經消失了，當理智清醒的時候。現在我不能讓她單獨享有這份幸福。

錫琛自有他自己的健身方法。他在淺水中打著手，緩緩地環繞兩三圈，上岸後便躺在太陽傘下靜息他那碩大的肥體。他帶著太陽鏡，仰著面孔，似乎已經呼呼睡去了，阿代有意騷擾他搖動他的肩膀，他從甜蜜的睡夢中回醒，很惱怒地看著阿代。

「什麼事？」他說。

「現在什麼時刻？」

「十點一刻。」他看手腕帶的金錶一眼，回答說。

「我要測驗一下體力如何？」

錫琛詫異地拿下太陽鏡。

「妳已經太老了，還要嘗試什麼？」

「現在又有乃弟在這裡伴著我。」

我聽到這句話把頭轉開，故意在專注海洋上的波浪。我再回望他們，錫琛看了我一眼，他的臉也展出笑容，重新戴上太陽鏡。

「好吧，現在是十點半。」他再說。

「你常估錯了我，這是你一生的損失，假如我能游完昔日的距離，你要和我打賭什麼？」

「男人和女人打賭從未見過女人贏什麼，女人常損失了她自己，不過妳已經沒有什麼讓我贏的了。」

「這個表示你不阻止，假如我游不回來？」

「妳回來不回來，對我已經不算損失，我已經很久很久以前就損失了妳。」

「我們走，乃弟。」

我和阿代走下沙灘，然後慢慢向深海游去。這一刻，是我有生內心最感洶濤激動的時候。憂傷和幸福在這頃間擊打我一下又消失。我頻頻回頭觀注沙灘的落寞而炎熱的景象，一個青年跑近錫琛，對他說話且用手指著我和阿代。錫琛站起來，摑打他的耳光，且用腳踢他的屁股，那個青年奔跑著離開。錫琛重新躺下來，他的姿態與以前並不一樣，面孔仰天，似乎已經呼呼睡去。我和阿代漸漸游近我們所謂的巢窩地點。

七等生創作年表

七等生全集　02

我愛黑眼珠

作　　者	七等生
圖片提供	劉懷拙
總 編 輯	初安民
責任編輯	林家鵬　宋敏菁　施淑清　孫家琦　黃子庭　陳健瑜
美術編輯	黃昶憲　陳淑美　林麗華
校　　對	呂佳真　潘貞仁　林沁嫻

發 行 人	張書銘
出　　版	INK 印刻文學生活雜誌出版股份有限公司
	新北市中和區建一路249號8樓
	電話：02-22281626
	傳真：02-22281598
	e-mail：ink.book@msa.hinet.net
網　　址	舒讀網http://www.inksudu.com.tw

法律顧問	巨鼎博達法律事務所
	施竣中律師
總 代 理	成陽出版股份有限公司
	電話：03-3589000（代表號）
	傳真：03-3556521
郵政劃撥	19785090　印刻文學生活雜誌出版股份有限公司
印　　刷	海王印刷事業股份有限公司

港澳總經銷	泛華發行代理有限公司
地　　址	香港新界將軍澳工業邨駿昌街7號2樓
電　　話	852-27982220
傳　　真	852-27965471
網　　址	www.gccd.com.hk

出版日期	2020年12月　初版
I S B N	978-986-387-370-9
	978-986-387-382-2（全套）
定　　價	3870元（套書不分售）

Copyright © 2020 by Qi Dengsheng
Published by INK Literary Monthly Publishing Co., Ltd.
All Rights Reserved
Printed in Taiwan

國家圖書館出版品預行編目資料

七等生全集. 2／

我愛黑眼珠/七等生著 -初版. --

新北市：INK印刻文學, 2020.12　面；　公分

ISBN 978-986-387-370-9(平裝)

863.57　　　　109017952